UNION GÉNÉRALE D'ÉDITIONS
8, rue Garancière – Paris VIe

*Des mêmes auteurs dans la même série*

ROSEANNA, nº 1716.
L'HOMME AU BALCON, nº 1717.
LE POLICIER QUI RIT, nº 1718.
LA VOITURE DE POMPIERS DISPARUE, nº 1746.
L'HOMME QUI PARTIT EN FUMÉE, nº 1747.

# VINGT-DEUX V'LÀ DES FRITES!

*(Les enquêtes de l'inspecteur Beck)*

PAR

MAJ SJÖWALL et PER WAHLÖÖ

Traduit de l'américain
par Michel DEUTSCH

10 18

*Série « Grands Détectives »*
*dirigée par Jean-Claude Zylberstein*

L'édition originale a été publiée en Suède en 1970 sous le titre : *Polis, Polis, Potatismos* par AB. P.A. Norstedt & Söners Verlag (Stockholm). La première édition française a paru en 1972 aux Éditions Planète sous le titre :

*LE MEURTRE DU SAVOY.*


ISBN-2-264-00746-X

# I

La chaleur était étouffante et il n'y avait pas un souffle d'air. Toute la journée, un voile de brume avait brouillé la limpidité de l'atmosphère mais, maintenant, le ciel, paré de toute la gamme du crépuscule, du rose au bleu sombre, était cristallin. Bientôt, le soleil, tout rouge, disparaîtrait derrière l'île de Ven. La brise vespérale, qui, déjà, arrachait des frémissements au lisse miroir du Sund, répandait dans les rues de Malmö de légères et agréables bouffées de fraîcheur. Et ce vent caressant exaltait l'odeur des ordures et des algues pourrissantes qui s'entassaient sur la plage de Ribersborg et dans les canaux.

Malmö ne ressemble guère au reste de la Suède. En grande partie en raison de sa situation. La ville est plus près de Rome que du soleil de minuit et on y voit palpiter à l'horizon les feux de la côte danoise. Certes, les hivers y sont fréquemment neigeux et venteux mais les étés de Malmö sont tout aussi souvent longs et chauds; on y entend chanter le rossignol et les effluves embaumés de ses vastes jardins y règnent en maîtres.

C'était justement un de ces étés-là. Le soir tombait et l'on était au début de juillet 1969. La cité était silencieuse, calme et déserte. Encore peu de touristes – il n'y en a jamais beaucoup. Seules étaient déjà là les premières troupes errantes et mal lavées, fumeuses de hash. D'autres suivraient mais peu nombreuses car la plupart de ces bandes n'allaient généralement jamais plus loin que Copenhague.

Le grand hôtel lui-même, qui se dressait face à la gare dans le quartier du port, était tranquille. Quelques hommes d'affaires discutaient de réservations à la réception. Le bagagiste lisait un classique, bien peinard, dans les profondeurs du vestiaire. Il n'y avait dans le bar aux lumières tamisées que deux habitués qui bavardaient à mi-voix et un barman en veste blanche.

L'imposante salle à manger XVIIIe s'ouvrant à droite du hall était à peine plus animée. Quelques tables étaient occupées, la plupart par des dîneurs solitaires. Le pianiste se reposait. Devant les portes battantes communiquant avec les cuisines, un garçon immobile, les mains dans le dos, contemplait d'un air méditatif les hautes fenêtres béantes en songeant aux plages sablonneuses toutes proches.

Au fond de la salle, sept convives en grande tenue, d'âges et de sexes divers, étaient assis autour d'une table étincelante de verres, de porcelaine luxueuse et de seaux à champagne. Le personnel s'était discrètement retiré car l'amphitryon venait juste de se lever pour prononcer un speech.

C'était un homme de haute taille, plus de la première jeunesse, aux cheveux gris acier, très hâlé. Il portait un complet de shantung bleu marine et s'exprimait avec aisance d'une voix sereine aux inflexions chargées d'un humour subtil. Ses invités le regardaient placidement. Un seul fumait.

Les bruits de la rue entraient par les fenêtres ouvertes : le ronronnement des voitures qui passaient, le ferraillement des trains qui manœuvraient de l'autre côté du canal (la gare de Malmö est le plus grand triage d'Europe septentrionale), le soudain hululement enroué d'un bateau en provenance de Copenhague, une fille qui gloussait quelque part sur la berge.

Telle était la scène, ce mercredi de juillet doux et chaud vers approximativement 20 h 30. Le mot « approximativement » est d'une importance capitale car, par la suite, personne ne fut capable de dire l'heure exacte à laquelle l'événement s'était produit. Toutefois, relater celui-ci ne présente aucune difficulté.

Un homme entra par la grande porte, jeta un coup d'œil au bureau où les hommes d'affaires étrangers s'entretenaient avec le réceptionniste en uniforme, traversa le vestiaire, le hall étroit et tout en longueur attenant au bar et pénétra dans la salle à manger d'un pas calme et résolu, sans précipitation particulière. Jusque-là, cet homme n'avait rien de remarquable. Personne ne le regarda et il ne regarda personne.

Il passa devant l'orgue Hammond, devant le piano à queue, devant la desserte et son somptueux étalage de mets succulents, franchit les deux piliers soutenant le plafond. Avec la même détermination, il se dirigea vers la table du coin où l'hôte, debout et lui tournant le dos, parlait toujours. Arrivé à environ cinq pas de lui, le nouveau venu plongea la main dans la poche droite de son veston. L'une des invitées le regarda et l'orateur tourna à demi la tête pour voir ce qui distrayait ainsi son attention. Il enveloppa l'homme qui approchait d'un regard indifférent et fit à nouveau face à son auditoire sans s'être interrompu une seconde. Au même instant, l'intrus sortit de sa poche un objet aux reflets bleutés doté d'une crosse cannelée et d'un canon allongé, visa avec soin et logea une balle dans la tête de l'orateur. La détonation ne fut guère plus bruyante que le « plop » pacifique d'une carabine à la foire.

Le projectile entra juste derrière l'oreille gauche et la victime bascula en avant. Sa joue s'enfonça dans la garniture de pommes de terre ciselée ceinturant un appétissant poisson à la française.

Le tireur rempocha son arme, se tourna vivement vers

la droite, se rua vers la fenêtre la plus proche dont quelques pas seulement le séparaient, posa le pied sur le rebord, effectua un rétablissement, sauta dans la rue, se reçut au beau milieu de la jardinière de fleurs et disparut.

Un monsieur d'une cinquantaine d'années qui dînait tout seul un peu plus loin se pétrifia, oubliant de porter à ses lèvres le verre de whisky qu'il s'apprêtait à boire. Il avait devant lui un livre qu'il faisait semblant de lire.

L'homme au complet de shantung bleu n'était pas mort.

– Oh! J'ai mal, dit-il en se convulsant.

Il est rare que les morts se plaignent. D'ailleurs, il ne paraissait même pas saigner.

## II

Dans son studio de célibataire, Per Mansson était en train de téléphoner à sa femme. Bien que marié, l'inspecteur-chef Mansson vivait en jeune homme cinq jours par semaine. Depuis plus de dix ans, il passait ses week-ends en compagnie de son épouse et c'était là un arrangement qui satisfaisait les deux parties.

Coinçant le récepteur entre l'oreille et l'épaule, il se prépara un gripenberger, sa boisson favorite : un trait de gin, de la glace pilée et du jus de raisin dans un grand verre.

Mme Mansson, qui avait été au cinéma, lui racontait *Autant en emporte le vent.*

Cela lui prit un bon moment mais Mansson l'écouta patiemment car il avait l'intention, une fois qu'elle aurait terminé, de lui annoncer que, cette semaine, il ne pourrait pas la rejoindre pour le week-end parce qu'il avait du travail.

Ce qui était un mensonge.

Il était 21 h 20. Mansson était en nage bien qu'il ne portât qu'un maillot en filet et un caleçon à carreaux. Il avait fermé la fenêtre du balcon avant d'appeler sa femme pour ne pas être dérangé par le bruit de la circulation. Il y avait déjà longtemps que le soleil avait sombré derrière les toits des immeubles d'en face mais il faisait néanmoins très chaud dans la pièce.

Il remua son breuvage à l'aide d'une fourchette qu'il avait – il eût été bien embarrassé de l'avouer – volée quelque part ou emportée par mégarde car elle portait gravé le nom du restaurant *Översten.* Tout en se demandant si quelqu'un pouvait subtiliser une fourchette par mégarde, il bredouilla :

– Oui, je vois. Alors, c'est Leslie Howard qui a... Ah non? C'était Clark Gable? Ah...

Cinq minutes plus tard, sa femme arriva au bout de l'histoire. Il lui débita son mensonge et raccrocha.

Et le téléphone sonna. Il ne répondit pas tout de suite. Il n'était pas de service et avait l'intention que les choses demeurent en l'état. Il but lentement son gripenberger tout en contemplant le ciel qui s'assombrissait. Enfin, il se résigna à soulever l'écouteur.

– Mansson...

– Ici Nilsson. J'ai cru que vous n'en finiriez jamais. Cela fait une demi-heure que j'essaie de vous appeler.

Le jeune Nilsson était de garde au commissariat central de Davidshallstorg.

Mansson soupira.

– Eh bien, que se passe-t-il?

– Quelqu'un vient de se faire descendre au Savoy. Je suis navré mais je suis obligé de vous demander de vous rendre là-bas.

Le verre était vide mais encore froid. Mansson le passa sur son front.

– La victime est morte?

– Je ne sais pas.

– Vous ne pouvez pas envoyer Skacke?

– Il n'est pas de service et je n'arrive pas à le joindre. Je vais tâcher de le prévenir. Backlund est sur place mais vous feriez sans doute mieux...

Mansson tressaillit et reposa son verre.

– Backlund? Bon, j'y vais tout de suite.

Il appela un taxi et posa l'écouteur sur la table. Une voix métallique ne cessant de répéter : « Ici Central Taxi, veuillez patienter un moment, je vous prie » l'accompagna tandis qu'il s'habillait. Il réussit finalement à obtenir le standard.

Plusieurs voitures de patrouille étaient garées au petit bonheur devant le Savoy et deux agents de faction devant la porte en interdisaient l'entrée aux curieux massés au pied du perron. Mansson enregistra la scène d'un coup d'œil tout en réglant sa course. Il glissa le reçu dans sa poche. L'un des agents, remarqua-t-il, faisait preuve d'une certaine brusquerie et il se dit qu'avant longtemps la police de Malmö aurait aussi mauvaise réputation que celle de Stockholm.

Toutefois, il ne fit aucun commentaire, se contentant d'un bref signe de tête au passage quand il entra dans le hall. C'était le tumulte. Tout le personnel de l'établissement était là, plus quelques clients qui étaient sortis du grill-room. Sans compter plusieurs policiers qui avaient l'air perdus dans ce décor inhabituel. De toute évidence, personne ne leur avait dit ce qu'ils devaient faire ni ce à quoi ils devaient s'attendre.

Mansson avait la cinquantaine. Il était grand. Sa chemise flottait négligemment sur son pantalon en dacron et il était chaussé de sandales. Il sortit un cure-dent de la petite poche de son veston, en déchira l'enveloppe de papier et le fourra dans sa bouche. Tout en le mâchonnant, il évalua méthodiquement la situation. Le cure-dent, parfumé à la menthe, était de marque américaine. Il l'avait chipé à bord du ferry-boat *Malmöhus* qui a de ces gracieusetés envers ses passagers.

Un agent du nom d'Elofsson, que Mansson jugeait un peu plus malin que les autres, montait la garde devant la porte de la salle à manger. L'inspecteur s'approcha de lui.

– Alors, de quoi s'agit-il?

– Il semble que quelqu'un se soit fait tirer dessus.

– Avez-vous reçu des directives?

– Pas la moindre.

– Que fabrique Backlund?

– Il interroge les témoins.

– Où est la victime?

– A l'hôpital, je suppose.

Une légère rougeur envahit les joues d'Elofsson qui ajouta :

– Apparemment, l'ambulance est arrivée avant la police.

Mansson soupira et entra dans la salle à manger.

Backlund, debout devant la table sur laquelle s'alignaient, étincelantes, des soupières d'argent, questionnait un garçon de restaurant. C'était un homme d'un certain âge à la physionomie banale et qui portait des lunettes. Il avait, Dieu sait comment, réussi à devenir inspecteur adjoint. Il s'affairait à prendre des notes dans son calepin. Mansson s'arrêta à portée de voix mais ne dit rien.

– Et à quelle heure cela s'est-il produit?

– Euh... à huit heures et demie environ.

– Environ?

– Je suis incapable de vous dire l'heure qu'il était exactement.

– En d'autres termes, vous ne savez pas à quel moment l'agression a eu lieu?

– Non, je ne sais pas.

– Bizarre, fit Backlund.

– Pardon?

– Je trouve cela plutôt bizarre. Vous avez une montre, n'est-ce pas?

– Bien sûr.

– Et, si je ne me trompe, il y a une pendule murale.

– Oui, mais...

– Mais quoi?

– Ni ma montre ni la pendule ne marchent juste. D'ailleurs, je n'ai pas songé à regarder l'heure.

La réponse parut accabler Backlund qui, abandonnant son carnet et son crayon, se mit en devoir d'essuyer ses lunettes. Cela fait, il poussa un profond soupir, reprit son calepin et recommença à griffonner.

– Bien que vous ayez eu une pendule et une montre à votre disposition, vous ne savez pas l'heure qu'il était?

– Non, en quelque sorte.

– « En quelque sorte », ce n'est pas une réponse.

– Elles n'indiquent pas la même heure. Ma montre avance et la pendule retarde.

Backlund jeta un coup d'œil sur son Ultrason, répéta « Bizarre » et écrivit quelque chose. Mansson se demanda quoi.

– Donc, vous étiez là quand le meurtrier est entré?

– Oui.

– J'aimerais que vous me donniez un signalement aussi précis que possible de cet individu.

– En fait, je ne l'ai pas vraiment regardé.

– Vous n'avez pas vu l'homme qui a tiré? fit Backlund avec stupéfaction.

– C'est-à-dire que si... quand il a escaladé la fenêtre.

– A quoi ressemblait-il?

– Je ne saurais vous le dire. Il était assez loin et cette colonne cachait la table.

– Dois-je comprendre que vous ne savez pas à quoi il ressemblait?

– Eh bien, en effet.

– Bon... Comment était-il habillé?

– Il avait une veste de sport marron, je crois.

– Vous croyez?

– Oui. Je ne l'ai vu que l'espace d'une seconde.

– En dehors de son veston, que portait-il? Avait-il un pantalon, par exemple?

– Bien sûr qu'il en avait un!

– Vous en êtes certain?

– Dame! Autrement, cela aurait été... un peu bizarre. S'il n'en avait pas eu, je veux dire.

Backlund écrivait furieusement. Mansson retourna son cure-dent pour en mâcher l'autre extrémité et fit doucement :

– Dites voir, Backlund...

L'interpellé se retourna, l'œil flamboyant.

– Je suis en train d'interroger un témoin important... (Il s'interrompit brusquement et reprit sur un ton morose :) Oh! C'est vous!

– Alors, que se passe-t-il?

– On a tué un homme, répondit Backlund avec le plus grand sérieux. Et savez-vous qui?

– Non.

– Viktor Palmgren. Le P.D.G., ajouta-t-il avec emphase.

– Palmgren? répéta Mansson.

Eh bien, on va rigoler, songea-t-il. A haute voix, il enchaîna :

– L'attentat a eu lieu il y a plus d'une heure, l'agresseur a escaladé la fenêtre et a pris la fuite.

– Il se peut que les événements se soient déroulés de cette façon.

Backlund ne tenait jamais rien pour définitivement acquis.

– Pourquoi y a-t-il six voitures de police dehors?

– J'ai donné l'ordre de boucler le quartier.

– Toute la rue?

– Le lieu du crime.

– Je ne veux plus voir un homme en tenue dans le secteur, dit Mansson avec lassitude. Des agents qui pullulent dans le hall et dans la rue, cela risque d'être très désagréable pour l'hôtel. D'autant que ce personnel fait sûrement défaut ailleurs. Donnez les ordres en conséquence. Et, après, tâchez d'obtenir un signalement. Vous devez certainement trouver un témoin plus valable que ce garçon.

– Nous interrogerons naturellement tout le monde.

– Chaque chose en son temps. Mais ne retenez personne sauf si vous tombez sur quelqu'un qui a des déclarations capitales à faire. Contentez-vous de prendre les noms et les adresses.

Backlund décocha à Mansson un regard méfiant.

– Qu'avez-vous l'intention de faire?

– De passer quelques coups de téléphone.

– A qui?

– Aux journaux. Pour apprendre ce qui s'est passé.

– Je suppose que c'est une plaisanterie? dit sèchement Backlund.

– Bien sûr, répondit distraitement Mansson en jetant un coup d'œil autour de lui.

Dans la salle à manger allaient et venaient journalistes et photographes. Pas mal d'entre eux étaient sûrement arrivés longtemps avant la police et quelques-uns se trouvaient certainement sur place, au grill ou au bar, au moment de l'attentat. C'était plus que probable s'il les connaissait bien.

– Mais le règlement exige...

L'apparition de Benny Skacke empêcha Backlund d'aller plus loin. A trente ans, Skacke avait le même grade que lui. Naguère, il appartenait à la Criminelle de Stockholm, mais avait demandé son transfert après avoir pris une initiative aussi stupide que risquée qui avait failli coûter la vie d'un de ses supérieurs hiérarchiques. C'était un garçon dévoué, consciencieux et un peu naïf. Mansson l'aimait bien.

– Skacke va pouvoir vous donner un coup de main, dit ce dernier.

– Le Stockholmois, murmura Backlund, visiblement sceptique.

– Tout juste. Et n'oubliez pas ce signalement. Pour le moment, c'est la seule chose qui compte.

Il balança son cure-dent arrivé à la dernière extrémité dans un cendrier et se dirigea vers la réception pour téléphoner.

Il passa cinq coups de fil d'affilée puis, secouant la tête, prit le chemin du bar.

– Eh bien! Pour une surprise, c'est une surprise, s'exclama le barman.

Mansson s'assit.

– Comment va?

– Qu'est-ce que vous prenez? Comme d'habitude?

– Non, juste un jus de raisin. Il faut que je réfléchisse.

Il y a des moments où tout marche de travers, songeait le policier. Cette affaire avait pris un mauvais départ. Tout d'abord, Viktor Palmgren était un personnage important et bien connu. Pourquoi? Ce n'était pas facile à dire mais une chose était sûre : il était bourré d'argent. Qu'il se soit fait tirer dessus dans l'un des plus célèbres restaurants d'Europe n'était pas fait pour arranger les choses. Cela ne pouvait qu'attirer l'attention sur cette histoire et risquer d'avoir des conséquences fâcheuses à long terme. Immédiatement après l'agression, on avait transporté le blessé dans un salon et on l'avait étendu sur un brancard improvisé. Puis on avait appelé une ambulance et averti la police. En même temps. L'ambulance était arrivée très rapidement, et la victime avait été conduite à l'hôpital général. Quant à la police, elle avait brillé par son absence. Pourtant, une voiture de patrouille stationnait devant la gare – à moins de deux cents mètres de l'hôtel en d'autres termes. Comment était-ce possible? A présent, Mansson avait une explication mais elle n'avait rien de particulièrement flatteur pour la police : l'appel avait été mal interprété et on avait estimé qu'il y avait plus urgent. Les deux agents présents à la gare avaient en conséquence perdu leur temps à appréhender un ivrogne parfaitement inoffensif. Ce n'était qu'après le second coup de téléphone que des renforts fièrement dirigés par Backlund avaient été expédiés au Savoy.

Le début de l'enquête, c'était un vasouillage complet. Pour commencer, Mansson lui-même était resté quarante minutes à écouter sa femme lui raconter *Autant en emporte le vent*. Par-dessus le marché, il avait bu deux verres et avait été obligé d'attendre un taxi. Une demi-heure s'était écoulée depuis le coup de feu quand le premier policier était arrivé à l'hôtel.

Pour ce qui était de Viktor Palmgren, on était dans le brouillard. Il avait été examiné au service des urgences de l'hôpital qui avait alerté un neurochirurgien de Lund. A l'heure qu'il était, l'ambulance était en train de foncer vers cette localité, située à quelque vingt kilomètres de Malmö. Un témoin capital, sa propre femme, l'accompagnait. Au moment de l'attentat, elle était vraisemblablement assise en face de lui et il y avait de fortes chances pour qu'elle ait vu le tueur de près.

L'événement remontait déjà à une heure. Une heure de perdue alors que chaque seconde était précieuse.

Mansson secoua la tête et leva les yeux vers la pendule murale. Vingt et une heures trente.

Backlund entra d'un pas vainqueur dans le bar, Skacke sur ses talons.

– Qu'est-ce que vous faites ici? s'exclama-t-il avec un étonnement qui n'avait rien de feint, en plissant les yeux.

– Alors, ce signalement, rétorqua Mansson, ça vient? Il est temps de passer à l'action.

Backlund tripota son calepin, le posa sur le comptoir et se mit en devoir d'essuyer ses lunettes.

– Voici ce que nous avons pour le moment, dit précipitamment Skacke. Taille moyenne, visage maigre, cheveux châtain foncé coiffés en arrière. Il était vêtu d'un veston de sport rouille, d'une chemise pastel jaune-vert, d'une cravate sombre, d'un pantalon gris foncé et portait des chaussures noires ou marron. Une quarantaine d'années.

– Bien. Diffusez-moi ça tout de suite. Qu'on établisse des barrages sur les routes principales et qu'on contrôle les trains, les avions et les bateaux.

– Entendu.

– Il ne faut pas qu'il puisse quitter la ville.

Skacke s'en fut.

Backlund chaussa ses lunettes, dévisagea Mansson et renouvela son intéressante question :

– Qu'est-ce que vous faites ici?

Son regard se posa sur le verre de son supérieur et il murmura, plus ébahi que jamais : « Vous buvez? »

Mansson ne répondit pas.

L'autre leva alors les yeux vers la pendule et consulta sa montre.

– Cette pendule n'est pas à l'heure, déclara-t-il.

– Naturellement, fit le barman. Elle avance. C'est exprès. Ça aide les clients qui sont pressés parce qu'ils ont un train ou un bateau à prendre.

– Nous n'en sortirons jamais, soupira Backlund. Comment arriverons-nous à déterminer l'heure exacte du coup de feu si nous ne pouvons pas faire confiance à cette horloge?

– Ça ne sera pas tellement facile, dit distraitement Mansson.

Skacke réapparut.

– Voilà... C'est fait.

– Il est sans doute trop tard, grommela Mansson.

– De quoi diable parlez-vous? s'exclama Backlund en saisissant son calepin. En ce qui concerne ce serveur...

– Attendez, fit Mansson en l'interrompant d'un geste. Nous en reparlerons dans un instant. Benny, je voudrais que vous téléphoniez à nos collègues de Lund pour qu'ils envoient quelqu'un à la clinique de ce neurochirurgien. Quelqu'un muni d'un magnétophone portatif pour enregistrer la déclaration de Palmgren si jamais il reprend conscience. Il faudra aussi interroger Mme Palmgren.

Skacke s'éclipsa à nouveau.

– Le serveur dont vous parliez, dit le barman... si vous voulez mon avis, si Dracula en personne avait surgi dans la salle à manger, il n'aurait rien remarqué.

Backlund, irrité, ne releva pas la remarque. Mansson attendit le retour de Skacke pour reprendre la parole et prit soin de poser la question qu'il avait sur le bout de la langue aux deux hommes afin de ménager les susceptibilités hiérarchiques de Backlund.

– Quel est le témoin le plus valable, selon vous?

– Un dénommé Edvardsson, répondit Skacke. Il se trouvait trois tables plus loin mais...

– Mais quoi?

– Il est en état d'ébriété.

– L'alcool est une malédiction, laissa tomber Backlund.

– Bon, on s'occupera de lui demain. Qui peut me déposer au commissariat central?

– Moi, dit Skacke.

– En ce qui me concerne, je ne bouge pas d'ici, fit Backlund avec entêtement. Officiellement, cette affaire m'appartient.

– Naturellement. Eh bien, à plus tard.

Une fois dans la voiture, Skacke entendit Mansson marmonner :

– Les trains, les bateaux...

– Pensez-vous qu'il ait quitté la ville?

– Cela n'aurait rien d'impossible. D'une façon ou d'une autre, on a des tas de gens à appeler.

Skacke jeta un coup d'œil en coulisse à Mansson qui était en train de dépiauter un autre cure-dent. La voiture entra dans la cour du commissariat.

– Les avions, grommela Mansson sans s'adresser à personne en particulier. Voilà une nuit qui risque d'être chaude.

Le commissariat paraissait immense, sinistre et désert à

cette heure tardive. C'était un édifice impressionnant et les pas des deux hommes éveillaient des échos désolés dans l'escalier de pierre à la spirale majestueuse.

Mansson était aussi lent qu'il était grand. Il avait horreur des nuits chaudes. En outre, la plus grande partie de sa carrière était déjà derrière lui.

Skacke était l'opposé. De vingt ans son cadet, il songeait énormément à sa carrière, était dévoré de zèle et d'ambition. Mais l'expérience l'avait rendu prudent et lui avait appris à agir comme on attendait qu'il agisse.

Aussi les deux hommes se complétaient-ils admirablement.

A peine entré dans le bureau, Mansson ouvrit la fenêtre donnant sur la cour asphaltée, puis il se laissa choir dans son fauteuil et observa un long silence méditatif tout en faisant tourner distraitement le rouleau de sa vieille Underwood. Enfin il dit :

– Faites-vous relayer par quelqu'un tous les appels radio et toutes les communications téléphoniques.

Skacke avait un bureau personnel de l'autre côté du couloir.

– Vous pouvez laisser les portes ouvertes, murmura Mansson.

Et il ajouta, vaguement ironique : « Comme ça, nous aurons un véritable poste de commandement. »

Skacke passa chez lui et décrocha le téléphone. Mansson le rejoignit au bout de quelques instants et se planta dans l'embrasure de la porte, accoté au chambranle, un cure-dent au coin de la bouche.

– Avez-vous un peu réfléchi à cette affaire, Benny? demanda-t-il.

– Pas tellement, répondit prudemment Skacke. En tout cas, ça paraît incroyable.

– C'est le mot juste.

– Ce qui m'échappe, c'est le motif.

– Attendons d'avoir davantage de détails avant de songer au motif.

Le téléphone sonna. Skacke nota quelque chose.

– Le type qui a tiré sur Palmgren n'avait qu'une chance sur mille de s'éclipser après avoir fait son coup. Jusqu'à la seconde précise où il a appuyé sur la détente, il se comporte comme un fanatique. Et puis il s'échappe miraculeusement et, d'un coup d'un seul, cesse de se conduire en exalté et se met à paniquer.

– Et c'est ce qui vous fait supposer qu'il cherche à quitter Malmö?

– En partie. Il entre dans le restaurant et tire sans se soucier de ce qui se passera ensuite. Et puis il perd la tête comme la plupart des criminels. Il s'affole et il n'a plus qu'une seule idée : ficher le camp le plus loin possible et aussi vite que possible.

C'est une théorie, songea Skacke. Un peu tirée par les cheveux mais qui ne manque pas de base. Néanmoins, il ne fit pas de commentaires.

– Naturellement, ce n'est qu'une théorie, reprit Mansson. Un bon policier ne doit pas se fier uniquement aux théories. Toutefois, pour le moment, je ne vois pas d'autre hypothèse de travail.

Le téléphone sonna.

Tu parles d'un travail, se dit Mansson. Quand je pense que je n'étais pas de service!

Ce ne fut pas une nuit chaude dans le sens où il ne se passa rien. On arrêta sur les routes et à la gare quelques personnes correspondant plus ou moins au signalement du bandit. Toutes étaient apparemment étrangères à l'attentat. Néanmoins, on prit leur nom.

Le dernier train quitta la gare à une heure moins vingt.

A deux heures quinze arriva un message de la police de Lund : Palmgren était toujours vivant.

A trois heures, nouvel appel émanant de la même source : Mme Palmgren était en état de choc et il était difficile de l'interroger véritablement. Cependant, elle avait vu distinctement le tireur et était sûre de ne pas le connaître.

– Qu'est-ce qu'ils se donnent, nos copains de Lund! murmura Mansson en bâillant.

Un peu après quatre heures du matin, Lund rappela. Les médecins avaient décidé de ne pas opérer le blessé pour le moment. La balle était entrée par l'oreille gauche et il était impossible de dire quels dommages elle avait causés. L'état du patient était aussi satisfaisant que possible compte tenu des circonstances.

Celui de Mansson, lui, était plutôt déficient. Il était fatigué et avait la gorge terriblement sèche. Il passait son temps à aller boire au lavabo.

– Est-ce qu'on peut vivre avec une balle dans la tête? lui demanda Skacke.

– Oui. Cela s'est déjà vu. Il arrive que le projectile se niche dans les tissus et que le blessé recouvre la santé alors qu'il serait sans doute mort si on avait essayé de procéder à l'extraction.

Backlund avait apparemment décidé d'installer ses pénates au Savoy pour un moment car il téléphona à quatre heures et demie pour annoncer qu'il avait bouclé le quartier en prévision de l'enquête technique qui, dans le meilleur des cas, n'interviendrait que dans quelques heures au plus tôt.

– Il veut savoir si l'on a besoin de lui, fit Skacke, la main plaquée sur l'écouteur.

– Le seul endroit où on ait besoin de lui, c'est peut-être encore dans son lit. Avec sa femme.

Skacke transmit cette recommandation non sans en modifier la formulation.

– Je crois qu'on peut mettre maintenant une croix sur Bulltofta, fit-il un peu plus tard. Le dernier avion a décollé à 23 h 5. Aucun des passagers ne correspondait au signalement. Le prochain vol est prévu pour 6 h 30. Toutes les places sont retenues depuis avant-hier et il n'y a personne sur la liste d'attente.

Mansson médita.

– Ouais, grommela-t-il enfin. Je crois bien que je vais

appeler quelqu'un qui a horreur qu'on le tire du lit.

– Qui? Le chef de la police?

– Non, il n'a probablement pas plus dormi que nous. A propos, où aviez-vous disparu dans la soirée?

– J'étais au cinéma. On ne peut quand même pas rester chez soi à étudier tous les soirs.

– Moi, je ne suis jamais resté chez moi à étudier. Un aéroglisseur a quitté Malmö pour Copenhague à 21 heures. Tâchez donc de savoir lequel c'était.

Contre toute attente, cette tâche s'avéra particulièrement ardue et ce ne fut qu'au bout d'une demi-heure que Skacke fut en mesure de fournir à Mansson le renseignement demandé :

– C'était le *Springeren.* A présent, il est à Copenhague. Ce n'est pas croyable comme les gens sont mal embouchés quand on les sort du lit.

– Si cela peut vous consoler, j'ai une corvée encore plus pénible qui m'attend, répliqua Mansson.

Il regagna son bureau, décrocha le téléphone, composa le 00945 pour avoir le Danemark, puis le numéro personnel du capitaine Mogensen, chef de la police judiciaire danoise. Il compta dix-sept sonneries avant qu'une voix pâteuse se fasse entendre.

– Mogensen à l'appareil.

– Ici Per Mansson, à Malmö.

– Qu'est-ce que vous voulez? Savez-vous l'heure qu'il est?

– Oui. Mais il se peut que ce soit très important.

– J'espère bien! répondit le Danois sur un ton menaçant.

– Une tentative d'assassinat a été commise à Malmö dans la soirée et il est possible que le tueur se soit réfugié à Copenhague. Nous avons un signalement.

Quand Mansson eut terminé sa petite histoire, Mogensen s'exclama aigrement :

– Est-ce que vous vous figurez que je suis capable d'accomplir des miracles?

– Pourquoi pas? Si vous apprenez quelque chose, faites-nous signe.

– Allez vous faire foutre! répondit Mogensen d'une voix étrangement claire avant de raccrocher rageusement.

Mansson soupira. Bâilla.

Il n'y eut aucun fait nouveau.

Plus tard, Backlund téléphona pour annoncer que l'anthropométrie était arrivée et s'était mise au travail. Il était 8 heures du matin.

– Mais c'est qu'il est survolté! s'exclama Mansson.

– Et maintenant, qu'est-ce qu'on fait? voulut savoir Skacke.

– Rien. On attend.

A 9 h 20, on appela Mansson sur sa ligne personnelle. Il décrocha, resta une ou deux minutes à écouter, reposa le récepteur sans même un « merci » ou un « au revoir » et hurla à l'adresse de Skacke :

– Appelez Stockholm! Tout de suite!

– Pour leur dire quoi?

Mansson consulta la pendule.

– C'était Mogensen. Un Suédois disant se nommer Bengt Stensson a pris un billet Kastrup-Stockholm hier soir. Il a attendu plusieurs heures. Finalement, il est monté à bord d'un avion de la S.A.S. qui a décollé à 8 h 25. L'appareil devrait s'être posé à Arlanda il y a une dizaine de minutes au maximum. Le type correspond peut-être au signalement. Je veux qu'on arrête l'autocar à l'aéroport et qu'on garde le bonhomme à vue.

Skacke se rua sur le téléphone.

– C'est réglé, annonça-t-il d'une voix haletante trente secondes plus tard. Stockholm va s'en occuper.

– Qui avez-vous eu?

– Gunvald Larsson.

– Sans blague?

Ils attendirent.

Une demi-heure plus tard, le téléphone sonna dans le bureau de Skacke qui décrocha aussitôt.

– Ils l'ont loupé, fit-il, le récepteur encore à la main.
– Oh! murmura laconiquement Mansson.
Pourtant, ils disposaient de vingt minutes de battement, songea-t-il.

## III

La même expression fut utilisée au commissariat central de Stockholm.
– Eh bien, ils l'ont loupé, annonça Einart Rönn en passant une tête écarlate et inondée de sueur dans l'entrebâillement de la porte du bureau de Gunvald Larsson.
– Qui ça? demanda distraitement ce dernier.
Il pensait à tout autre chose, à savoir trois agressions particulièrement brutales qui avaient eu lieu au cours de la nuit dans le métro, deux viols et seize rixes. C'était Stockholm. Une ville bien particulière. Et encore, grâce à Dieu, il n'y avait pas eu de meurtre. Quant à savoir combien de cambriolages ou de vols avaient été perpétrés, combien de drogués, de maniaques sexuels, de contrebandiers et d'alcooliques la police avait appréhendés, combien de policiers avaient tabassé des citoyens présumés innocents dans les cars et les commissariats... Allez donc faire le compte! Beaucoup trop, sans doute, pour qu'on puisse avancer un chiffre. Gunvald Larsson préférait s'occuper de ses propres oignons.
Pas loin d'un mètre quatre-vingt-dix, fort comme un bœuf, blond et l'œil azuréen, il était extrêmement gandin pour un inspecteur principal de la brigade des vols et agressions. Ce matin, par exemple, il portait un léger complet gris pâle avec la cravate, les chaussures et les chaussettes assorties. C'était un drôle d'animal et beaucoup de gens ne l'aimaient pas.

– Vous savez bien! fit Rönn. L'autocar de l'aérogare de Haga.

– Oui et alors? Ils l'ont loupé?

– Les agents qui étaient censés contrôler les passagers sont arrivés trop tard. Lorsqu'ils se sont pointés, le car était déjà parti. Plus personne!

Cessant de penser à autre chose, Gunvald darda un regard flamboyant à Rönn.

– Comment? C'est impossible!

– Hélas non. Quand ils se sont amenés, il était trop tard.

– Vous êtes fou ou quoi?

– Ce n'était pas moi qui étais chargé de cette mission.

C'était par le plus grand des hasards que Larsson avait répondu au coup de téléphone de Skacke et il avait considéré cette vérification comme un simple travail de routine.

– Mais bon Dieu de bon Dieu! s'exclama-t-il rageusement. J'ai appelé Solna immédiatement. Le planton m'a dit qu'il y avait une voiture de patrouille Karolinskavägen. C'est à trois minutes tout au plus de l'aérogare. Ils disposaient de vingt minutes au bas mot. Que s'est-il passé?

– Apparemment, les patrouilleurs ont été retardés en chemin.

– Retardés?

– Oui, il leur a fallu procéder à une intervention. Et quand ils sont arrivés, le car était déjà parti.

– Une intervention?

Rönn mit ses lunettes et examina le papier qu'il tenait à la main.

– Exactement. Ce car porte le nom de Beata. En général, il part de Bromma.

– Beata? Quel est le tordu qui s'amuse à baptiser les autocars?

– Vous savez, moi, je n'y suis pour rien, fit placidement Rönn.

– Et ces génies de la voie publique, est-ce qu'ils ont des noms, eux aussi?

– C'est plus que vraisemblable mais je ne les connais pas.

– Eh bien, trouvez-les. Si les autobus ont des noms, je suppose que les agents de police en ont également. Encore qu'il vaudrait mieux qu'ils aient des numéros.

– Ou des symboles.

– Des symboles?

– Eh bien oui... comme les gosses à la maternelle. Des bateaux, des autos, des oiseaux, des champignons, des insectes ou des chiens...

– Je n'ai jamais été à la maternelle, laissa tomber Gunvald Larsson sur un ton méprisant. Et mettez-vous au travail. L'ami Mansson crèvera de rire si nous n'avons pas une explication valable à lui fournir.

Rönn sortit.

– Des insectes et des chiens! maugréa Larsson. Tout le monde est fou!

Et il se replongea dans ses agressions métropolitaines tout en se curant les dents à l'aide d'un coupe-papier.

Dix minutes plus tard, Rönn fit une nouvelle apparition, des lunettes chevauchant son nez rouge, un papier à la main.

– Ça y est! annonça-t-il. Voiture trois, commissariat de Solna. Les patrouilleurs étaient Karl Kristiansson et Kurt Kvant.

Larsson sursauta et peu s'en fallut qu'il ne se suicidât avec son coupe-papier.

– Bon Dieu! Comment ne l'avais-je pas deviné? Je suis hanté par ces deux crétins. Qu'ils se pointent ici, et vite fait! On va éclaircir la question.

Kristiansson et Kvant avaient des tas de choses à expliquer. Leur histoire était compliquée et extrêmement difficile à suivre. En outre, ils avaient une peur bleue de Gunvald Larsson et ils se débrouillèrent pour arriver Kungsholmsgatan avec près de deux heures de retard.

C'était une maladresse, car entre-temps Larsson avait réuni un certain nombre d'informations.

Finalement, ils se présentèrent devant lui – uniforme impeccable, bien astiqués, la casquette à la main. Ils mesuraient un mètre quatre-vingt-six, ils étaient blonds, taillés comme des armoires à glace, l'œil bleu et bovidé, l'air inexpressif. Ils se demandaient dans leur for intérieur pourquoi Gunvald Larsson se permettait d'enfreindre la règle d'or, encore qu'elle fût tacite, interdisant à un fonctionnaire de police de critiquer l'action d'autres fonctionnaires de police ou d'exiger d'un policier qu'il témoignât contre un autre policier.

– Bonjour, fit l'inspecteur sur un ton jovial. Je suis bien content que vous ayez réussi à pouvoir venir.

– Bonjour, murmura Kristiansson d'une voix hésitante.

– Salut, dit effrontément Kvant.

Larsson dévisagea les deux agents et soupira.

– C'était vous qui étiez censés contrôler l'identité des passagers de l'autocar à Haga, n'est-ce pas?

– Oui, répondit Kristiansson.

Et, après un temps de réflexion, il ajouta : « On est arrivé trop tard. »

Kvant s'essaya à affiner cette présentation des faits :

– On n'a pas pu être là à temps.

– C'est ce que j'ai cru comprendre. Et j'ai également cru comprendre que, lorsque vous avez reçu l'appel, vous stationniez Karolinskavägen. Il faut deux minutes, trois au maximum pour faire le trajet jusqu'à l'aérogare. Quelle voiture avez-vous?

– Une Plymouth, répondit Kristiansson en se tortillant.

– La perche fait deux kilomètres quatre cents à l'heure. C'est le poisson le plus lent qui existe. Pourtant, une perche aurait facilement couvert la même distance en moins de temps que vous.

Larsson ménagea une pause et tonitrua : « Pourquoi n'êtes-vous pas arrivés à temps, nom de Dieu?

– On a dû procéder à une intervention en cours de route, rétorqua Kvant sur un ton gourmé.

– Une perche aurait certainement trouvé une explication plus plausible, dit Larsson d'une voix résignée. Alors, à propos de quoi cette intervention?

– On... on s'est fait injurier, balbutia Kristiansson.

– Outrages à agents de la force publique dans l'exercice de leurs fonctions, précisa énergiquement Kvant.

– Racontez-moi un peu ce qui s'est passé.

– Un type à bicyclette nous a insultés.

Kvant jouait le jeu à fond. Kristiansson, qui gardait maintenant bouche close, avait l'air de plus en plus embarrassé.

– Et qu'est-ce qui vous a empêché d'exécuter les ordres que vous veniez de recevoir?

Kvant avait sa réponse toute prête :

– Le chef de la police nationale en personne a dit dans une déclaration officielle qu'il fallait absolument poursuivre toute personne proférant des insultes à l'égard d'un fonctionnaire de police, tout particulièrement quand il s'agit du personnel en tenue. Un agent de police ne doit pas être considéré comme un bouffon.

– Voyez-vous ça!

Les deux agents décochèrent un regard noir à l'inspecteur qui haussa les épaules et poursuivit :

– Je reconnais que le potentat auquel vous venez de faire allusion est célèbre pour ses déclarations officielles mais je doute que lui-même ait proféré une pareille stupidité. Qu'est-ce que c'était que cette insulte?

– Vingt-deux, v'là les flics! dit Kvant.

– Vous trouvez cela injurieux?

– Sans aucun doute.

Larsson dévisagea Kristiansson qui se balança d'un pied sur l'autre et balbutia :

– Il a raison.

– Et comment! dit son collègue. D'ailleurs, même si Siv me disait...

– Siv? Qu'est-ce que c'est que ça? Encore un autobus?

– C'est ma femme, répliqua Kvant.

Gunvald Larsson posa ses deux gigantesques battoirs à plat sur le bureau :

– Eh bien moi, je vais vous dire ce qui s'est passé. Vous étiez en stationnement Karolinskavägen. Vous avez reçu le message. Un cycliste est passé et vous a traités de flics. Vous avez été obligés de lui dresser procès-verbal. Voilà pourquoi vous n'avez pas pu arriver à temps à l'aérogare.

Kristiansson acquiesça mélancoliquement.

– Exactement, dit Kvant.

– Eh oui, confirma Kristiansson.

Gunvald Larsson dévisagea longuement les deux agents.

– Est-ce que c'est vrai? leur demanda-t-il enfin dans un murmure.

Pas de réponse. Kvant commençait à paraître inquiet. Kristiansson tripotait son étui à revolver. Il essuya son front moite à l'aide de sa casquette.

Le silence s'épaississait. Soudain, Larsson leva les deux bras et abattit ses deux poings sur la table. Toute la pièce en trembla.

– Vous mentez! hurla-t-il à pleins poumons. Chaque mot que vous prononcez est un mensonge et vous le savez parfaitement. Vous vous êtes arrêtés près d'un marchand de frites. L'un de vous deux était debout devant la voiture en train de manger un cornet de frites. Un homme est arrivé à bicyclette ainsi que vous le prétendez et quelqu'un vous a crié quelque chose. Mais pas le cycliste! Son fils qui était sur le porte-bagages du vélo. Et il n'a pas crié « Vingt-deux, v'là les flics » mais « vingt-deux, v'là des frites ». Voilà ce qu'il a dit, ce gosse.

Larsson se tut.

Kristiansson et Kvant étaient rouges comme des homards.

– Au nom du ciel, comment pouvez-vous le savoir? finit par demander le premier d'une voix indistincte.

L'inspecteur regarda successivement les deux agents.

– Bien... Lequel des deux mangeait ces frites?

– C'était pas moi, répondit Kristiansson.

– Salaud! chuchota Kvant sans bouger les lèvres.

– Permettez-moi de rétablir les faits, enchaîna Larsson avec lassitude. Le cycliste n'a pas digéré de s'être fait enguirlander un quart d'heure d'horloge à cause de quelque chose qu'avait dit son gamin. Aussi a-t-il porté plainte, comme c'était son droit. D'autant plus qu'il y avait des témoins.

Kvant tenta une ultime manœuvre de défense : « On peut facilement se tromper quand on a la bouche pleine... »

Larsson le fit taire d'un geste, prit son bloc, sortit un crayon de sa poche et écrivit en capitales : ALLEZ VOUS FAIRE FOUTRE! Il déchira la page et la tendit à Kritiansson. Celui-ci jeta un coup d'œil sur le papier, rougit encore un peu plus et le donna à son camarade.

– Je ne supporterai pas de vous le répéter, dit Larsson.

Kristiansson et Kvant s'esquivèrent avec ce poulet.

## IV

Martin Beck ne savait rien de tout cela.

Des problèmes d'un tout autre ordre occupaient son esprit. Il avait repoussé son fauteuil et réfléchissait, les jambes allongées, les pieds posés sur le dernier tiroir de son bureau qu'il avait entrouvert à cette fin. Plantant ses dents dans le filtre de la Florida qu'il venait d'allumer, il enfonça les mains dans les poches de son pantalon et, plissant les yeux, regarda par la fenêtre, plongé dans un abîme de méditation.

Comme il était le patron de la brigade criminelle, on aurait pu supposer qu'il méditait sur l'assassinat du quartier sud – l'affaire du meurtrier à la hache : depuis une semaine, on était toujours au point mort. Ou bien que ses pensées allaient aù cadavre de la femme repêché la veille dans le Riddarfjärden et qui n'avait toujours pas été identifié.

Mais ce n'était pas le cas.

Martin Beck se demandait ce qu'il allait acheter pour la réception qu'il offrait ce soir-là.

Fin mai, il avait déniché un deux-pièces Köpmangatan et avait quitté le domicile conjugal. Inga et lui étaient mariés depuis dix-huit ans mais il y avait un certain temps que les choses marchaient de travers et, en janvier, quand sa fille Ingrid s'était installée chez une amie, il avait dit à sa femme que mieux valait se séparer. Tout d'abord, elle avait protesté mais lorsque le bail avait été signé et qu'elle avait été mise devant le fait accompli, elle s'était fait une raison. Rolf, leur fils, qui avait quatorze ans, avait toujours été son chouchou et Martin Beck avait le sentiment que, en fait, elle était bien contente de rester seule avec l'enfant.

Ce deux-pièces était confortable, suffisamment grand, et après qu'il y eut transféré une partie des meubles de son ancien domicile et acheté ce qui manquait, il s'était senti tout excité et avait invité ses trois meilleurs amis à dîner. Dans la mesure où, dans l'hypothèse la plus optimiste, ses compétences culinaires se bornaient à la confection des œufs à la coque et du thé, on resterait au-dessous de la vérité en disant que c'était là une initiative confinant à la témérité. C'était précisément ce dont il était en train de prendre conscience. Il essaya de se rappeler ce qu'Inga avait coutume de servir quand il y avait du monde mais sans pouvoir se remémorer autre chose que des souvenirs confus de plats copieux dont la préparation lui était totalement inconnue et dont il ignorait tout des ingrédients qui les composaient.

Il alluma une autre cigarette et songea mélancoliquement à des mets nommés sole Walewska ou filet de veau sauce Oscar. Sans parler du cœur de filet provençale. Par-dessus le marché, il y avait un petit détail qu'il avait négligé quand il avait lancé ses invitations inopinées : jamais il n'avait vu qui que ce soit doué d'un appétit aussi solide que ses hôtes de tout à l'heure.

Lennart Kollberg, son collaborateur le plus proche, était un gourmet doublé d'un gourmand : Beck avait eu l'occasion de le constater chaque fois qu'il s'était aventuré à la cantine. En outre, le gabarit dudit Kollberg révélait sa faiblesse pour les raffinements gastronomiques, particularité dont n'avait pu avoir raison un méchant coup de couteau qui avait ouvert l'estomac de l'intéressé un an auparavant. Gun, si elle n'avait pas la corpulence de son époux, savait néanmoins se tenir à table. Quant à Asa Torrell, une collègue, maintenant – elle avait été affectée à la Mondaine après avoir passé avec succès le concours de l'école de police –, c'était un véritable Gargantua.

Martin Beck se rappelait parfaitement la mince silhouette frêle d'Asa Torrell un an et demi plus tôt quand son ami, le benjamin du service, avait été abattu dans un autobus en compagnie de plusieurs autres personnes. Asa avait remonté la pente, recouvré son appétit et avait même pris des rondeurs. Elle devait sûrement avoir un taux de métabolisme stupéfiant. Martin Beck songea un instant à lui demander de venir plus tôt pour qu'elle puisse l'aider mais il y renonça.

Un poing mastoc heurta la porte qui s'ouvrit aussitôt et Kollberg entra :

– Sur quoi êtes-vous en train de cogiter dans votre coin? s'enquit-il en se laissant tomber dans le fauteuil qui gémit de façon inquiétante sous son poids.

Personne ne doutait que Kollberg en savait plus long que n'importe qui sur les ficelles des cambrioleurs et l'art de l'autodéfense.

Beck reposa les pieds par terre, rapprocha son siège du

bureau et éteignit soigneusement sa cigarette avant de répondre par un mensonge :

– Je pensais au meurtrier à la hache. Toujours rien de neuf?

– Vous avez vu le rapport d'autopsie? Il dit que le premier coup était mortel. Ce gars-là avait un crâne d'une rare fragilité.

– Oui, je l'ai lu.

– Je ne sais pas quand nous pourrons interroger sa femme. Elle est toujours en état de choc, nous a-t-on déclaré à l'hôpital, ce matin. Allez savoir si ce n'est pas elle qui l'a estourbi!

Kollberg se leva et alla ouvrir la fenêtre.

– Fermez-la, dit Martin Beck.

L'inspecteur obéit et soupira :

– Comment pouvez-vous tenir? On se croirait dans un four, chez vous.

– Je préfère rôtir que mourir asphyxié, répliqua philosophiquement Beck.

Le commissariat du quartier sud était tout proche de l'autoroute d'Essinge et quand la circulation était dense, ce qui était précisément le cas – on était au début des vacances –, les gaz d'échappement imprégnaient l'air.

– Comme vous voudrez, fit Kollberg en se dirigeant vers la porte d'une allure chaloupée. Essayez quand même de survivre jusqu'à ce soir. Vous avez bien dit sept heures?

– Oui, sept heures.

– Je meurs déjà de faim, fit Kollberg, ce qui était une provocation.

– Je suis bien content que vous puissiez venir.

Mais la porte s'était déjà refermée.

Quelques instants plus tard, le téléphone commença à sonner et des gens arrivèrent avec des papiers à signer, des rapports à soumettre, des questions à poser et Martin Beck n'eut plus le temps de penser à son menu.

Il quitta le commissariat à quatre heures moins le

quart, prit le métro jusqu'à Hötorgshallen et mit si longtemps à faire ses courses qu'il dut prendre un taxi afin d'arriver assez tôt pour pouvoir tout préparer.

A sept heures moins cinq, il avait fini de mettre le couvert et il examina son travail d'un œil critique. Il y avait des harengs sur un lit de crème aigre parfumée au fenouil et à la ciboulette, des œufs de carpe entourés d'une couronne d'oignons émincés, d'aneth et de tranches de citron, des œufs durs coupés en rondelles, des darnes de saumon fumé disposées sur de fragiles feuilles de laitue, du hareng et du carrelet fumés, du salami hongrois, des saucisses polonaises, des saucisses finlandaises, des saucisses au foie de Scanie et un grand saladier de scarole et de crevettes fraîches dont il était particulièrement fier; il avait confectionné lui-même cette salade et, à sa grande surprise, elle était délicieuse. Il y avait six espèces différentes de fromages sur une planche à découper, des radis et des olives, du pain de seigle, du pain de campagne hongrois et du pain de froment chaud et croustillant, du beurre fermier dans un beurrier. Les pommes de terre grésillaient dans la friteuse. Dans le réfrigérateur s'entassaient quatre bouteilles de Piesporter Falkenberg, des boîtes de Carlsberg Hof et une bouteille de schnaps – du Løjtens –, cette dernière dans le freezer.

Martin Beck était on ne peut plus satisfait du résultat de ses efforts. A présent, il ne manquait plus que les invités.

Asa Torrell arriva la première. Il prépara deux Campari et, verres en main, lui fit faire le tour du propriétaire. L'appartement se composait d'une chambre, d'une salle de séjour, d'une cuisine, de la salle de bains et de l'entrée. Les pièces étaient petites mais faciles à entretenir et confortables.

– Inutile de vous demander si vous vous plaisez ici, dit Asa Torrell.

– J'ai toujours rêvé d'habiter la vieille ville comme la plupart des Stockholmois de souche et c'est merveilleux d'être seul.

Asa approuva du menton. Elle était debout, appuyée au montant de la fenêtre, les jambes croisées, tenant son verre à la main. Petite et délicate, elle avait de grands yeux noisette, des cheveux noirs coupés court, le teint hâlé. Elle donnait une impression de santé, de calme et de décontraction. Martin Beck était content de la voir comme cela car elle avait mis longtemps à récupérer après la mort d'Ake Stenström.

– Et vous? Vous avez déménagé depuis peu, vous aussi?

– Venez me voir un de ces jours et je vous ferai les honneurs de mon royaume.

Quand Stenström était mort, Asa avait trouvé refuge chez les Kollberg. Comme elle ne voulait plus retourner dans l'appartement où elle avait vécu avec Ake, elle l'avait échangé contre un studio de Kungsholmsstrand. Elle avait également abandonné son emploi – elle travaillait alors dans une agence de voyages – et était entrée à l'école de police.

Le dîner fut une grande réussite. Bien que Martin Beck lui-même mangeât peu (ce qui était presque toujours le cas), les plats se vidèrent rapidement et il se demanda avec inquiétude s'il n'avait pas sous-estimé l'appétit de ses invités. Mais quand ceux-ci se levèrent, ils avaient l'air satisfait et repu. Kollberg dégrafa discrètement sa ceinture. Asa et Gun préférèrent le schnaps et la bière au vin et, les agapes terminées, la bouteille de Løjtens était vide.

Avec le café, Beck servit de la fine. Il leva son verre.

– Et maintenant, souhaitons que nous ayons tous une vraie gueule de bois demain. Pour une fois, nous avons congé le même jour.

– Moi, je n'ai pas de congé, dit Gun. A cinq heures du matin, Bodil se pointe. Elle me saute sur le ventre et réclame son petit déjeuner.

Bodil était la fille de Kollberg. Elle avait presque deux ans.

– Ne t'en fais pas, dit Kollberg. Gueule de bois ou pas, je m'occuperai d'elle demain. Et cessons de parler boulot. Si j'avais été capable de trouver une situation digne de ce nom, j'aurais démissionné après l'incident de l'année dernière.

– N'y pensez plus, fit Martin Beck.

– Comme si c'était facile! Un jour ou l'autre, la police tout entière va se désintégrer. Regardez donc tous ces peigne-culs qui arrivent de leurs trous, qui plastronnent dans leurs uniformes et qui ne savent pas quoi faire de leurs corps. Et ne parlons pas de ceux qui sont à la tête de tout ça!

– Bah, laissa tomber Beck en portant son verre à ses lèvres.

Pourtant, il se faisait lui aussi du souci devant la politisation et la centralisation qui avaient suivi la récente réorganisation des forces de police. La baisse de qualité du personnel en tenue, qui n'avait jamais été aussi médiocre, n'était pas faite pour améliorer les choses. Mais ce n'était pas le moment de discuter de cela.

– Bah, répéta-t-il d'un air désenchanté.

Après le café, Asa et Gun se portèrent volontaires pour la vaisselle et répondirent aux protestations de Beck qu'elles adoraient laver les assiettes n'importe où sauf chez elles. Aussi capitula-t-il. Comme il apportait le whisky, le téléphone sonna.

Kollberg consulta la pendule.

– Dix heures et quart. Je veux bien être pendu si ce n'est pas Malm qui nous annonce que, congé ou pas, il faut qu'on soit sur le pont demain. Je ne suis pas là, hein?

Malm était le superintendant de la police. Il avait succédé à Hammar, récemment parti en retraite. Malm était venu de nulle part, c'est-à-dire qu'il avait été nommé par le ministère et ses titres pour occuper ce poste semblaient être d'ordre exclusivement politique. En tout cas, sa nomination avait quelque chose d'un peu mystérieux.

Martin décrocha et fit une grimace éloquente.

Ce n'était pas Malm mais le grand patron de la police nationale en personne.

– Il s'est produit quelque chose, dit-il d'une voix grinçante. Je vous demanderai de partir pour Malmö demain à la première heure.

Et il ajouta avec l'esprit d'escalier : « Veuillez m'excuser si je vous dérange. »

Beck ne répondit pas à cette dernière phrase mais demanda :

– Malmö? Qu'est-ce qu'il y a?

Kollberg, qui venait de se servir à boire, haussa les sourcils et secoua la tête. Martin Beck lui lança un coup d'œil navré et tendit le doigt vers son propre verre.

– Avez-vous entendu parler de Viktor Palmgren? s'enquit son interlocuteur.

– Le P.D.G.?

– Oui.

– Bien sûr que j'ai entendu parler de lui. Mais je ne sais pas grand-chose sur son compte sinon qu'il possède mille et une sociétés et qu'il roule sur l'or. Ah oui! Et aussi qu'il a une jeune femme ravissante qui a été modèle ou quelque chose d'approchant. Que lui est-il arrivé?

– Il est mort. La nuit dernière à la clinique neurochirurgicale de Lund après avoir reçu dans la tête une balle, tirée par un inconnu au Savoy, à Malmö. Il n'y a donc pas de journaux à Västberga?

Derechef, Beck se mordit les lèvres pour ne pas répliquer. Au lieu de cela, il dit :

– Ils ne peuvent pas s'occuper de ça, à Malmö?

Il prit le verre que Kollberg lui tendait et but une gorgée.

– Per Mansson n'est pas de service? Il devrait sûrement pouvoir...

Le chef de la police l'interrompit avec impatience.

– Si, Mansson est de service, bien sûr, mais je voudrais que vous alliez lui donner un coup de main. Ou, plus exactement, que vous preniez l'affaire en main. Et j'aimerais que vous partiez le plus vite possible.

Merci beaucoup, fit Martin Beck en son for intérieur. Il y avait un avion qui quittait Bromma à 0 h 45 mais il n'avait nullement l'intention de le prendre.

– Je tiens à ce que vous vous mettiez en route demain matin très tôt.

De toute évidence, le grand chef ne connaissait pas les horaires des avions.

– C'est une affaire extrêmement compliquée et extrêmement délicate qu'il importe de régler sans délai.

Dans le silence qui suivit, Beck avala une nouvelle rasade et attendit. Enfin son interlocuteur reprit la parole :

– Une haute personnalité souhaite que vous vous en occupiez personnellement.

Beck plissa le front et son regard croisa le regard interrogateur de Kollberg.

– Palmgren avait donc tellement d'importance?

– C'est ce qu'il semble. Certains secteurs de son activité recouvraient de puissants intérêts.

Tu ne peux pas laisser tomber les vieux clichés? songea Martin Beck. Quels intérêts et quels secteurs d'activité? Il ne pouvait faire autrement que de parler par énigmes!

– Je n'ai malheureusement pas une idée très précise des activités de Viktor Palmgren.

– Vous aurez tous les renseignements voulus en temps utile, rétorqua le chef de la police. L'essentiel est que vous soyez à Malmö le plus vite possible. J'en ai touché deux mots à Malm et il est d'accord pour vous décharger de vos tâches présentes. Il faut tout faire pour mettre la main sur l'assassin. Et soyez prudent avec la presse. Vous comprendrez facilement que les journaux vont en faire des gorges chaudes. Alors, quand pouvez-vous partir?

– Je crois qu'il y a un avion demain matin à 9 h 50, répondit Beck avec hésitation.

– Très bien. Prenez-le.

Et le chef de la police coupa la communication.

## V

Viktor Palmgren mourut le jeudi à 19 h 33. Une demi-heure avant l'annonce officielle du décès, les médecins qui veillaient sur lui avaient déclaré qu'il avait une solide constitution et que ce fameux état général dont on avait tant parlé n'était pas gravement compromis.

Somme toute, le seul problème était cette balle qu'il avait dans la tête. Lorsqu'il mourut, sa femme, deux chirurgiens spécialistes du cerveau, deux infirmières et un inspecteur du commissariat de Lund étaient à son chevet.

On avait unanimement estimé qu'une opération eût comporté un risque beaucoup trop élevé, ce qui paraissait judicieux, même pour un profane. Toujours est-il que Palmgren avait eu quelques moments de lucidité. Une fois, il avait même été en état de répondre aux questions.

L'inspecteur, plus mort que vif, lui en avait posé deux : « Avez-vous vu l'homme qui a tiré sur vous? » et « l'avez-vous reconnu? »

Les réponses avaient été dépourvues d'ambiguïté : positive pour la première question, négative pour la seconde. Palmgren avait effectivement vu son assassin. Mais c'était la première fois de sa vie qu'il l'avait vu. Et la dernière.

Dire que cela clarifiait la situation eût été pour le moins inconsidéré. L'appréhension creusait le visage de Mansson qui songeait avec nostalgie à son lit. Ou, à tout le moins, à une chemise propre. La chaleur était intolérable et le conditionnement d'air faisait défaut au commissariat.

Ces satanés Stockholmois! Il n'y avait eu qu'un fil ténu et ils l'avaient bousillé.

Mais Mansson ne formula pas ce reproche à haute voix par considération pour Skacke qui était un garçon susceptible.

D'ailleurs, où aurait mené cet embryon de piste? Il n'en savait rien. Peut-être nulle part.

Et pourtant... La police danoise avait interrogé l'équipage du *Springeren* et l'une des hôtesses qui était de service lors de la navette de neuf heures avait remarqué un homme. Essentiellement parce qu'il avait à tout prix tenu à rester sur la plage arrière pendant la première partie du trajet (qui prenait trente-cinq minutes). La description qu'elle avait fournie de ce passager, de ses vêtements, surtout, correspondait plus ou moins au maigre signalement dont on disposait.

Il y avait là un recoupement.

Parce qu'on ne reste pas sur le pont de ces aéroglisseurs qui, sous bien des rapports, ressemblent plus à des avions qu'à des bateaux. Il est même exceptionnel qu'on vous autorise à y demeurer. Finalement, l'homme en question était descendu et s'était installé à l'intérieur. Il n'avait rien acheté – ni chocolats, ni alcool, ni cigarettes, articles qui sont vendus détaxés à bord – de sorte qu'il n'avait pas laissé un seul mot écrit de sa main. En effet, lorsque l'on fait des emplettes, on doit remplir un formulaire.

Pourquoi cet homme était-il resté le plus longtemps possible sur le pont?

Peut-être pour jeter quelque chose à la mer.

Dans ce cas, quoi?

L'arme du crime?

A condition que cet individu et l'assassin n'eussent fait qu'un. A condition, dans cette hypothèse, qu'il eût voulu se débarrasser de l'arme.

Et si, tout simplement, l'inconnu avait préféré rester à l'air parce qu'il craignait d'avoir le mal de mer?

– Des si, des si et encore des si, maugréa Mansson – et il cassa net son dernier cure-dent.

C'était une journée abominable. En raison de la chaleur, d'abord, qui était quasiment insupportable quand on était par force cloué entre quatre murs. D'autant que, derrière les fenêtres, rien ne vous protégeait du soleil éblouissant. Et puis, il y avait la torture de l'attente. De la passivité. Il fallait attendre des renseignements, attendre des témoins qui devaient sûrement exister mais qui ne se présentaient pas.

Les investigations sur le théâtre du crime ne portaient pas à l'optimisme. Des centaines d'empreintes avaient été relevées mais rien ne permettait de penser qu'aucune d'entre elles appartenait à l'homme qui avait abattu Viktor Palmgren. On avait beaucoup espéré de la fenêtre mais les quelques empreintes retrouvées sur les vitres étaient beaucoup trop brouillées pour être identifiables.

Ce qui irritait surtout Backlund était d'être incapable de mettre la main sur la douille. Il téléphona plusieurs fois à ce sujet.

– Je ne comprends pas où elle a pu passer, se lamentait-il.

Mansson, pour sa part, considérait que la réponse était si simple que Backlund devrait pouvoir la trouver luimême. Aussi se borna-t-il à dire sur un ton légèrement ironique :

– Si vous avez une théorie, faites-le-moi savoir.

Fiasco également en ce qui concernait les traces de pas. C'était bien naturel : une foule de gens avaient piétiné dans la salle à manger. En outre, il est pratiquement impossible de retrouver des empreintes exploitables sur une moquette. Certes, dans sa fuite, l'assassin avait posé le pied dans une jardinière avant de sauter sur le trottoir pour le plus grand dommage des fleurs qu'elle contenait mais cela n'avait pas apporté grand-chose aux enquêteurs.

– Ce dîner..., murmura Skacke.

– Oui... Et alors?

– Apparemment, il s'agissait plus d'un repas d'affaires que d'une réunion privée.

– Peut-être. Avez-vous la liste des convives?

– Bien sûr.

Ils l'étudièrent ensemble.

*Helena Hansson, secrétaire de direction, Stockholm, 26 ans.*

*Viktor Palmgren, administrateur de sociétés, Malmö, 56 ans.*

*Charlotte Palmgren, sans profession, Malmö, 32 ans.*

*Hampus Broberg, fondé de pouvoir, Stockholm, 43 ans.*

*Ole Hoff-Jensen, fondé de pouvoir, Copenhague, 48 ans.*

*Birthe Hoff-Jensen, sans profession, Copenhague, 43 ans.*

*Mats Linder, vice-président, Malmö, 30 ans.*

– Ce sont sûrement tous des gens qui travaillent dans les diverses sociétés de Palmgren, dit Mansson.

– Vraisemblablement. Il faudra, bien entendu, recommencer à les interroger à fond.

Mansson soupira et se prit à songer à la distribution géographique des intéressés. Les Hoff-Jensen étaient rentrés au Danemark la veille au soir. Hampus Broberg et Helena Hansson avaient pris le matin même l'avion pour Stockholm et Charlotte Palmgren était à Lund au chevet de son époux. Seul Mats Linder était toujours à Malmö. Et encore ne pouvait-on en avoir la certitude absolue. C'était le bras droit de Palmgren et, à ce titre, il se déplaçait beaucoup.

Quand, à 19 h 45, arriva le message annonçant la mort de Palmgren, ce qui transformait automatiquement l'agression en assassinat, il semblait qu'on eût atteint le fond de l'abîme.

Mais Mansson n'était pas arrivé au bout de ses peines.

Il était 22 h 30. Il buvait un café en compagnie de Skacke. Les deux hommes, les traits tirés, n'en pouvaient plus. Le téléphone sonna et Mansson décrocha.

– Allô, inspecteur Mansson à l'appareil.

Presque aussitôt après, il murmura : « Je vois. »

Après avoir répété trois fois ces deux mots, il dit « au revoir », reposa l'écouteur sur sa fourche et se tourna vers Skacke.

– Cette affaire ne nous concerne plus. Ils envoient quelqu'un de la Criminelle.

– Pas Kollberg? fit Skacke avec inquiétude.

– Non. Martin Beck soi-même. Il sera là demain matin.

– Alors, qu'est-ce qu'on fait?

– On va se coucher, répondit Mansson en se levant.

## VI

Lorsque l'avion de Stockholm se posa à Bulltofta, Martin Beck n'était pas au mieux de sa forme. Il avait toujours eu horreur des voyages aériens et comme, en outre, il souffrait des séquelles de la petite fiesta de la veille, le voyage n'avait pas été particulièrement agréable.

En sortant de la carlingue où régnait une fraîcheur relative, il fut brusquement surpris par la chaleur lourde et oppressante et, avant même d'être arrivé à la dernière marche de la passerelle, il était en nage. Le bitume ramolli de la piste s'enfonçait sous ses semelles.

Dans le taxi et bien que les vitres fussent baissées, on se serait cru dans une étuve et le dossier de skaï de la banquette était aussi brûlant qu'un fer rouge.

Il savait que Mansson l'attendait au commissariat mais il préféra passer d'abord à l'hôtel pour se doucher et se changer. Cette fois, contrairement à son habitude, ce n'était pas au St. Jörgen qu'il avait retenu une chambre mais au Savoy.

Le portier l'accueillit avec une telle exubérance que Beck crut un instant qu'il le confondait avec un vieil habitué de marque depuis longtemps perdu de vue.

Sa chambre était orientée au nord. Elle était fraîche et bien aérée. Par la fenêtre, on voyait le canal, la gare et, plus loin, le port, le quai des chantiers Kockum et un aéroglisseur blanc en route pour Copenhague qui s'enfonçait dans la brume bleutée enveloppant le Sund.

Martin Beck se déshabilla et, tout nu, défit sa valise, puis il prit une bonne douche froide.

Cela fait, il enfila du linge propre et changea de chemise. Quand il eut fini de s'habiller, il nota l'heure qu'indiquait l'horloge de la gare. Midi juste. Il se rendit en taxi au commissariat et monta directement au bureau de Mansson.

Les fenêtres donnant sur la cour qui, à cette heure de la journée, était à l'ombre, étaient grandes ouvertes. Mansson, en bras de chemise, feuilletait une liasse de documents tout en buvant de la bière.

Après les politesses d'usage, Beck ôta son veston, prit place dans le fauteuil, alluma une Florida et Mansson lui tendit les papiers qu'il était en train d'étudier.

– Commencez par jeter un coup d'œil à ce rapport. Comme vous allez le voir, dès le début, on s'y est pris en dépit du bon sens.

Beck examina soigneusement les pièces, posant de temps en temps une question à Mansson quand certains détails faisaient défaut. Mansson mit également son visiteur au courant de la gaffe commise par Kristiansson et Kvant sous une forme légèrement modifiée. Gunvald Larsson avait catégoriquement refusé d'avoir désormais quoi que ce soit à voir avec cette affaire.

Sa lecture terminée, Martin Beck posa les documents sur la table

– De toute évidence, il va d'abord falloir interroger les témoins de façon convenable. Ils n'ont pas été exploités de manière très constructive. A propos, que signifie ce curieux passage? (Beck chercha un feuillet dans le tas et lut à haute voix :) « La distorsion par rapport au temps juste relevée aux diverses pendules et montres présentes sur les lieux du crime au moment où ledit crime a été commis... » Cela a-t-il un sens?

Mansson haussa les épaules.

– C'est du Backlund! Vous le connaissez?

– Oh! Backlund... Je vois.

Il l'avait rencontré. Une fois. Plusieurs années auparavant. Cela lui avait suffi.

Une voiture entra dans la cour et s'arrêta sous la fenêtre. Des bruits s'élevèrent : claquements de portières, pas précipités, voix tonitruantes s'exprimant en allemand. Mansson se leva lentement et alla jeter un coup d'œil.

– Ils ont dû ratisser le square Gustav Adolf ou les quais. On a accru la surveillance dans ces coins-là mais, en général, on ne ramasse que des adolescents qui possèdent un peu de hash pour leur usage personnel. Il est rare qu'on mette la main sur de grosses livraisons ou sur des trafiquants vraiment sérieux.

– C'est pareil chez nous.

Mansson referma la fenêtre et se rassit.

– Comment se débrouille Skacke? s'enquit Martin Beck.

– Il se défend bien. Ambitieux, ce garçon. Il passe ses nuits chez lui à étudier. Et il fait aussi du bon boulot. Très judicieusement et sans témérité. Ça a été une bonne leçon, l'année dernière. Ce qu'il a été content quand je lui ai dit que c'était vous qui veniez et non Kollberg, à propos!

Quelques mois auparavant, Kollberg avait reçu un coup de couteau dans le ventre lors d'une arrestation et cela avait été plus ou moins la faute de Skacke.

– En plus, il a apporté du renfort à l'équipe de football.

– Ah bon? fit Beck sans manifester un intérêt exagéré. Et qu'est-ce qu'il fabrique à l'heure actuelle?

– Il essaie d'entrer en contact avec un homme qui se trouvait à quelques tables de Palmgren et de ses invités. Tout seul. Un dénommé Edvardsson qui travaille pour *Arbetet* comme correcteur. Mercredi, il était trop ivre pour être interrogé et, hier, pas moyen de mettre la main sur lui. Il était probablement en train de soigner sa gueule de bois et il refusait d'ouvrir sa porte.

– S'il était ivre lorsque Palmgren a été agressé, ce n'est peut-être pas un témoin excessivement digne de foi, objecta Beck. Et quand pourra-t-on interroger la femme de Palmgren?

Mansson avala une gorgée de bière et s'essuya les lèvres du revers de la main gauche.

– Cet après-midi, j'espère. Ou demain. Voulez-vous vous en charger?

– Il vaudrait peut-être mieux que ce soit vous qui vous en occupiez. Vous en savez sûrement plus long que moi sur Palmgren.

– J'en doute mais c'est vous le patron. Vous pourrez tâter Edvardsson si Skacke parvient à le toucher. En dépit de tout, j'ai l'impression que, jusqu'à présent, c'est notre témoin le plus important. Dites donc, vous ne voulez pas une bière? Malheureusement, elle est tiède.

Martin Beck fit un signe de dénégation. Il avait affreusement soif mais la bière tiède ne le tentait pas.

– Pourquoi n'irions-nous pas plutôt boire de l'eau minérale à la cantine?

Ils en engloutirent chacun une bouteille au bar puis regagnèrent le bureau. Benny Skacke les attendait. Assis dans le fauteuil des visiteurs, il relisait ses notes. Il se leva précipitamment à l'arrivée des deux hommes et échangea une poignée de main avec Martin Beck.

– Alors, est-ce que vous avez Edvardsson? lui demanda Mansson.

– Oui, mais cela n'a pas été sans mal. Pour le moment, il est à son journal mais il devrait être rentré vers 15 heures.

Skacke consulta son calepin et ajouta :

– Son adresse est Kamrergatan 2.

– Téléphonez-lui pour lui dire que je passerai le voir à 15 heures, fit Martin Beck.

L'immeuble de Kamrergatan constituait apparemment la première tranche terminée d'une série de constructions nouvelles. De l'autre côté de la rue s'alignaient de vieilles maisons basses que l'on avait évacuées et qui ne tarderaient pas à succomber à l'assaut des bulldozers pour céder la place à de grands ensembles.

Edvardsson habitait au dernier étage. Il ouvrit au premier coup de sonnette. C'était un homme d'une cinquantaine d'années au visage intelligent. Il était doté d'un nez proéminent et avait des rides profondes aux commissures des lèvres. Il examina Martin Beck en plissant les yeux avant de pousser complètement le battant.

– Commissaire Beck? Entrez.

La pièce était spartiate. Des rayonnages recouvraient les murs. Sur la table, devant la fenêtre, il y avait une machine à écrire dans le rouleau de laquelle était engagé un feuillet. Edvardsson débarrassa l'unique fauteuil des journaux qui l'encombraient.

– Asseyez-vous. Je vais chercher quelque chose à boire. Il y a de la bière fraîche dans le réfrigérateur.

– Voilà une bonne idée.

Edvardsson disparut dans la kitchenette. Il ne tarda pas à revenir avec deux bouteilles.

– De la Beck, annonça-t-il. C'est tout indiqué, non?

Il remplit les verres et s'assit sur le canapé, un bras sur le dossier.

Martin Beck s'offrit une généreuse rasade. La bière était glacée. C'était bon avec cette chaleur étouffante.

– Je suppose que vous avez une idée du motif de ma visite, fit-il en reposant son verre.

Edvardsson hocha la tête et alluma une cigarette.

– Oui, il s'agit de Palmgren. Je mentirais en prétendant que sa mort me tire les larmes des yeux.

– Vous le connaissiez?

– Personnellement? Pas du tout. Cependant, il était impossible de ne pas tomber sur lui. Il était partout. L'impression qu'il donnait était celle d'un homme dominateur et arrogant... Et je ne me suis jamais entendu avec ce genre d'individus.

– Qu'entendez-vous par « ce genre d'individus »?

– Les gens qui placent l'argent au-dessus de tout et qui n'hésitent pas à employer tous les moyens pour en gagner.

– Je serais très heureux que vous me parliez davantage de Palmgren plus tard si vous voulez préciser votre pensée mais, pour commencer, j'aimerais vous poser d'autres questions. Avez-vous vu l'homme qui a tiré?

Edvardsson passa sa main dans ses cheveux. Ils étaient un peu hirsutes et se rabattaient sur son front.

– J'ai bien peur de ne pas vous être d'une très grande utilité. Je lisais et, en fait, je n'ai vraiment enregistré ce qui se passait qu'au moment où cet homme était déjà presque arrivé à la fenêtre. Sur le moment, mon attention a seulement été attirée par Palmgren. L'autre, je ne l'ai vu qu'après – et encore du coin de l'œil. Il s'est enfui très rapidement. Lorsque je me suis tourné vers la fenêtre, il n'était déjà plus là.

Beck sortit de sa poche un paquet de Florida chiffonné et en alluma une.

– A quoi ressemblait-il? Avez-vous une idée?

– Pour autant que je m'en souvienne, il portait un costume plutôt foncé, sans doute un complet ou un veston de sport et un pantalon non assorti. Et ce n'était pas un homme jeune. Mais tout cela est subjectif. Il pouvait avoir entre trente et cinquante ans. Pas plus et pas moins.

– Les invités de Palmgren étaient-ils déjà installés quand vous êtes arrivé?

– Non. J'avais déjà dîné et j'étais en train de siroter un whisky lorsqu'ils sont entrés. Je vis seul et j'aime bien prendre de temps en temps un repas au restaurant en lisant un livre. Quand j'ai fini, je reste toujours un bon moment. Malgré le prix que ça coûte, ajouta-t-il après une pause.

– En dehors de Palmgren, avez-vous reconnu quelqu'un dans ce groupe?

– Oui, sa femme et le garçon qui, paraît-il, est – ou, plutôt, était – son bras droit. Je ne connaissais pas les autres mais ce devaient être des gens à son service. Il y avait un couple qui parlait danois.

Edvardsson sortit son mouchoir et essuya son front moite de sueur. Il portait un pantalon de dacron clair, une chemise et une cravate blanches, des chaussures noires. Sa chemise était humide de transpiration. Celle de Martin Beck était tout aussi gluante et lui collait à la peau.

– Avez-vous entendu de quoi il était question?

– Je vais être franc : oui. Je suis d'un naturel curieux et ça m'amuse d'étudier les gens. J'ai effectivement surpris une partie de la conversation. Palmgren et le Danois causaient boutique. Je n'ai pas saisi de quoi ils discutaient au juste, ils ont mentionné la Rhodésie à plusieurs reprises. Il avait pas mal de fers au feu, Palmgren – un jour, je l'ai entendu employer lui-même cette formule – et, d'après ce que je sais, il s'occupait de bon nombre d'affaires obscures. Les dames, elles, discutaient de choses dont les bonnes femmes discutent généralement : mode, voyages, relations communes, réceptions... Mme Palmgren et la plus jeune des deux autres femmes ont fait allusion à une nana qui s'était fait opérer. Elle avait les seins tombants et, après l'opération, on aurait dit deux balles de tennis qui lui arrivaient au menton. Charlotte Palmgren a évoqué une party au « 21 » à New York. Il y avait là Frank Sinatra et un dénommé Mackan avait fourni le champagne toute la nuit durant. Et une foule de trucs du même ordre. Un soutien-gorge époustouflant pour 75 couronnes chez Twilfit. Il paraît qu'on ne peut pas mettre une perruque l'été, il fait trop chaud, de sorte qu'on doit aller chez le coiffeur tous les jours.

Edvardsson n'avait pas fait beaucoup de mal à son livre, ce soir-là, songea Martin Beck.

– Et les autres messieurs? Ont-ils parlé boutique, eux aussi?

– Guère. Ils avaient dû avoir une conférence avant le dîner. Le quatrième bonhomme – enfin, je veux dire que ce n'était ni le Danois ni le jeune – y a fait allusion. Non, du côté des hommes, la conversation volait plutôt bas, également. Par exemple, ils ont longtemps glosé sur la cravate de Palmgren. Malheureusement, je n'ai pas pu la voir parce qu'il me tournait le dos. Elle ne devait pas être banale parce qu'ils béaient tous d'admiration. Palmgren a déclaré l'avoir achetée à Paris pour 95 francs. Sur les Champs-Elysées. Et le quatrième disait qu'il avait un problème qui l'empêchait de dormir : sa fille s'était mise en ménage avec un nègre. Palmgren lui a suggéré d'expédier la donzelle en Suisse où les Noirs se comptent sur les doigts de la main.

Edvardsson se leva, alla porter les bouteilles vides dans la cuisine et revint avec deux autres, pleines et embuées. Tout ce qu'il y avait de tentantes.

– C'est à peu près tout ce dont je me rappelle. Cela ne doit pas tellement vous aider, n'est-ce pas?

– Le fait est, soupira Martin Beck. Que savez-vous au juste de Palmgren?

– Peu de chose. Il habitait une des plus grandes résidences ultrachic de Limhamn. Il a gagné des masses d'argent et il dépensait à pleines mains. Entre autres, sa femme et sa vieille maison lui coûtaient gros. Et vous, fit-il après un silence, que savez-vous de lui?

– Guère plus.

– Eh bien, si la police n'a pas plus de tuyaux que moi sur les gens comme Viktor Palmgren, que Dieu ait pitié de nous!

Et Edvardsson s'octroya une généreuse rasade.

– Quand son agresseur lui a tiré dessus, Palmgren était en train de prononcer une allocution, n'est-ce pas?

– Oui. Il s'est levé et s'est mis à baratiner... les inanités habituelles. Il a souhaité la bienvenue à tout le monde, a remercié ses collaborateurs pour le bon travail qu'ils avaient accompli, a plastronné pour les dames. Il prenait son pied. Il avait l'air bien rodé. Une cordialité à toutes épreuves. Le personnel s'était retiré pour ne pas déranger. Même les musiciens s'étaient arrêtés. Les garçons s'étaient volatilisés et, moi, j'en étais réduit à sucer les glaçons de mon whisky. C'est vrai que vous ne savez pas ce que fabriquait Palmgren? Ou s'agit-il d'un secret de police?

Martin Beck lorgna du côté de son verre. S'en empara. But précautionneusement une gorgée.

– En fait, je ne sais pas grand-chose. Mais, en dehors de moi, certaines personnes sont au courant. Il travaillait beaucoup avec l'étranger et possédait une agence immobilière à Stockholm.

– Je vois.

Edvardsson parut se perdre dans ses pensées. Au bout de quelques instants, il reprit :

– J'ai déjà dit tout ce que je savais. Deux policiers sont venus m'asticoter avant-hier. Un qui n'arrêtait pas de me demander l'heure qu'il était au moment du coup de feu et un autre, plus jeune, qui m'a quand même fait l'effet d'être un peu plus malin.

– Vous n'étiez pas tout à fait à jeun, n'est-ce pas?

– Ça, vous pouvez le dire. Et, hier, j'ai remis ça, de sorte que j'ai toujours la gueule de bois. Pour moi, ça doit être à cause de cette foutue chaleur.

Splendide, songea Martin Beck. Des policiers qui ont la gueule de bois interrogeant des témoins qui ont la gueule de bois! Pour être constructif, c'était constructif!

– Je ne sais pas si vous savez ce que ça vous fait, enchaîna Edvardsson.

– Si, je le sais.

Beck vida d'un seul coup ce qui restait dans son verre et se leva. « Je vous remercie. Peut-être reviendrons-nous vous rendre visite. A propos, avez-vous par hasard aperçu l'arme? »

Edvardsson hésita.

– Maintenant que vous m'y faites penser, je crois bien l'avoir en effet vue un court instant quand l'assassin l'a remise dans sa poche. Évidemment, je ne suis pas très calé en ce qui concerne ces outils-là. Mais c'était un pistolet très long et au canon très mince. Avec une sorte de cylindre, je ne sais pas comment on appelle ça.

– Un barillet. Eh bien, au revoir, et merci pour la bière.

– Repassez quand vous voudrez. Maintenant, je vais me taper un petit rince-cochon pour pouvoir faire un peu de ménage.

Mansson était toujours derrière son bureau. Il n'avait pas changé de position.

– Qu'est-ce que je dois dire? fit-il quand Martin Beck entra. Comme ça s'est-il passé? – Eh bien soit, comment ça s'est-il passé?

– Excellente question. Pas tellement bien si vous voulez mon avis. Et ici, quoi de neuf?

– Rien.

– *Quid* de la veuve?

– J'irai la voir demain. En marchant sur des œufs. Quand même, elle est en deuil.

## VII

Per Mansson était né et avait été élevé dans le quartier populaire de Möllevangstorget, à Malmö. Il y avait plus de vingt-cinq ans qu'il était dans la police. Ayant toujours habité Malmö, il connaissait la ville mieux que la plupart des gens. Et il l'aimait.

Pourtant, il y avait un quartier qui lui était étranger et où il s'était toujours senti mal à l'aise. La banlieue ouest, le repaire de beaucoup de familles riches. Des coins comme Fridhem, Västervang et Bellevue. Il se rappelait les années de disette – les années vingt et trente – quand, petit garçon, des galoches aux pieds, il passait devant ces fastueux hôtels particuliers pour se rendre à Limhamn dans l'espoir de trouver, peut-être, des harengs pour le dîner. Il se remémorait les luxueuses automobiles, les chauffeurs en uniforme, les femmes de chambre en robe noire, tablier blanc et bonnet amidonné, les enfants de riches – robes d'organdi et costumes marins. C'était une autre planète. Un environnement parfaitement incompréhensible. Comme un royaume de conte de fées.

Aujourd'hui encore, il éprouvait la même impression, en beaucoup plus intense, bien que, maintenant, les chauffeurs et les soubrettes eussent pour la plupart disparu et que les enfants des beaux quartiers ne différassent guère, en surface tout au moins, des autres enfants.

Après tout, les harengs et les pommes de terre, ce n'était pas un si mauvais régime. Pauvre et orphelin, Per Mansson était devenu un costaud, il avait fait son chemin à la force du poignet comme on dit et ne s'en était pas mal sorti. C'était, en tout cas, ce qu'il pensait.

Viktor Palmgren avait vécu dans ce quartier. En conséquence, sa veuve y habitait probablement encore.

Jusqu'à présent, Mansson ne connaissait les hôtes du dîner tragique que par leurs photos et il ne savait pas grand-chose de leurs tenants et de leurs aboutissants. Il savait néanmoins que Charlotte Palmgren était considérée comme une femme d'une beauté exceptionnelle. Une fois, elle avait été élue Miss Quelque Chose. Miss Suède ou Miss Univers? Là, il hésitait. Ensuite, elle s'était fait un nom comme modèle, puis, à vingt-sept ans et à l'apogée de sa carrière, était devenue Mme Palmgren. Maintenant, elle avait trente-deux ans et, physiquement, n'avait pas changé du tout, ce qui est le propre des femmes qui n'ont pas d'enfants et peuvent consacrer énormément de temps et des masses d'argent à soigner leur apparence. Viktor Palmgren avait vingt-quatre ans de plus qu'elle, détail qui, peut-être, était un indice des raisons profondes de leur union. Selon toute probabilité, il avait épousé Charlotte pour avoir un joli minois qui ferait honneur à ses repas d'affaires et Charlotte l'avait épousé afin d'avoir la sécurité, et ne pas avoir à effectuer quoi que ce fût ressemblant de près ou de loin à un travail. Et, sur ces bases, le mariage semblait avoir marché.

Cela étant dit, Charlotte Palmgren était veuve, à présent, et Per Mansson était bien obligé de tenir compte d'un minimum de conventions. Aussi revêtit-il sans enthousiasme un complet sombre et une chemise blanche, cravate assortie, avant de se mettre au volant pour effectuer le trajet relativement court séparant Regementsgatan de Bellevue.

La résidence Palmgren correspondait apparemment à tous ses souvenirs d'enfance qu'une certaine dose d'exagération avait peut-être patinés au fil des ans. On apercevait tout juste, depuis la rue, le faîte du toit et une girouette car les haies n'étaient pas seulement drues et parfaitement taillées : elles étaient aussi très hautes et très épaisses. Si Mansson ne se trompait pas, il devait probablement y avoir derrière une clôture grillagée. La propriété semblait immense et la pelouse avait tout du parc.

Le portail était tout aussi impénétrable que la haie. Large et élevé, orné de fleurons contournés, il était en cuivre verdi par le temps. L'un des deux battants était incrusté de lettres de métal démesurées formant un nom qui commençait presque à devenir banal : Palmgren. L'autre comportait une fente de boîte à lettres, un bouton de sonnette et, juste au-dessus, un judas permettant d'identifier les visiteurs avant de les autoriser à entrer. On ne pénétrait pas chez les Palmgren à la bonne franquette.

Mansson fit jouer la poignée, s'attendant presque à déclencher une sonnerie d'alarme. C'était fermé à clé, bien entendu, et les interstices étaient hermétiquement clos. Impossible de voir quoi que ce soit par la fente : la boîte à lettres était un coffret métallique étanche. Le policier leva la main pour sonner, mais, changeant d'avis, laissa retomber son bras et jeta un coup d'œil autour de lui.

Outre sa vieille Wartburg, deux voitures étaient garées au bord du trottoir – une Jaguar rouge et une M.G. jaune. Peu vraisemblable que Charlotte Palmgren eût deux voitures de sport stationnant dans la rue... Mansson tendit l'oreille. Il crut, un instant, discerner un murmure de voix mais elles se turent presque aussitôt, peut-être étouffées par la chaleur et la lourdeur de l'air stagnant.

Quel été! Il y en avait un comme cela tous les dix ans. Quand je pense que tu es là comme un abruti en complet, avec une chemise et une cravate au lieu de faire le lézard sur la plage de Falsterbo ou d'être tranquillement chez toi en caleçon, un verre à la main!

Puis il pensa à autre chose. La demeure était ancienne; elle devait dater du début du siècle ou quelque chose d'approchant et avait sûrement été reconstruite et modernisée pour un ou deux millions de couronnes. En général, dans ce genre de résidence, il y avait une porte de service par où les jardiniers, les cuisiniers, les femmes de chambre, les livreurs et les bonnes d'enfants pouvaient pénétrer discrètement sans déranger les maîtres.

Mansson fit le tour de la haie. Le domaine devait occuper tout un pâté car, à perte de vue, elle était partout aussi touffue et impénétrable. Il tourna dans la première rue, puis dans la seconde. Et finit par découvrir ce qu'il cherchait : une grille en fer forgé. De cet endroit, la maison, ceinturée de hauts arbres au feuillage fourni, était invisible. On arpercevait seulement un vaste garage de construction assez récente et une petite bâtisse plus ancienne – une remise à outils, sûrement. Il n'y avait pas de nom sur la porte.

Le double battant céda sous la poussée de Mansson. À l'ombre des arbres, il se rendait compte combien il faisait chaud. La sueur perlait sous son col, ruisselait sur son dos.

Il referma la grille. Des traces de pneus étaient visibles sur le gravier de l'allée desservant le garage. Les chemins qui serpentaient dans le jardin étaient recouverts de plaques d'ardoise. Mansson traversa la pelouse en direction de la maison entre des cytises et des jasmins en fleurs et, comme prévu, il arriva aux communs. La maison, avec ses fenêtres fermées, était silencieuse et paraissait déserte. Il repéra l'escalier conduisant à la cuisine, celui de la cave. Il y avait plusieurs bâtiments annexes, à la destination énigmatique. Mansson continua vers la droite, franchit une plate-bande de pivoines d'un jaune éclatant, glissa un œil au coin du mur et s'immobilisa brusquement.

La scène qui s'offrait à lui avait de quoi vous couper le souffle pour plus d'une raison. Les dimensions de la pelouse étaient respectables et elle était aussi soignée que le gazon d'un golf anglais. Au centre, une piscine en forme de haricot bordée de céramique bleu ciel où frémissait une onde limpide. Tout au fond, un sauna, des barres parallèles, un portique. À côté du sauna, un home-trainer. Voilà probablement le secret de la parfaite forme physique de Palmgren qui en faisait tant de gorges chaudes. Charlotte Palmgren était assise – ou, plutôt, allongée – sur une sorte de fauteuil à la Bruno Mathsson. Elle était nue et avait les yeux fermés. Son corps était uniformément bronzé. Et elle était blonde. Si quelqu'un avait jamais émis des doutes sur l'authenticité de sa blondeur, il en eût été pour sa courte honte car la toison triangulaire et ténue fleurissant sur son bas-ventre paraissait presque blanche par contraste avec son épiderme hâlé. Elle avait un visage étroit aux traits apathiques, le profil pur, la bouche rectiligne. Elle était très mince – des hanches d'une sveltesse qui semblait presque artificielle, la taille étroite, une poitrine d'adolescente, la pointe des seins, qu'elle avait menus, était bistre et leur aréole n'était pas de la même couleur que le reste de sa peau.

Mansson n'éprouvait pas la moindre émotion physique. Charlotte Palmgren aurait aussi bien pu être un mannequin dans une vitrine.

Ça alors! Voilà maintenant la veuve à poil!

Et puis après? Il est bien normal que les veuves soient à poil de temps en temps.

Au milieu des pivoines, Mansson avait le sentiment de jouer les voyeurs, ce qui était totalement faux.

Car, s'il ne bougeait pas, ce n'était pas à cause de ce qu'il voyait mais de ce qu'il entendait. Des sons lui parvenaient, tout proches, bien que leur source fût hors de sa vue. Des tintements et des cliquetis comme si quelqu'un allait et venait en manipulant des objets. Puis il y eut des pas et un homme émergea de l'ombre de la maison. Bronzé, lui aussi, mais moins que Charlotte Palmgren, il était vêtu d'un bermuda à fleurs et portait deux chopes pleines d'un liquide rouge pâle. Il y avait aussi des pailles et de la glace. Ce n'était vraiment pas une mauvaise idée! Mansson le reconnut immédiatement car il avait vu des photos de lui. C'était Mats Linder, le plus proche collaborateur et le protégé de ce Viktor Palmgren qui avait défuncté moins de quarante-huit heures plus tôt.

Linder se dirigeait vers la piscine. La jeune femme allongée plia la jambe gauche pour se gratter la cheville. Sans ouvrir les yeux, elle tendit le bras et prit l'un des verres.

Mansson recula d'un pas, l'oreille aux aguets.

Ce fut Linder qui parla le premier :

– Ce n'est pas trop amer?

– Non, ça va, répondit la femme.

Choc d'un verre posé sur les dalles.

– Nous devrions avoir honte, fit mollement Charlotte.

– N'empêche que c'est du tonnerre.

– Tu parles!

Son intonation était toujours indifférente.

Il y eut un silence que la veuve finit par briser pour dire d'une voix minaudière et lourde de sous-entendus :

– Tu ne pourrais pas retirer ce pantalon ridicule, Mats?

Mansson ne sut jamais ce que Linder répondit car il s'esquiva précipitamment. Il refit en silence le chemin par lequel il était venu, referma la grille derrière lui et, contournant la propriété, revint à la porte de cuivre vert-de-grisée. Il sonna sans hésiter.

Le timbre résonna au loin et, moins d'une minute plus tard, l'inspecteur entendit des pas. Le judas s'ouvrit et un œil bleu-vert le détailla. Il distingua également une mèche blonde ainsi que des cils exagérément longs et techniquement parfaits. Il brandit sa carte devant le judas.

– Excusez-moi de vous déranger. Je suis l'inspecteur Mansson.

– Oh! Bien sûr, la police... fit Charlotte Palmgren d'un ton enfantin. Puis-je vous demander de patienter quelques minutes?

– Naturellement. J'espère que je ne vous importune pas?

– Comment? Non, pas du tout. Je vous demande juste deux minutes, le temps de...

Apparemment, elle était incapable de conclure sa phrase car l'opercule du judas se rabattit et le martèlement léger de ses pas s'éleva à nouveau. Beaucoup plus vif qu'à l'aller.

Mansson regarda l'heure.

À peine trois minutes et demie s'étaient écoulées quand la veuve ouvrit la porte. Elle avait aux pieds des sandales argentées et portait une stricte robe grise. Elle n'a sûrement pas eu le temps de mettre autre chose, songea le policier. Mais ce n'était pas nécessaire. Elle n'avait rien de particulier ni à montrer ni à cacher.

– Donnez-vous donc la peine d'entrer. Je suis désolée de vous avoir fait attendre.

Elle referma et tous deux se dirigèrent vers la maison. Dans la rue, une voiture démarra. Charlotte Palmgren n'était apparemment pas la seule à avoir des ailes aux talons.

C'était la première fois que Mansson voyait la demeure dans son ensemble et il fut effaré. Plutôt qu'une maison, c'était une sorte de château miniature hérissé de clochetons, de tourelles et de saillies bizarroïdes. Tout permettait de penser que le premier constructeur était atteint de mégalomanie et que l'architecte s'était inspiré d'une carte postale illustrée. Les ajouts récents – portiques supplémentaires et vérandas surnuméraires – n'étaient pas faits pour améliorer l'impression générale. C'était un édifice qui paraissait d'une massivité à toute épreuve. Seule la dynamite eût sans doute été capable de l'ébranler. L'allée était bordée de statues hideuses comme on en trouvait en Allemagne au temps du Kaiser.

– Oui, c'est une jolie maison, dit Charlotte Palmgren. Mais cela a coûté cher de la moderniser.

Mansson réussit non sans peine à s'arracher à la contemplation de la chose pour examiner le décor. Ainsi qu'il avait déjà eu l'occasion de le remarquer, la pelouse était parfaitement entretenue. À vous flanquer le cafard.

– Le jardinier vient trois fois par semaine, fit Charlotte Palmgren qui avait suivi la direction de son regard.

– Je vois.

– Voulez-vous que nous rentrions ou préférez-vous rester dehors?

– Cela m'est égal.

Toute trace de Mats Linder avait disparu. Les verres eux-mêmes s'étaient volatilisés mais un siphon, un seau à glace et quelques bouteilles étaient disposés sur une table roulante devant la véranda.

– C'est mon beau-père qui a acheté la propriété mais il y a bien longtemps qu'il est mort. Avant que nous ayons fait connaissance, Viktor et moi.

– Où vous êtes-vous rencontrés? s'enquit Mansson de façon saugrenue.

– À Nice, il y a six ans. Je participais à une présentation de mode. Peut-être vaudrait-il mieux que nous rentrions, ajouta-t-elle après une brève hésitation.

– Comme il vous plaira.

– Je ne peux rien vous offrir d'extraordinaire sinon un verre ou deux, bien sûr.

– Merci mais je ne bois pas.

– C'est que je suis seule, n'est-ce pas? J'ai donné congé aux domestiques.

Comme Mansson gardait le silence, elle reprit : « Après ce qui s'est passé, je préfère être seule. Toute seule.

– Je comprends. Je vous présente toutes mes condoléances.

Elle inclina la tête sans parvenir à exprimer autre chose qu'une totale apathie nuancée d'écœurement. Probablement parce qu'elle n'avait pas assez de talent pour être capable de prendre un air affligé, songea Mansson.

– Eh bien, suivez-moi.

Ils gravirent les degrés de pierre qui jouxtaient la véranda, traversèrent un vestibule vaste et ténébreux et pénétrèrent dans un salon colossal qui était un véritable capharnaüm. Le mélange de styles confinait au grotesque – les objets ultramodernes cohabitaient avec de vieux fauteuils à bascule et des tables en faux ancien. Charlotte Palmgren le pilota jusqu'à un conglomérat constitué par quatre ottomanes, un canapé et une table gigantesque au plateau de verre épais. Apparemment toute neuve et très chère.

– Asseyez-vous, je vous en prie, dit-elle sur le ton de la politesse conventionnelle.

Mansson obtempéra. Il n'avait jamais vu un siège de cette dimension. Il s'y enfonçait si profondément qu'il se demanda s'il pourrait jamais réussir à se relever.

– Vous êtes vraiment sûr que vous ne voulez rien prendre?

– Non merci. D'ailleurs, je ne vous dérangerai pas longtemps. Mais j'ai malheureusement quelques questions à vous poser. Vous comprendrez que nous souhaitons mettre le plus vite possible la main au collet de l'assassin de M. Palmgren.

– Oui, bien sûr, vous êtes un policier. Je suis à votre disposition. Que puis-je vous dire? C'est affreux. Une tragédie.

– Vous avez vu l'homme qui a tiré, n'est-ce pas?

– Oui mais tout s'est passé terriblement vite. En fait, ce n'est qu'après que j'ai réagi. Brusquement, j'ai eu une pensée atroce : il aurait pu me tuer, moi aussi. Nous tuer tous.

– Aviez-vous déjà vu cet homme?

– Absolument pas. Je n'ai pas la mémoire des noms et des choses de ce genre mais, en revanche, je suis physionomiste. La police m'a posé la même question, à Lund.

– Je sais mais, évidemment, vous étiez bouleversée.

– Absolument, cela a été horrible.

Elle manquait de conviction.

– Vous avez sans doute beaucoup réfléchi depuis l'événement?

– Bien sûr.

– Cet homme, vous l'avez vu distinctement. Vous lui faisiez face. À quoi ressemblait-il au juste?

– Que voulez-vous que je vous réponde? Il avait l'air terriblement ordinaire.

– Quelle impression vous a-t-il faite? Était-il nerveux? Ou désemparé?

– Il m'a paru parfaitement banal. Tout à fait commun.

– Commun?

– Oui, je veux dire que ce n'était pas quelqu'un que nous aurions fréquenté.

– Qu'avez-vous éprouvé quand vous l'avez vu?

– Rien jusqu'au moment où il a sorti son pistolet. Alors, j'ai eu peur.

– Vous avez également vu l'arme?

– Évidemment. C'était une espèce de pistolet.

– Vous ne pouvez pas la définir de manière plus précise?

– Je ne connais strictement rien aux armes à feu. Oui, c'était une espèce de pistolet. Assez long. Comme dans les westerns.

– Quelle expression avait cet homme?

– Il avait l'air ordinaire, je vous répète. J'ai davantage remarqué ses vêtements mais j'en ai déjà parlé.

Mansson renonça à obtenir d'elle le signalement de l'assassin. Elle ne voulait ou ne pouvait en dire plus qu'elle n'en avait dit. Il balaya du regard l'étrange pièce.

– Ce groupe d'ottomanes est tout à fait sensationnel, ne trouvez-vous pas? fit Charlotte Palmgren qui l'observait.

Mansson acquiesça en se demandant combien l'ensemble avait bien pu coûter.

– C'est moi qui les ai achetées, fit-elle non sans fierté. Au Centre finlandais.

– Vous habitez ici tout le temps?

– Où voudriez-vous que nous habitions quand nous sommes à Malmö? demanda-t-elle, décontenancée.

– Mais quand vous n'êtes pas à Malmö?

– Nous avons une maison à Estoril, où nous passons l'hiver. Viktor avait souvent à faire au Portugal. Et il y a aussi l'appartement de la société, à Stockholm. Il est sur Gärdet. Mais nous ne l'occupons que quand nous sommes à Stockholm.

– Je comprends. Est-ce que vous accompagniez généralement votre mari dans ses déplacements?

– Oui, toujours lorsque des réceptions étaient prévues. Mais je n'assistais pas aux conférences de travail.

– Je comprends, répéta Mansson.

Que comprenait-il? Que, pour l'essentiel, elle servait de faire-valoir et de mannequin vivant à son mari, que c'était une fille jeune faite pour exhiber les coûteuses exclusivités des couturiers, des choses parfaitement inutiles pour les gens ordinaires. Que, pour un Viktor Palmgren, une épouse universellement admirée faisait partie du décor.

– Aimiez-vous votre mari? demanda-t-il à brûle-pourpoint.

Elle ne parut pas surprise mais chercha une réponse.

– L'amour, c'est tellement bête, murmura-t-elle enfin.

Mansson sortit un cure-dent qu'il se mit à mâchonner pensivement. Elle le dévisagea d'un air ahuri. C'était la première fois qu'elle manifestait quelque chose qui ressemblait à de l'intérêt.

– Pourquoi faites-vous cela?

– C'est une mauvaise habitude, que j'ai prise en arrêtant de fumer.

– Ah bon! Si vous voulez, il y a des cigarettes et des cigares dans le coffret.

Mansson la regarda une seconde, puis lança une nouvelle amarre :

– Ce banquet de mercredi était presque un dîner d'affaires, n'est-ce pas?

– En effet. Il y avait eu une conférence l'après-midi mais je n'y ai pas assisté. J'étais rentrée à la maison me changer. J'avais été présente au déjeuner.

– Savez-vous quel était le motif de cette réunion?

– C'était pour parler affaires, comme d'habitude. Mais j'ignore de quoi il s'agissait au juste. Viktor avait toujours pas mal de fers au feu, comme il disait.

– Vous connaissiez toutes les personnes qui étaient là, n'est-ce pas?

– Je les voyais de temps en temps. Sauf la secrétaire

d'Hampus Broberg. C'était la première fois que je la rencontrais.

– Aviez-vous des rapports amicaux avec les uns ou les autres?

– Pas vraiment.

– Avec M. Linder, par exemple? Il habite Malmö, lui aussi.

– Nous nous voyions par-ci, par-là. Lors de soirées mondaines ou en des occasions du même genre.

– Mais vous n'entreteniez pas de relations personnelles avec lui?

– Non, nous nous rencontrions seulement par le truchement de mon mari.

Son débit était monotone et son intonation parfaitement détachée.

– Au moment où il a été abattu, votre époux était en train de prononcer une allocution. De quoi parlait-il?

– Je n'écoutais pas avec beaucoup d'attention. Il souhaitait la bienvenue à ses invités, il les remerciait, des choses comme ça. Ils étaient tous à son service. D'ailleurs, nous devions nous absenter pour un certain temps.

– Ah bon?

– Oui, nous avions prévu de faire de la voile sur la côte ouest pendant quelques semaines. Nous possédons une villa dans le Bohuslän – naturellement, j'avais oublié de vous le dire. Ensuite, nous serions partis pour le Portugal.

– Ce qui signifie que votre mari serait resté coupé de ses collaborateurs jusqu'à son retour?

– Assurément.

– Et vous?

– Moi? J'accompagnais Viktor. Nous devions jouer au golf au Portugal dans la province d'Algarve.

Mansson avait perdu la bataille sur le front principal. L'indolence de Charlotte Palmgren était telle qu'il était impossible de savoir si elle mentait ou si elle disait la vérité, et ses sentiments, pour autant qu'elle en éprouvât, étaient bien cachés. Il lui posa cependant une dernière question, une question idiote et qui, en tout cas, était vide de sens. Mais il fallait bien la poser par routine :

– Pensez-vous qu'une personne ou un groupe de personnes voulaient se débarrasser de votre mari?

– Comment voulez-vous que je le sache?

L'inspecteur parvint à s'extraire de son superfauteuil finlandais.

– Je vous remercie. Je ne veux pas vous faire perdre davantage de temps.

– Je vous en prie.

Elle le reconduisit jusqu'à la porte. Il prit soin de ne pas se retourner et de ne pas regarder la maison endeuillée.

La façon dont elle lui tendit la main lorsqu'ils se séparèrent parut sur le moment insolite à Mansson et ce ne fut qu'une fois au volant qu'il comprit : elle s'était attendue qu'il la lui baisât.

Une main mince aux longs doigts effilés.

La Jaguar rouge avait disparu.

La chaleur était insupportable.

– Merde! maugréa Mansson.

Et il mit le contact.

## VIII

Martin Beck se réveilla, ce matin-là, à 9 h 05 après avoir dormi d'une seule traite d'un sommeil profond et sans rêves. La veille, au dîner, il s'en était donné à cœur joie avec Mansson et, maintenant, il avait plus ou moins mal aux cheveux. Voilà ce que c'était que de s'adonner à la gastronomie d'un des restaurants scandinaves les plus célèbres.

Lorsqu'il eut ouvert les yeux, il se sentit envahi par un

sentiment d'euphorie et, paresseusement, médita pendant plusieurs minutes. Son appétit s'était aiguisé et son estomac, qui avait toujours été chatouilleux, avait commencé de se comporter comme un estomac digne de ce nom à partir du moment où il s'était séparé de sa femme. Ainsi, les douleurs qu'il éprouvait depuis tant d'années étaient seulement psychosomatiques ainsi qu'il l'avait toujours soupçonné.

La soirée avait été sympathique et s'était prolongée assez tard. D'entrée de jeu, Mansson avait suggéré qu'il serait préférable de ne pas parler de l'affaire Palmgren. Jusqu'à présent, il n'y avait rien à en dire de concret. Ç'avait été là une excellente idée car les deux hommes avaient le plus grand besoin de manger tranquillement, paisiblement et de dormir tout leur saoul. Ne fût-ce que pour se sentir libres pendant quelques heures et recouvrer leurs forces afin de poursuivre l'enquête. Le matériel était inconsistant et Beck comme Mansson avaient le sentiment qu'il s'agissait d'un problème complexe qui ne serait pas facile à résoudre.

Martin Beck repoussa les draps et se leva. Il ouvrit le store et contempla avec satisfaction le paysage par la fenêtre. Il faisait déjà chaud et le soleil étincelait. Il distinguait derrière l'admirable bâtiment de la poste, édifié en 1906 par Ferdinand Broberg, la coque blanche d'un bateau. Le Sund était bleu et attirant malgré la pollution. Le ferry *Malmöhus* manœuvrait dans le port pour prendre son cap. C'était un beau bâtiment armé aux chantiers de Kockum en 1945 et conçu selon les vieux principes.

Des principes d'une époque où les bateaux ressemblaient à des bateaux, songea Martin Beck.

Le commissaire ôta son pyjama et passa dans la salle d'eau. Quand le téléphone sonna, il était sous la douche.

Le timbre grésilla longuement avant qu'il parvienne à fermer le robinet d'eau froide, à s'envelopper d'une serviette et à atteindre la table de chevet sur laquelle trônait l'appareil.

– Allô... Ici Beck.

– Malm. Où en êtes-vous?

Où en êtes-vous? L'éternelle question! Martin Beck fronça le sourcil.

– Pour le moment, il m'est difficile de vous répondre. L'enquête commence à peine.

– J'ai essayé de vous joindre au commissariat mais je n'ai trouvé que Skacke.

– Ah bon?

– Vous dormiez?

– Pas du tout, répondit Martin Beck en toute sincérité.

– Il faut capturer l'assassin. Et vite!

– Bien sûr.

– Je suis l'objet d'une foule de pressions. Le patron et le ministre de la Justice me harcèlent. Et, maintenant, ce sont les Affaires étrangères qui entrent dans la danse.

Malm parlait sur un ton suraigu où perçait la nervosité mais cela n'avait rien d'exceptionnel chez lui.

– Aussi, il n'y a pas de temps à perdre. Arrêtez-le vite, je vous le répète.

– Oui, mais comment?

Le superintendant négligea de répondre à cette question, ce qui n'était nullement surprenant puisqu'il ne connaissait pratiquement rien de la technique policière. Par ailleurs, ce n'était pas non plus un grand administrateur.

– Cette communication est relayée par le standard de l'hôtel, n'est-ce pas? se borna-t-il à demander.

– Vraisemblablement.

– Dans ce cas, rappelez-moi d'un autre poste. À mon domicile personnel. Et le plus tôt possible.

– Je ne pense pas qu'il y ait de risques, rétorqua Martin Beck. Vous pouvez continuer. Dans ce pays, seule la police a le temps d'espionner les conversations téléphoniques des gens.

– Non, ce que j'ai à vous dire est tout à fait confidentiel et de la plus haute importance. Et cette affaire a priorité sur toutes les autres.

– Pourquoi?

– C'est précisément ce que j'allais vous expliquer. Mais rappelez-moi sur une autre ligne directe, au commissariat ou où vous voudrez. Et vite. Nous sommes dans un sérieux pétrin. Et Dieu sait comme je souhaiterais n'avoir pas à assumer cette responsabilité.

– Boniments! maugréa Martin Beck

– Je ne vous entends pas. Qu'avez-vous dit?

– Rien. Je vous rappelle.

Il raccrocha, s'essuya et s'habilla sans se presser.

Quand suffisamment de temps se fut écoulé, il décrocha à nouveau, demanda l'inter et composa le numéro personnel de Malm.

Le superintendant devait sûrement monter la garde devant son téléphone car il répondit avant même que la première sonnerie ne s'arrêtât.

– Oui, c'est moi... superintendant Malm.

– Beck.

– Enfin! Écoutez-moi attentivement. Je vais vous donner un certain nombre de renseignements sur Palmgren et les activités auxquelles il se livrait.

– Ce n'est pas trop tôt.

– Je n'y suis pour rien. C'est seulement hier que j'ai eu ces détails.

Malm se tut. Bruit de papiers froissés...

– Alors? demanda Martin Beck.

– Ce n'est pas un meurtre banal.

– Les meurtres banals, ça n'existe pas.

La réponse parut déconcerter le superintendant. Il réfléchit quelques secondes avant de reprendre :

– Au fond, vous avez raison en un sens. Je n'ai pas la même expérience pratique que vous...

Sûrement pas, songea Beck.

– ... dans la mesure où je m'occupe de problèmes administratifs plus vastes.

– Bon, fit Beck avec impatience. Et Palmgren, de quoi s'occupait-il?

– Il était dans les affaires. Et des affaires d'envergure. Vous n'êtes pas sans savoir que les relations de la Suède avec certains pays sont extrêmement délicates.

– Lesquels, par exemple?

– La Rhodésie, l'Afrique du Sud, le Biafra, le Nigéria, l'Angola et le Mozambique pour ne citer qu'eux. Il est difficile pour le gouvernement d'entretenir des contacts normaux avec ces nations.

– L'Angola et le Mozambique ne sont pas des nations, répliqua Martin Beck.

– Ne chinoisez pas! Toujours est-il que Palmgren travaillait notamment avec ces pays. Dans la plupart des cas, il opérait à partir du Portugal. Bien que son siège social officiel ait été à Malmö, c'était à Lisbonne qu'il se livrait à ses transactions les plus profitables.

– Quelle était sa branche?

– Le trafic d'armes. Entre autres choses.

– Quelles autres choses?

– Il touchait un peu à tout. Ainsi, il possédait une société propriétaire de quantités d'immeubles à Stockholm. On estime que la firme de Malmö n'est guère plus qu'une façade, même si c'est une façade imposante.

– Donc, il gagnait des masses d'argent?

– C'est le moins qu'on puisse en dire. Personne ne sait combien.

– Quel est le point de vue du fisc?

– Le fisc? Il aurait beaucoup à dire mais il ne sait rien de précis. Plusieurs des sociétés sont enregistrées au Liechtenstein et on suppose, aux Finances, que la plus grande partie de ses revenus était versée dans des banques suisses. Bien que l'on n'ait rien à reprocher à la gestion des entreprises qu'il avait en Suède, les services fiscaux sont bien persuadés que l'origine de sa fortune est incontrôlable.

– D'où proviennent ces informations?

– En partie des Affaires étrangères et en partie du ministère des Finances. Peut-être comprendrez-vous maintenant pourquoi on s'inquiète beaucoup de cette histoire en haut lieu.

– Non. Pourquoi?

– Comment? Vous ne voyez pas toutes les implications qu'elle comporte?

– Disons que je ne saisis pas très bien où vous voulez en venir.

– Ecoutez-moi, fit Malm sur un ton excédé. Il y a, chez nous, un mouvement politique, petit mais très remuant, qui s'oppose violemment à ce que la Suède ait des liens avec les pays que je vous ai cités tout à l'heure. Il existe aussi un groupe plus important qui croit aux déclarations officielles affirmant, par exemple, qu'il n'y a pas d'intérêts suédois en Rhodésie ou au Mozambique. Les activités de Palmgren ont toujours été très discrètes mais nous savons par certaines sources que des organisations extrémistes suédoises les connaissent fort bien et que Palmgren était sur leur liste noire, pour employer une expression banale.

– Mieux vaut utiliser une expression banale qu'une formule qui n'a pas de sens, fit aimablement Martin Beck. Mais comment êtes-vous au courant de cette liste noire?

– La Section Sécurité de la police nationale a fait des recherches et des personnes influentes estiment qu'elle devrait prendre l'enquête en main.

– Une seconde, je vous prie.

Martin Beck posa l'écouteur et se fouilla. Finalement, il réussit à mettre la main sur un paquet de cigarettes tout froissé quelque part dans une poche de pantalon. Pendant ce temps, il réfléchissait fébrilement. La Section Sécurité, ironiquement baptisée Sepo, était un organisme qui était la risée de beaucoup mais qui était surtout remarquable par son incompétence sans égale. Les rares fois où la Sepo avait résolu une affaire, voire capturé un espion, le coupable lui avait été livré par monsieur Tout-le-Monde sur un plateau d'argent, troussé comme une volaille avec, en guise de garniture, une véritable flopée de preuves grosses comme une maison. D'ailleurs, le contre-espionnage militaire lui-même était encore plus efficace. Cela dit, on en parlait rarement.

Beck alluma sa cigarette et reprit l'appareil.

– Mais qu'est-ce que vous fabriquez? s'enquit Malm sur un ton méfiant.

– Je fume.

Le superintendant demeura coi. Ce fut tout juste s'il émit un hoquet ou, peut-être, une exclamation de surprise.

– Alors, la Sepo?

– La Section Sécurité? Oui, d'aucuns ont suggéré qu'elle soit saisie de l'affaire. Et cela paraît l'intéresser.

– J'aimerais vous poser une question. Pourquoi l'affaire Palmgren intéresse-t-elle la Sécurité?

– Avez-vous réfléchi au *modus operandi*? demanda Malm d'une voix de mauvais augure.

– Le *modus operandi*? (Je voudrais bien savoir où il a lu cette expression, songea Martin Beck.) Oui, j'y ai réfléchi.

– Pour autant que je puisse m'en rendre compte, cet assassinat présente bien des analogies avec l'attentat politique classique. Un exalté qui n'a qu'une seule idée en tête, mener à bien sa mission et qui se moque de savoir s'il sera pris ou non.

– Oui, il y a quelque chose dans ce goût-là, admit Beck.

– Beaucoup de choses, de l'avis de certains. De la Section Sécurité, en particulier.

Malm ménagea une pause, sans doute pour donner plus d'effet à ses propos. Puis il enchaîna :

– Cela dit, comme vous le savez, la Section Sécurité n'est pas de mon ressort et j'ignore tout de ses activités. Mais il m'est revenu qu'ils ont chargé un de leurs spécialistes de prendre le vent. Quelqu'un est sûrement déjà parti. En outre, il y a aussi les agents secrets en poste à Malmö.

Martin Beck était tellement écœuré qu'il éteignit sa cigarette à moitié fumée.

– Officiellement, c'est nous qui sommes chargés de l'enquête, poursuivit Malm. Mais vous pouvez être à peu près sûr que la Sécurité va se livrer à des investigations... comment dirai-je? parallèles.

– Je comprends.

– Oui... et, naturellement, il importe d'éviter les frictions.

– C'est évident.

– Mais, par-dessus tout, cela veut dire qu'il faut appréhender l'assassin dans les délais les plus rapides.

Avant la police secrète, songea Martin Beck en son for intérieur. Dans ce cas, aucune raison de se presser.

– Les délais les plus rapides, répéta Malm avec détermination. N'importe comment, ce sera, à tout le moins, une plume à mettre à votre chapeau.

– Je ne porte pas de chapeau.

– Ce n'est pas le moment de plaisanter.

– Enfin, je peux toujours en acheter un.

– Je vous répète que ce n'est pas le moment de plaisanter, grinça Malm. C'est de la haute urgence.

Beck regarda tristement le paysage ensoleillé qu'il découvrait par la fenêtre. Hammar était casse-pieds, surtout au cours des dernières années. Mais, au moins, c'était un homme de police.

– Comment convient-il de diriger l'enquête, selon vous? demanda-t-il d'une voix suave à son interlocuteur.

Après s'être longuement trifouillé la cervelle, Malm découvrit la solution :

– Je m'en remets à vous et à vos collaborateurs. Je vous fais pleinement confiance pour ce qui est de ce détail. Vous avez une longue expérience.

C'était admirablement dit et le superintendant, apparemment très content de lui, poursuivit : « Vous vous mettez donc là-dessus à fond.

– Entendu, répondit machinalement Martin Beck.

Ses pensées étaient ailleurs.

– Si je comprends bien, la firme de Malmö est plus ou moins une société bidon?

– Je n'irai pas jusque-là. Au contraire, c'est sans doute une excellente affaire.

– Spécialisée dans quoi?

– L'import-export.

– Qu'est-ce qu'elle importe et qu'est-ce qu'elle exporte?

– Des harengs.

– Des harengs?

– Oui, confirma Malm, étonné. Vous ne le saviez pas? Ils achètent des harengs à la Norvège et à l'Islande et ils les expédient ailleurs. Ne me demandez pas où, je n'en sais rien. Pour autant que je sache, tout se passe de la façon la plus légale qui soit.

– Et la société dont le siège est à Stockholm?

– Elle s'occupe essentiellement d'immobilier mais...

– Mais?

– Les experts estiment que la véritable source de la fortune de Palmgren était à l'étranger. Ce qui signifie que nous n'avons pas les moyens de la vérifier.

– Vu!

– Il y a quand même deux choses que je voudrais vous signaler.

– Lesquelles?

– En premier lieu, que, en Suède, Palmgren était un personnage puissant disposant d'une foule de relations influentes. Et je ne parle pas de ses entreprises africaines et d'autres lieux.

– Oui, j'avais compris.
– En conséquence, il faut agir avec prudence.
– Je vois. Et la seconde chose?
– Il serait bon que vous preniez en considération l'éventualité d'un meurtre politique.
– Oui, c'est une possibilité que je ne négligerai pas.
Cette fois, Martin Beck était sérieux.
Ainsi s'acheva la conversation.
Beck appela le commissariat. Mansson n'avait pas encore donné signe de vie, Skacke était occupé et Backlund était sorti.
Voilà une riche idée! Sortir... Le beau temps était tentateur. Et puis, on était samedi.
Quelques minutes plus tard, Beck traversa le hall de l'hôtel. Il y avait pas mal de monde. Des clients qui réglaient leurs notes ou remplissaient leurs fiches et qui s'exprimaient dans des langues diverses et variées. Mais dans la bousculade qui se pressait devant la réception, il y avait un homme qui attirait automatiquement l'attention.
Plutôt jeune, corpulent. Vêtu d'un complet prince-de-galles dans le vent de coupe juvénile, chemise à rayures, chaussures jaune vif et chaussettes assorties, il avait des cheveux frisés, et une petite moustache retroussée visiblement cirée et passée à la forme. Nonchalamment accoudé au comptoir, la boutonnière fleurie, il serrait sous son bras un numéro d'*Esquire* roulé.
On aurait dit un modèle découpé dans une publicité pour discothèque.
Martin Beck connaissait le personnage. Il s'appelait Paulsson et appartenait à la police stockholmoise. Il avait le grade d'inspecteur stagiaire.
Quand le commissaire déposa sa clé, Paulsson le dévisagea. Son regard était si merveilleusement vide et indolent que, du coup, trois personnes se retournèrent en ouvrant de grands yeux.
La police secrète était arrivée sur le théâtre des opérations.

Martin Beck fut pris d'une envie de rire presque irrésistible. Se détournant de son occulte collègue, il pivota sur ses talons et sortit.

Au milieu du pont Mälar, il se retourna. L'hôtel avait un style bien à lui et ce n'était pas laid. On avait conservé la majestueuse façade de l'édifice et la haute tour, très *art nouveau* [1], constituait un élément significatif du décor de la ville. Beck connaissait même le nom de celui qui avait conçu le bâtiment : un certain Frans Ekelund.

Paulsson était aux aguets en haut du perron. Avec son costume qui était presque un déguisement, ç'aurait bien été le diable si le moindre ennemi public passant par là ne l'avait pas repéré. Sans compter le don stupéfiant qu'i avait de se faire voir à la télévision chaque fois qu'il y avait des manifestations ou de l'agitation de rue.

Martin Beck sourit et se dirigea d'un pas de flâneur vers le port inondé de soleil.

## IX

Benny Skacke habitait Kärleksgatan, à un pâté de maisons du commissariat. Il disposait d'une grande chambre confortable. Les meubles, bien qu'un peu usagés, étaient commodes et pratiques. Il avait succédé à un sergent qui avait été muté à Landskrona. La propriétaire, une vieille dame bien gentille et maternelle, était veuve d'un agent de police. Tout ce qu'elle exigeait de ses locataires étaient qu'ils soient des policiers. Donnant sur le hall, la chambre était tout à côté de la salle de bains et de la cuisine dont Skacke avait la jouissance.

C'était un garçon qui avait ses petites habitudes – tout du moins, il était en voie de les acquérir. Son tempéra-

1. En français dans le texte.

ment le poussait à organiser son existence selon une routine bien établie. Toutefois, il estimait qu'il lui serait plus facile de mener à bien les tâches qu'il s'était fixées en vue de parvenir à son objectif en s'astreignant à un programme bien réglé. Cet objectif était de devenir le grand patron de la police.

Levé à 6 h 30, il faisait de la gymnastique, s'entraînait aux haltères, prenait une douche glacée et s'étrillait avant de s'habiller. Ensuite, il prenait un copieux petit déjeuner, généralement composé de yaourt, de céréales, d'un œuf à la coque, de pain complet et de jus de fruit. Comme ses heures de travail étaient très irrégulières, il lui fallait parachever ses exercices physiques dans la journée quand il avait un moment creux. Il allait à la piscine trois fois par semaine, faisait de longues randonnées à bicyclette et, parfois, enfilait son survêtement et s'astreignait à un petit cross au stade de Limhamn. Il s'entraînait diligemment avec l'équipe de foot de la police dont il était membre à part entière : il jouait tous les matches. Le soir, il préparait son droit. Il avait déjà deux diplômes et espérait être prêt à passer le troisième à l'automne.

Tous les matins à 11 heures et tous les soirs à 21 heures, il téléphonait à Monica. Ils s'étaient fiancés à Stockholm huit jours avant son transfert à Malmö. La jeune fille, qui venait de terminer ses études de physiothérapie, avait demandé un poste dans cette ville mais elle n'avait rien trouvé de plus proche qu'Helsingborg. C'était quand même mieux que rien car ils pouvaient maintenant se voir les rares fois où leurs jours de congé coïncidaient.

Ce samedi-là, cependant, Benny Skacke fit un accroc à son programme. Il se leva une heure plus tard et, au lieu de prendre son petit déjeuner, il se prépara une thermos de chocolat qu'il mit dans un fourre-tout en compagnie de son maillot de bain et d'une serviette. C'était une chaude matinée ensoleillée. En chemin, il s'arrêta dans une boulangerie de Davidshallstorg pour acheter deux petits pains à la cannelle. Il passa sans s'arrêter devant l'imposant portail de cuivre du commissariat, tourna dans

Verkstadsgatan et entra dans la cour où l'attendait sa bicyclette. Un vélo noir de marque danoise. Sur le cadre noir, il avait écrit le mot POLICE en lettres blanches dans l'espoir de dissuader d'éventuels voleurs de bicyclettes. Il attacha son fourre-tout sur le porte-bagages et sauta en selle pour se rendre à la piscine. En dépit de l'heure matinale, il faisait déjà une chaleur de fournaise. Il se baigna, se dora une heure au soleil, puis, assis sur l'herbe, attaqua son casse-croûte.

Quand il pénétra dans son bureau, à 9 h 30, un billet était posé bien en évidence sur sa table :

*Mansson est chez la veuve, Beck au Savoy jusqu'à plus ample informé. S'il y a des coups de téléphone, répondez. Je serai de retour à midi.*

*Backlund.*

Skacke s'assit, guettant le téléphone qui demeurait muet, tout en songeant à l'assassinat de Viktor Palmgren. Pourquoi l'industriel avait-il été tué? Comme il était riche, l'argent pouvait constituer un mobile immédiat. Ou la puissance. Mais à qui profitait sa mort? Charlotte Palmgren était l'héritière la plus directe et – pour autant qu'on le sache – la seule héritière de la fortune du défunt. En principe, Mats Linder devait succéder à Palmgren à la tête de l'affaire. Compte tenu de la beauté célèbre et de la jeunesse relative de Mme Palmgren, on pouvait aussi penser à la jalousie. Il n'était pas inconcevable qu'elle ait eu un amant et que celui-ci en ait eu assez de jouer les seconds rôles. Mais, dans ce cas, c'était une curieuse façon de se débarrasser du mari. Quel que fût le motif du crime, la méthode employée laissait à désirer. Certes, le meurtrier avait réussi à prendre la fuite mais, s'il avait préparé son coup à l'avance, ses chances de s'en tirer lui auraient paru très faibles au départ. De plus, la victime avait survécu vingt-quatre heures. Palmgren aurait fort bien pu ne pas mourir. Par ailleurs, son assaillant devait savoir qu'il serait au Savoy à cette heure précise à moins que ce ne fût qu'un déséquilibré qui, entrant à l'improviste, eût tiré sur la première cible venue.

Le téléphone sonna. C'était Malm qui voulait parler à Martin Beck. Skacke lui dit que le commissaire était probablement encore à son hôtel. Le superintendant raccrocha sans un merci, sans un au revoir.

Benny Skacke, interrompu dans ses pensées, se mit à rêvasser. Il résolvait l'énigme, se lançait à la poursuite de l'assassin et le capturait à lui tout seul. Du coup, il bénéficiait d'une promotion et avait désormais le pied à l'étrier. Il était à deux doigts d'être nommé grand chef de la police suédoise quand le grésillement du téléphone effaça ses rêves d'avenir.

C'était une voix de femme. Tout d'abord, Skacke ne comprit pas ce qu'elle disait : son accent scanien était difficilement saisissable pour un Stockholmois. Le jeune inspecteur n'avait jamais mis les pieds en Scanie avant d'être muté à Malmö et il ne s'étonnait pas outre mesure d'être dérouté par certains dialectes régionaux. Cependant, ce qui l'étonnait, c'était que lui, qui s'exprimait dans un suédois parfaitement correct, ne réussissait jamais à se faire comprendre.

– C'est au sujet du crime dont causent les journaux, dit sa correspondante.

– Oui?

– C'est bien à la police que je suis? s'enquit-elle, méfiante.

– Oui, l'inspecteur adjoint Skacke à l'appareil.

– Adjoint? Votre patron n'est pas là?

– Non, il est absent mais vous pouvez tout me raconter, je m'occupe moi aussi de cette affaire. De quoi s'agit-il?

Il avait l'impression que son ton était de nature à inspirer confiance mais son interlocutrice ne parut nullement convaincue de sa compétence :

– Il vaudrait peut-être mieux que je vienne, fit-elle

d'une voix solennelle. Je n'habite pas tellement loin.

– C'est ça, passez donc. Vous n'aurez qu'à demander l'inspecteur ad...

– Peut-être que votre chef sera de retour.

Et elle raccrocha.

Douze minutes plus tard, on toqua à la porte. Si la brave femme avait manifesté quelque scepticisme au téléphone, elle parut encore plus dubitative en voyant Skacke en chair et en os.

– Je pensais que j'aurais affaire à quelqu'un de plus âgé, murmura-t-elle comme si elle choisissait un article dans un magasin.

– Je suis désolé mais il se trouve que je suis de service pour le moment, répliqua Skacke avec raideur. Asseyez-vous, je vous en prie.

Il approcha le fauteuil du bureau et la visiteuse s'assit précautionneusement à l'extrême bord du siège. Petite et boulotte, elle était vêtue d'un manteau d'été vert pâle et coiffée d'une capeline de paille blanche.

Skacke revint à sa place.

– Eh bien, je vous écoute, Mme... euh...?

– Greta Gröngren.

Un nom pareil... Etait-ce possible? Oui, apparemment.

– Eh bien, Mme Gröngren, que savez-vous donc des événements de mercredi?

– Le meurtre? Voilà... j'ai vu l'assassin. C'est-à-dire que je ne savais pas que c'était lui. Je ne l'ai compris que ce matin en lisant le journal. Ça a été comme une illumination.

Skacke se pencha en avant.

– Racontez-moi ça.

– Euh... J'avais été à Copenhague acheter de l'épicerie, voyez-vous. Et puis j'ai rencontré une amie et on a pris un café au Brønnum, ce qui fait que je suis rentrée assez tard. Quand je suis arrivée à l'angle du pont Mälar, en face du Savoy, le feu était rouge pour les piétons et j'ai dû attendre. Soudain, j'ai vu un homme sauter d'une fenêtre de la salle à manger de l'hôtel. Je sais que c'était la salle à manger parce que j'y ai dîné plusieurs fois avec mes neveux. Ma première idée, ça a été que ce loustic filait à l'anglaise avant d'avoir réglé son addition. Mais qu'est-ce que je pouvais faire? Pas moyen de traverser et il n'y avait personne à proximité.

– Avez-vous remarqué la direction qu'il a prise?

– Oui. Il est monté sur une bicyclette qui était accrochée au râtelier à gauche de l'hôtel et est parti vers Drottningtorget. Quand le feu est passé au vert, il était hors de ma vue. Je me suis dit que le restaurant pouvait se permettre de perdre un peu d'argent et je suis rentrée à la maison sans plus penser à cet incident. (Elle ménagea une brève pause.) Quand j'ai traversé, des gens sont sortis de l'hôtel mais le bonhomme était déjà parti.

Skacke s'empara de son bloc et demanda avec une fébrilité mal dissimulée :

– Pouvez-vous me donner le signalement de cet individu?

– Il avait dans les trente ou quarante ans. Plutôt quarante. Et il était chauve. Pas entièrement mais presque. Ses cheveux étaient bruns. Il avait un complet marron, une chemise dans les jaunes et sa cravate... je ne me souviens plus de sa couleur. Et il avait des chaussures noires ou marron, je crois. Probablement marron puisque son costume était marron.

– A quoi ressemblait-il? Avait-il quelque chose de particulier? Dans sa physionomie? Dans sa corpulence?

Elle réfléchit.

– Il était mince. De visage et de corps. Non, il n'avait rien de spécial. Je l'ai trouvé joliment grand. Pas tant que vous mais quand même... Je ne sais pas ce que je pourrais vous dire de plus.

Skacke resta un moment silencieux, les yeux fixés sur la femme.

– Où était-il lorsque vous l'avez perdu de vue?

– Là où il y a des feux de signalisation, il me semble. Au carrefour de Bruksgatan. Ils devaient être au rouge. Au moment où j'ai pu traverser, l'homme avait disparu.

– Et sa bicyclette, comment était-elle?

– Comme toutes les autres, sans doute.

– Avez-vous noté sa couleur?

– Non. Les voitures n'arrêtaient pas de passer et elles faisaient écran.

– Bien sûr. Vous ne vous souvenez de rien d'autre?

– Non, je ne vois pas. Est-ce que j'aurai une récompense?

– Je ne crois pas. Les citoyens ont l'obligation morale d'apporter leur concours à la police. Pouvez-vous me laisser votre adresse et votre numéro de téléphone pour que nous puissions vous joindre en cas de nécessité?

Mme Gröngren donna l'une et l'autre, puis elle se leva.

– Eh bien, je vous dis au revoir. Est-ce qu'on parlera de moi dans le journal?

– C'est fort possible, répondit Skacke pour lui mettre du baume au cœur.

Il la reconduisit jusqu'à la porte.

– Au revoir, Mme Gröngren, et merci de votre aide. Et d'avoir pris la peine de vous déranger.

Skacke se rassit. La porte se rouvrit et Mme Gröngren glissa la tête par l'entrebâillement.

– Vous aviez raison, il y a quelque chose qui m'est revenu. Avant d'enfourcher la bicyclette, il a sorti je ne sais quoi de dessous son veston, un truc qu'il a mis dans un carton. Et il a attaché le carton sur son porte-bagages. J'avais totalement oublié.

– Avez-vous vu, par hasard, ce qu'était cet objet?

– Non, il me tournait plus ou moins le dos. Le carton était presque aussi long que le porte-bagages et il avait à peu près dix centimètres d'épaisseur.

Skacke se répandit à nouveau en remerciements et Mme Gröngren s'esquiva. Pour de bon, cette fois.

Benny composa alors le numéro du terminus des ferries. En attendant qu'on réponde, il prit son calepin. Quand celui-ci était neuf, il faisait calligraphier son nom sur la couverture : INSPECTEUR STAGIAIRE B. SKACKE. En face, il écrivit le chiffre I.

## X

Il était un peu plus de 13 heures quand Martin Beck et Per Mansson tombèrent l'un sur l'autre devant la porte de la cantine.

Le commissaire avait flâné sur les quais du port de la zone industrielle, silencieux et déserts comme tous les samedis pendant les vacances d'été, déambulé devant les entrepôts pétroliers présentement inactifs. C'était un étrange paysage digne de la science-fiction. Des mares d'eau laiteuse stagnaient entre des rubans de sable rectilignes où les camions et les excavatrices avaient laissé de profondes empreintes. Le port s'était incroyablement développé depuis la dernière fois qu'il l'avait vu – cela remontait à une quinzaine d'années. Soudain, il avait eu faim. La veille, il avait fait un repas copieux et c'était une sensation aussi nouvelle qu'agréable. On reprend vite l'habitude d'avoir de l'appétit, s'était-il dit avec satisfaction. Il rentra le plus vite possible en ville en se demandant ce qu'il y avait au menu de la cantine.

Mansson, lui, n'avait pas particulièrement faim mais il avait très soif. Il avait refusé le verre que lui avait proposé Charlotte Palmgren mais, maintenant, étouffant dans sa voiture dont le soleil chauffait les tôles à blanc, il revoyait Mats Linder apportant les deux chopes emplies d'un liquide aux reflets rouges. Il croyait entendre tinter les glaçons. Il songea un instant à rentrer chez lui pour s'offrir un gripenberger. Mais non... Il était encore trop tôt. Il se contenterait de boire un verre d'eau minérale à la cantine. Cela ferait l'affaire.

Martin Beck était maintenant un peu moins affamé mais, comme il n'était pas très sûr de ses réactions stomacales, il commanda une omelette au jambon, une salade de tomates et de l'eau minérale. Mansson fit comme lui.

Quand ils s'installèrent avec leurs plateaux, les deux hommes aperçurent Benny Skacke qui, l'air affolé, regardait dans leur direction. Backlund était assis devant lui, tournant le dos à Beck. Il avait repoussé son assiette et brandissait un doigt menaçant vers le jeune inspecteur. Impossible d'entendre ce qu'il disait mais, à en juger la mine de Benny, il devait être en train de lui débiter un sermon.

Martin Beck fit un sort à son omelette et s'approcha de Backlund. Il lui posa la main sur l'épaule et dit de sa voix la plus aimable :

– Excusez-moi mais je vais vous priver de la compagnie de Skacke. J'ai une ou deux choses à voir avec lui.

Backlund était furieux d'être ainsi interrompu mais il lui était difficile de protester. Ce prétentieux Stockholmois avait été chargé par la police nationale de prendre l'enquête en main. Comme si les gens de Malmö étaient incapables de s'en occuper eux-mêmes!

Visiblement soulagé, Skacke se leva et emboîta le pas à Beck. Mansson avait terminé et les trois hommes sortirent. Backlund les suivit des yeux, l'air chagrin.

Il faisait relativement frais dans le bureau de Mansson. Celui-ci s'assit dans son fauteuil pivotant, sortit de son plumier un cure-dent qu'il dépiauta et se ficha au coin de la bouche. Tandis que Beck allumait une cigarette, Skacke s'éclipsa pour aller chercher son carnet dans son propre bureau. Quand il revint, il s'installa à côté du commissaire, ledit carnet sur son genou.

Beck sourit en voyant ce qu'il y avait d'écrit sur la couverture et Skacke rougit. Il dissimula son calepin et rendit compte de la visite du témoin, Mme Gröngren.

– Vous êtes vraiment sûr que c'est son nom? s'enquit Mansson avec scepticisme.

Quand Skacke eut terminé son rapport, Martin Beck prit la parole :

– Le mieux serait que vous interrogiez le personnel de l'aéroglisseur. Si c'est cet homme qu'ils ont vu debout à l'avant, ils ont dû remarquer la boîte. A supposer qu'il l'avait encore avec lui.

– Je me suis déjà informé. L'hôtesse qui l'a vu n'est pas de service aujourd'hui, mais elle sera à son poste demain et j'irai lui parler.

– Parfait.

– Ah bon? Vous comprenez donc le danois? laissa tomber Mansson, dubitatif.

Skacke ouvrit de grands yeux.

– Est-ce tellement difficile?

Le moment était venu pour Beck de rapporter sa conversation avec Malm et d'annoncer la récente arrivée de leur collègue.

– Vous dites qu'il s'appelle Paulsson? fit Mansson. Je me demande si je ne l'ai pas vu à la télé. Il ressemble beaucoup à un type de la Sécurité qui sévit ici. Un agent secret appelé Persson. Il porte toujours, lui aussi, un costume excentrique. Je pensais que vous étiez déjà au courant de cette histoire d'exportation de harengs mais, pour ma part, je n'ai jamais entendu parler de trafic d'armes.

– Cela n'a rien de très étonnant, répliqua Beck. Dans ces cas-là, il est préférable qu'il n'y ait pas trop de gens au courant.

Mansson cassa son cure-dent en deux et le déposa dans le cendrier.

– Figurez-vous que j'ai pensé à quelque chose de ce genre quand la veuve à poil m'a dit que Palmgren traitait beaucoup d'affaires au Portugal.

– La veuve à poil? s'exclamèrent en cœur Beck et Skacke.

Mansson prit un nouveau cure-dent.

– J'allais dire la veuve joyeuse. Mais elle n'était ni joyeuse ni triste. Elle paraissait indifférente à tout.

– Mais elle était nue, murmura Beck.

Mansson relata sa visite à la résidence Palmgren.

– Elle était jolie? voulut savoir Skacke.

– Je n'ai pas trouvé, répondit laconiquement Mansson qui se tourna vers Martin Beck. Voyez-vous un inconvénient à ce que j'interroge Linder?

– Non, mais j'aimerais bien faire sa connaissance, moi aussi. D'ailleurs, nous ne serons peut-être pas trop de deux pour le questionner.

Mansson acquiesça.

– Vous y croyez, vous, à la thèse de l'assassinat politique? demanda-t-il après une pause.

– Pourquoi pas? Mais je voudrais bien en connaître un peu plus long sur les activités de Palmgren à l'étranger. Seulement, je ne vois pas trop comment nous pourrions nous y prendre. Je doute que Mats Linder soit très renseigné sur ces opérations-là. Vraisemblablement, il ne s'occupe que de l'exportation des harengs. A propos, qu'est-ce qu'il fabrique, le Danois?

– Je ne le sais pas encore, répondit Mansson. Il va falloir s'informer. Au pire, Mogensen pourrait sûrement nous le dire.

Il y eut un silence. Puis Skacke dit :

– Si c'est bien le tueur qui a pris à Kastrup l'avion de Stockholm, une chose est sûre : il est suédois. Et s'il s'agit d'un assassinat politique, c'est qu'il était contre les activités commerciales que Palmgren entretenait avec la Rhodésie, l'Angola, le Mozambique et je ne sais quoi encore. Par conséquent, ce ne peut être qu'un gauchiste fanatique.

– On croirait entendre Persson, soupira Mansson. Ce gars-là voit des extrémistes planqués derrière chaque buisson. Néanmoins, ce que vous dites n'est pas absolument idiot.

– Pour être franc, j'ai eu plus ou moins la même idée avant même de discuter avec Malm. Cela ressemble de façon étonnante à un attentat politique. Il y a quelque chose de très particulier dans le *modus operandi*...

Martin Beck s'interrompit brusquement. C'était l'expression même qu'avait utilisée Malm et il était vexé de l'avoir employée lui aussi :

– Peut-être que oui, peut-être que non, fit Mansson. Les organisations révolutionnaires locales sont surtout concentrées à Lund. Je les connais assez mal et la plupart sont terriblement pacifiques. Ce n'est évidemment pas l'opinion de la Sepo.

– Rien ne nous dit que le meurtrier soit de la région, objecta Skacke.

Mansson secoua la tête.

– Il connaissait bien les lieux. Et si cette histoire de bicyclette est exacte...

– Et si on la retrouvait, vous vous rendez compte? s'écria le jeune inspecteur avec optimisme.

Mansson le dévisagea longuement, hocha à nouveau la tête et dit d'une voix cordiale :

– Mon cher Skacke, pourchasser une bicyclette...

Au même moment, Backlund frappa à la porte et entra sans attendre d'y être invité.

– On est en pleine conférence, à ce que je vois, fit-il avec irritation en essuyant rageusement ses lunettes. Vous avez peut-être deviné où est passée cette douille. Nous l'avons cherchée partout. Même dans la nourriture. J'ai été jusqu'à sonder la purée de pommes de terre. Eh bien, le fait est là : il n'y a pas de douille.

– Bien sûr qu'il y en a une, murmura Mansson avec lassitude.

– Il s'est servi d'un revolver, pas d'un pistolet, s'excla-

mèrent d'une même voix Martin Beck et Benny Skacke.
Backlund sembla soudain frappé par la foudre.

Le dimanche matin, quand Benny Skacke descendit de sa bicyclette devant le débarcadère, le *Springeren* entrait dans la rade. Sa coque étincelait. Lentement, il glissa vers le môle.

Le temps était toujours sensationnel. Rares étaient les gens qui avaient eu envie de faire la traversée du Sund à bord d'un engin qui ressemblait autant à une carlingue d'avion. Une dizaine de passagers seulement dégringolèrent la passerelle et se précipitèrent vers la gare maritime, prêts à en découdre pour s'adjurer le seul et unique taxi disponible.

Skacke attendit devant l'échelle de coupée. Au bout de cinq minutes, une jeune et blonde hôtesse apparut sur le pont. Il la rejoignit, se présenta et lui montra sa carte.

– Mais la police de Copenhague m'a déjà interrogée, protesta-t-elle.

Heureuse surprise : elle parlait suédois. Avec l'accent danois, naturellement.

– Oui, je sais, mais il y a une chose que les collègues danois ne vous ont pas demandé. Auriez-vous remarqué, par hasard, si l'homme qui est resté en haut, ce soir-là, mercredi, tenait un paquet à la main?

La jeune femme se mordilla la lèvre et se gratta le front.

– Euh... oui, maintenant que vous m'en parlez, fit-elle d'une voix hésitante, je me rappelle que... Non, attendez! N'était-ce pas une boîte, un carton de couleur noire qui avait à peu près cette taille?

Elle écarta les mains pour indiquer la dimension approximative de l'objet.

– Avait-il toujours cette boîte quand il est descendu et s'est installé à l'intérieur? Ou quand il a débarqué?

L'hôtesse réfléchit quelques secondes avant de secouer énergiquement la tête.

– Non, ça, je ne m'en souviens pas. Sincèrement. Tout ce que je peux vous dire, c'est qu'il la tenait sous le bras au moment où il se trouvait sur le pont.

– Merci quand même. C'est un renseignement précieux. Rien d'autre ne vous est revenu en mémoire à propos de cet homme depuis que vous avez été interrogée par la police de Copenhague?

A nouveau, elle eut un geste de dénégation.

– Non.

– Rien du tout?

– Absolument rien, fit-elle avec un sourire professionnel. Maintenant, si vous voulez bien m'excuser, j'ai des préparatifs à faire pour le voyage du retour.

Skacke regagna Davidshallstorg à bicyclette et monta à son bureau. Il n'était plus de service mais il était près de 11 heures... l'heure de téléphoner à Monica.

Il préférait l'appeler du commissariat. D'abord, parce que, chez lui, il ne pouvait pas trop prolonger la conversation en raison du prix des communications. En outre, sa propriétaire faisait preuve de curiosité lorsqu'il téléphonait et il tenait à être tranquille quand il avait Monica au bout du fil.

Sa fiancée était seule dans l'appartement qu'elle partageait avec une collègue. Elle était en congé, elle aussi. Ils discutèrent près d'une heure mais qu'est-ce que cela pouvait faire? L'administration réglerait la facture. Ou, plus exactement, le contribuable.

Quand il raccrocha, Skacke pensait à tout autre chose qu'à l'assassinat de Viktor Palmgren.

## XI

Martin Beck et Per Mansson se rencontrèrent à nouveau au commissariat le lundi matin à 8 heures. Ni l'un ni l'autre n'était d'une humeur merveilleuse. Mansson était indolent, apathique et mou. Beck, sombre et pensif.

Sans desserrer les lèvres, les deux hommes plongèrent dans leurs dossiers, ce qui n'était pas fait pour leur remonter le moral. Aucun fait nouveau n'avait marqué la journée du dimanche sinon qu'il avait fait encore plus chaud que la veille et que les citadins avaient déserté la ville en masse. « L'enquête est toujours au même point », avaient-ils déclaré à la presse et cette formule creuse et élimée était on ne peut plus justifiée. Le seul élément positif avait été le renseignement assez vague que Skacke avait soutiré à l'hôtesse.

Juillet est un très mauvais mois pour les enquêtes policières. Si par-dessus le marché il fait beau, à peu près toutes les activités cessent – sauf les vacances. Le royaume de Suède met pratiquement la clé sous le paillasson. Tout s'arrête et il est impossible de joindre quelqu'un pour la bonne raison que la plupart des gens sont partis. A l'étranger ou à la campagne. Les effectifs relativement restreints de policiers de service s'occupent presque uniquement de contrôler les touristes étrangers qui affluent en une cohue disparate et d'essayer de régler la circulation sur les routes.

Martin Beck aurait donné gros pour pouvoir s'entretenir avec son vieux collègue Fredrik Melander, à présent attaché à la brigade des agressions de Stockholm. Agé de 49 ans, Melander était le policier qui avait la mémoire la plus sûre. En trente ans de carrière, il avait emmagasiné une multitude de noms, de dates, de faits et autres détails. Il n'oubliait jamais rien. Et c'était l'une des rares personnes susceptibles d'apporter une contribution efficace dans cette enquête qui sortait de l'ordinaire.

Mais Melander était hors d'atteinte. Il était en congé et, comme d'habitude en cette période, il s'était retiré dans sa résidence secondaire de Värmdö où il était coupé du reste du monde. Il n'avait pas le téléphone et nul ne connaissait son adresse exacte. Sa grande joie était de fendre du bois mais il avait décidé, cette année, de consacrer ses loisirs à construire un nouveau cabinet à deux places, encore que personne ne fût au courant de ce détail en dehors de lui et de son épouse, une femme haute comme un échalas et d'une laideur stupéfiante.

Pour comble d'infortune, Beck et Mansson auraient dû, eux aussi, partir en vacances cette semaine et la certitude que cet heureux événement était repoussé *sine die* se reflétait sur leurs physionomies lugubres.

Néanmoins, il y avait des interrogatoires à mener... si possible. Martin Beck téléphona à Stockholm et, après bien des si et bien des mais, réussit à persuader Kollberg de s'occuper d'Hampus Broberg et d'Helena Hansson, la secrétaire.

– Qu'est-ce que je dois leur demander? s'enquit Kollberg d'une voix morne.

– En toute sincérité, je n'en sais rien.

– Qui dirige l'enquête?

– Moi.

– Et vous n'en savez rien? Comment diable voulez-vous donc que je découvre quelque chose?

– J'aimerais avoir une idée de la situation en général.

– La situation en général? Elle est exécrable. Il fait si chaud que je suis crevé.

– Ce qui nous manque, c'est le mobile. Ou, plus exactement, nous avons trop de mobiles. Peut-être que l'atmosphère de la firme Palmgren nous mettra sur la piste du bon.

– Je vois, fit Kollberg, manifestement sceptique. Cette demoiselle Hansson, elle est jolie?

– Il paraît.

– Bon! Ce sera toujours ça. Alors, au revoir.

Martin Beck faillit dire : « Rappelez-moi », mais il se retint à la dernière seconde et raccrocha après un mot d'adieu. Il se tourna vers Mansson :

– Kollberg va se charger du côté stockholmois de l'affaire.

– Très bien, approuva Mansson. C'est un type à la hauteur.

Kollberg était beaucoup plus que cela mais Mansson ne le connaissait pas aussi bien que Martin Beck. En fait, c'était la seule personne en qui ce dernier avait une confiance absolue. Il avait l'esprit judicieux et était parfaitement capable de se débrouiller tout seul. De plus, il avait de l'imagination, était méthodique et était doué d'une logique implacable. Il y avait de nombreuses années que les deux hommes travaillaient ensemble et chacun devinait ce que l'autre pensait sans avoir besoin de parler longuement.

Mansson et Martin Beck continuèrent de feuilleter avec nonchalance leurs papiers sans échanger un mot.

Quelques minutes après 9 heures, ils se levèrent, descendirent dans la cour et prirent place dans la voiture de Mansson.

Le lundi matin, les rues étaient un peu plus animées mais il ne fallut pas plus de dix minutes à Mansson pour gagner la tour où étaient installés les bureaux suédois de la société Palmgren, dans le quartier du port. Mats Linder devait y être à cette heure-là.

Mansson se gara d'une façon hautement fantaisiste et baissa le pare-soleil derrière lequel était collé un carton portant le mot POLICE en caractères d'imprimerie.

Ils prirent l'ascenseur jusqu'au septième étage et se retrouvèrent dans une vaste antichambre au plancher recouvert d'une moquette d'un rouge éclatant. Les murs étaient satinés. Il y avait, au milieu, une table basse, flanquée de deux fauteuils confortables, sur laquelle s'empilaient des revues, étrangères pour la plupart, mais où ne manquaient ni *Svensk Tidskrift* ni *Veckans Affärer*, et qui côtoyaient deux gros cendriers de cristal, un coffret en bois de teck rempli de cigares et de cigarettes, un briquet d'ébène et un lourd vase en verre d'Orrefors plein de roses rouges. A gauche, une réceptionniste aux cheveux blonds, assise derrière une table tout en longueur, examinait ses ongles vernis. Elle avait une vingtaine d'années. Devant elle, un interphone, deux téléphones, un bloc sténo et un stylo en or.

Elle avait un gabarit de mannequin et portait une robe noire et blanche ultracourte. Ses bas ajourés étaient agrémentés d'un ingénieux motif surbrodé noir et elle était chaussée d'élégants souliers noirs ornés d'une boucle d'argent. Son rouge à lèvres était presque blanc et elle avait les paupières bleues. Ses boucles d'oreilles étaient en argent. Des dents égales à l'éclat étincelant et, sous de faux cils noirs, des yeux bleu pâle au regard niais. Une académie parfaite si l'on aimait ce genre, se dit Martin Beck.

Elle regarda les deux hommes avec un soupçon de dédain et de désapprobation et, tapotant le carnet de rendez-vous ouvert devant elle de l'ongle démesuré de son petit doigt, fit avec un invraisemblable accent scanien :

– Vous devez être de la police.

Elle jeta un coup d'œil à sa montre minuscule et enchaîna :

– Vous avez près de dix minutes d'avance. M. Linder est en communication avec Johannesburg. Asseyez-vous. Je vous préviendrai dès qu'il aura fini. C'est bien M. Mansson et M. Back, n'est-ce pas?

– Beck, rectifia Beck.

– Ah bon, répliqua-t-elle avec indifférence.

Elle nota quelque chose d'une main nonchalante sur le carnet de rendez-vous, puis examina à nouveau les deux policiers en dissimulant à peine la répulsion qu'ils lui inspiraient, et désigna d'un geste vague la table, les roses, les cendriers de cristal et le coffret à cigares.

– Vous pouvez fumer.

Le ton qu'emploie un dentiste pour dire : « Vous pouvez vous rincer ».

Martin Beck se sentait mal à l'aise dans ce décor. Il lorgna du côté de Mansson dont la chemise chiffonnée flottait sur le pantalon – un pantalon gris qui aurait eu besoin d'un coup de pressing – et qui avait des sandales aux pieds. Lui-même ne devait pas être beaucoup plus élégant bien qu'il eût mis son pantalon sous le matelas avant de se coucher. Pourtant, son collègue ne paraissait nullement impressionné : il s'affala dans un fauteuil, sortit un cure-dent de sa poche et feuilleta pendant trente secondes un numéro de *Veckans Affärer* avant de le lancer sur la table avec un haussement d'épaules. Beck s'assit à son tour, étudia avec attention le choix de cigarettes et de cigares dispendieux que présentait le coffret de teck béant et se décida pour une de ses Florida personnelles dont il arracha le filtre

La réceptionniste admirait à nouveau ses ongles. Rien ne troublait le silence. Beck éprouvait un vif sentiment d'irritation. Ce ne fut qu'au bout d'un certain temps qu'il en découvrit la raison : les portes étaient invisibles. Elles se confondaient si bien avec la tapisserie qu'il fallait faire un effort pour les voir.

Plusieurs minutes s'écoulèrent. Mansson mâchonnait distraitement son cure-dent. Beck éteignit sa cigarette, en alluma une autre, se leva et s'approcha du vaste aquarium encastré dans le mur. Il contemplait le poisson bariolé qui évoluait dans l'eau verte et miroitante, quand le grésillement discret de l'interphone retentit. Il s'immobilisa.

– M. Linder va vous recevoir, annonça la réceptionniste.

Une seconde plus tard, l'une des portes si bien camouflées s'ouvrit et une femme apparut qui leur fit signe d'entrer. Dans les trente-cinq ans, brune, le geste rapide et précis, l'air calme. La secrétaire de direction type, songea Martin Beck. C'était sans doute elle qui faisait tout le travail, à supposer qu'il y eût vraiment du travail à faire en ces lieux. Mansson précéda le commissaire. L'allure nonchalante, il pénétra dans une pièce de petite taille, meublée d'un bureau sur lequel trônait une machine à écrire électrique, d'une armoire de classement et d'étagères où s'alignaient de nombreux dossiers.

Sans un mot, la secrétaire ouvrit une autre porte et s'effaça. Martin Beck eut plus que jamais l'impression que son collègue et lui étaient patauds et faisaient tache dans le décor. Tandis que Mansson s'approchait du bureau de Mats Linder qui se levait, un sourire attristé mais aimable et poli aux lèvres, il eut le temps de noter à la fois le panorama que l'on apercevait à l'extérieur, l'agencement de la pièce et le personnage qui les accueillait. Il avait le don d'enregistrer une situation en un clin d'œil et c'était l'un de ses meilleurs atouts dans sa profession.

La vue que l'on découvrait par les larges baies était spectaculaire. En bas, on distinguait les quais bourdonnant d'activités – des nuées de bateaux de commerce et de navires de ligne, des remorqueurs, des grues, des camions, des wagons et des régiments de barils. Au-delà, le Sund et, là-bas, la côte du Danemark. L'atmosphère était d'une limpidité de cristal. On apercevait au moins vingt bâtiments, dont plusieurs navettes, en provenance ou à destination de Copenhague. C'était encore mieux – et ce n'est pas peu dire – que la vue qu'avait Beck de sa chambre d'hôtel. Il ne lui manquait que des jumelles.

Il y en avait précisément une paire bien en évidence sur l'imposant bureau métallique. Des jumelles de marine fabriquées à Iéna. Des Zeiss. Linder tournait le dos à un mur aveugle orné d'un gigantesque agrandissement photographique – un chalutier voguant sur une mer démontée, l'étrave giflée par les lames. A bâbord, des pêcheurs en caban et en suroît remontaient le chalut. Cette image de la lutte des hommes se battant pour arracher leur maigre pitance à la mer offrait un contraste saisissant avec ce bureau paisible et luxueux où l'on amassait des fortunes en exploitant le labeur humain. Saisissant mais sans doute involontaire. Il y a quand même des limites au cynisme!

Au mur qui faisait face à la fenêtre étaient accrochées

trois lithos : un Matisse, un Chagall et un Dali. Deux fauteuils de cuir et une table de conférence entourée de chaises de palissandre complétaient le mobilier.

D'après les renseignements recueillis par la police, Mats Linder avait trente ans. Son physique correspondait parfaitement et à son âge et à sa situation. Il était grand, mince et bien découplé. Des yeux noisette, la raie sans défaut, le visage étroit, le profil au dessin hardi, le menton volontaire, il s'habillait avec une extrême sobriété.

Martin Beck jeta un coup d'œil à Mansson. Il avait l'impression de transpirer davantage et de faire encore plus de plis. Il se présenta, échangea une poignée de main avec Linder. Mansson et lui prirent place dans un fauteuil.

Linder se rassit, posa les coudes sur son bureau et joignit les mains.

– Eh bien, a-t-on arrêté l'assassin?

Les deux policiers secouèrent en même temps la tête.

– En quoi puis-je vous aider, messieurs?

– M. Palmgren avait-il des ennemis? s'enquit Martin Beck.

C'était une question dont la simplicité frisait le ridicule mais il fallait bien commencer quelque part. Pourtant, Linder réfléchit avec une gravité exagérée et pesa soigneusement sa réponse.

– Un homme traitant des affaires de l'envergure de celles que traitait Viktor Palmgren peut difficilement éviter de se faire des ennemis, laissa-t-il enfin tomber.

– Pensez-vous à quelqu'un en particulier?

– A une multitude de gens, répliqua Linder avec un pâle sourire. A l'heure actuelle, messieurs, le monde des affaires est une jungle féroce. Le marché étant ce qu'il est par les temps qui courent, il n'y a place ni pour la philanthropie ni pour la sensiblerie. Bien souvent, l'alternative est de tuer ou d'être tué. Sur le plan économique, j'entends. Mais..

– Mais?

– Dans le domaine qui est le nôtre, celui du commerce, on ne se tire pas dessus. Il existe d'autres méthodes. Aussi, je crois que l'on peut éliminer purement et simplement la théorie du concurrent lésé qui aurait surgi dans la salle à manger d'un restaurant de grande classe, armé d'un pistolet, afin d'apurer ses comptes à titre privé, si j'ose dire.

Mansson fit un geste comme s'il venait soudain de penser à quelque chose mais garda le silence et Martin Beck se vit contraint de continuer de diriger la conversation.

– Vous n'avez aucune idée de l'identité de la personne qui a exécuté votre patron?

– Je n'ai pas réellement vu cet individu. En partie parce que j'étais assis à côté de Vicke – c'était ainsi que l'appelaient ses amis intimes – et que, par conséquent, je tournais le dos au meurtrier. Et également parce que je n'ai pas compris tout de suite ce qui se passait. J'ai entendu la détonation – elle n'a pas été forte et cela n'a pas paru très effrayant. Puis Vicke s'est écroulé. Immédiatement, je me suis levé et je me suis penché sur lui. J'ai mis plusieurs secondes à réaliser qu'il était grièvement blessé. Lorsque je me suis retourné, le tueur était parti et le personnel arrivait de toutes les directions pour prêter main-forte. Mais j'ai déjà raconté tout cela à la police dans les heures qui ont suivi l'attentat.

– Oui, naturellement, fit Martin Beck. Je ne me suis sans doute pas expliqué de manière assez claire. Ce que je voudrais savoir, c'est si vous avez une idée du genre de personne susceptible d'avoir tué M. Palmgren.

– C'était un fou, répondit Mats Linder sans l'ombre d'une hésitation. Seul, un déséquilibré a pu agir de la sorte.

– Ainsi, M. Palmgren aurait été choisi au hasard comme victime?

Linder, après avoir ruminé la question, eut à nouveau un sourire tout aussi pâle que précédemment.

– C'est à la police qu'il appartient de le déterminer.

– D'après ce que j'ai compris, M. Palmgren traitait des affaires considérables à l'étranger?

– C'est exact. Et il avait des intérêts aussi multiples que variés. Ici, nous nous occupons seulement d'importer et d'exporter du poisson pour les conserveries. C'est la firme originelle, fondée par le vieux Palmgren, le père de Vicke. Je ne l'ai pas connu, je suis trop jeune. Quant aux autres activités avec l'étranger, je n'en connais vraiment pas grand-chose. Mais, ajouta-t-il après une pause, je vais très vraisemblablement être maintenant amené à les suivre de plus près.

– Qui va assumer la responsabilité principale de... du groupe?

– Charlotte, j'imagine. Elle est sans doute son unique héritière. Ils n'ont pas d'enfants, pas de famille. En tout cas, les avocats de la société éclairciront la situation. Notre conseil juridique a dû interrompre précipitamment ses vacances. Il est rentré vendredi soir et, depuis, ses assistants et lui examinent les documents. Pour le moment, nous travaillons comme d'habitude.

– Nous travaillons? répéta Martin Beck *in petto.*

– Envisagez-vous de succéder à M. Palmgren? demanda Mansson à brûle-pourpoint.

– Non, je n'aurais pas une telle prétention. D'ailleurs, je n'ai ni l'expérience ni le talent qu'il faut pour diriger un empire commer...

Il laissa la phrase en suspens et Mansson n'épilogua pas davantage sur ce point. Comme Beck gardait le silence, lui aussi, Linder poursuivit :

– Pour l'instant, ma situation telle qu'elle est me satisfait amplement. Et je vous garantis que même cette affaire exige pas mal d'attention.

– Ça marche bien, le hareng?

Linder eut un sourire indulgent.

– Vous savez, nous ne nous occupons pas seulement de

harengs. En tout cas, je peux vous assurer que l'assise financière de la société est excellente.

Martin Beck jugea préférable d'attaquer sur un autre front :

– Je présume que vous connaissiez très bien toutes les personnes qui assistaient au dîner de mercredi?

– Oui, répondit Linder après quelques instants de réflexion. Sauf la secrétaire de M. Broberg.

Son expression ne révélait-elle pas une certaine hostilité? Beck, devinant qu'il y avait quelque chose, lança un autre ballon d'essai.

– M. Broberg est beaucoup plus âgé que vous, n'est-ce pas?

– Oui, il a dans les quarante-cinq ans.

– Quarante-trois. Et depuis quand travaille-t-il pour le compte de la société Palmgren?

– Cela remonte à 55 ou quelque chose comme ça. Environ quinze ans.

Ce sujet de conversation était visiblement désagréable à Mats Linder.

– Pourtant, vous bénéficiez d'une position... comment dirai-je? Plus privilégiée que la sienne, non?

– Tout dépend de ce que vous entendez par privilégiée. Hampus Broberg réside à Stockholm. Il est administrateur de l'agence immobilière. Il s'occupe aussi des opérations en Bourse.

A en juger par sa mine, Linder désapprouvait vivement la chose. Maintenant, il faut enfoncer le clou, se dit Martin Beck. Avec un peu de chance, on arrivera peut-être à lui faire lâcher quelque chose.

– Cependant, il saute aux yeux que M. Palmgren avait plus confiance en vous qu'en Broberg. Or, celui-ci collaborait avec lui depuis quinze ans alors que vous depuis seulement... au fait, depuis quand travaillez-vous pour la société?

– Près de cinq ans.

– M. Palmgren n'avait-il pas confiance en Broberg?

– Il n'avait que trop confiance en lui.

Linder se mordit les lèvres comme s'il voulait rattraper ces mots, les gommer du procès-verbal.

Martin Beck ne le laissa pas reprendre son souffle :

– Le considérez-vous comme douteux?

– Je refuse de répondre à cette question.

– Avez-vous eu des désaccords?

Linder demeura muet plusieurs secondes. On aurait dit qu'il pesait le pour et le contre.

– Oui, laissa-t-il finalement tomber.

– A quel sujet?

– C'est une affaire strictement d'ordre privé.

– Considérez-vous qu'il fasse preuve de loyauté envers l'entreprise?

Linder garda le silence. Mais cela n'avait plus d'importance puisqu'il avait déjà répondu à cette question, au moins sur le plan des principes.

– Bon, fit Beck sur un ton détaché. Il faudra que nous parlions de cela avec M. Broberg.

Linder sortit de sa poche intérieure un long et mince cigare, arracha l'enveloppe de cellophane qui le protégeait et l'alluma avec soin.

– Je ne comprends pas quel rapport cela peut avoir avec l'assassinat de M. Palmgren.

– Il n'y a peut-être aucun rapport. Mais il faut voir.

– Avez-vous d'autres questions à me poser, messieurs? demanda Linder en tirant sur son cigare.

– Il y a eu une réunion de travail dans l'après-midi du mercredi, n'est-ce pas?

– Effectivement.

– Où s'est-elle tenue?

– Ici même.

– Dans ce bureau?

– Non, dans la salle de conférences.

– Sur quoi a porté la discussion?

– Nous avons parlé de problèmes intérieurs. Je suis incapable de vous dire de façon plus précise de quoi nous avons parlé. D'ailleurs, même si je le pouvais, je ne le ferais pas. Disons simplement que M. Palmgren, qui devait s'absenter quelque temps, voulait être mis au courant de la situation en Scandinavie.

– A-t-il émis des critiques? Désapprouvé une chose ou une autre?

– Non, dit Linder après une brève hésitation.

– Peut-être pensiez-vous que certains blâmes s'imposaient?

Linder resta bouche cousue.

– Vous n'avez pas d'objections à ce que nous parlions avec Hampus Broberg?

– Au contraire, murmura l'autre.

– Pardonnez, je n'ai pas entendu...

– Rien.

Silence. Inutile de taper davantage sur ce clou, songea Martin Beck. Il y avait, c'était patent, quelque chose de pas catholique là-dessous mais rien ne permettait de penser que cela eût un rapport quelconque avec le meurtre.

Mansson conservait une impassibilité totale et Linder attendait la suite.

– Toujours est-il qu'il est clair que M. Palmgren avait plus confiance en vous qu'en Broberg, reprit Martin Beck comme s'il proférait une vérité d'évidence.

– C'est possible, répliqua sèchement son interlocuteur, mais cela n'a rien à voir avec sa mort.

– Il faudra que nous nous en assurions.

Les yeux de Linder lancèrent des éclairs. L'homme avait toutes les peines du monde à dissimuler sa fureur.

– Votre temps est précieux, enchaîna le commissaire et nous vous avons suffisamment importuné comme cela.

– Le fait est! Plus vite nous en aurons fini avec cette conversation et mieux cela vaudra. Pour vous comme pour moi. Je trouve qu'il n'y a aucun intérêt à revenir une fois encore là-dessus.

– Dans ce cas, nous allons nous retirer.

Martin Beck fit mine de se mettre debout.

– Je vous en serai reconnaissant, fit Linder d'une voix sarcastique avec une circonspection extrême.

C'est alors que Mansson se redressa et laissa tomber sans hâte :

– Si vous n'y voyez pas d'inconvénients, j'aimerais vous poser quelques questions.

– Par exemple?

– Quelles sont vos relations avec Charlotte Palmgren?

– Nous nous connaissons.

– Intimement?

– Il me semble que c'est une affaire privée.

– Bien sûr, bien sûr. Néanmoins, j'aimerais que vous répondiez à ma question.

– Quelle question?

– Avez-vous une liaison avec Mme Palmgren?

Linder lui décocha un coup d'œil glacé réprobateur. Une minute s'écoula. Enfin, il écrasa son cigare dans le cendrier et murmura :

– Oui.

– Vous êtes amoureux?

– Nous avons des rapports sexuels. Je couche de temps en temps avec elle pour exprimer les choses simplement dans un langage que même un policier soit capable de comprendre.

– Depuis quand dure cette liaison?

– Deux ans.

– Viktor Palmgren était-il au courant?

– Non.

– S'il l'avait appris, comment aurait-il réagi?

– Je l'ignore.

– Il n'aurait peut-être pas été content?

– Je n'en sais rien. Nous sommes larges d'esprit, Charlotte et moi. Nous nous moquons des conventions. Viktor Palmgren était comme ça, lui aussi. D'ailleurs, son mariage était plus un arrangement d'ordre pratique qu'un engagement... sentimental.

– Quand l'avez-vous vue pour la dernière fois?

– Charlotte? Il y a deux heures.

Mansson pêcha un cure-dent dans sa poche et demanda en l'examinant attentivement :

– Qu'est-ce qu'elle donne au lit?

Mats Linder le dévisagea en écarquillant les yeux, le souffle coupé.

– Vous perdez la tête, s'exclama-t-il enfin.

Les deux policiers prirent congé. Mats Linder ne répondit pas à leur au revoir. La secrétaire brune et efficace les reconduisit jusqu'à la salle d'attente où la blonde réceptionniste était en train de roucouler au téléphone. Conversation personnelle...

– C'est un petit futé, fit Mansson dans la voiture.

– Oui. Assez pour dire la vérité quand il se rend compte qu'un mensonge risque de se retourner contre lui. Palmgren devait apprécier ses services, vous pouvez être tranquille.

– Nul doute que ce Linder ait été à bonne école.

– Mais est-il assez futé pour s'abstenir de liquider ses contemporains? Toute la question est là.

Martin Beck eut un haussement d'épaule.

## XII

Lennart Kollberg ne savait pas de quel côté se tourner. La tâche qui lui avait été confiée lui paraissait à la fois désagréable et inutile. Cependant, il ne lui était pas venu une seconde à l'esprit qu'elle pourrait se révéler compliquée.

Deux coups de téléphone et l'affaire aurait dû être dans le sac.

Il n'était pas tout à fait dix heures quand il quitta son bureau de Västberga. Tout était silencieux et paisible au commissariat sud. En grande partie en raison du manque de personnel. Mais on ne chômait quand même pas car les crimes les plus divers et les plus variés fleurissaient comme jamais sur l'humus fertile de l'État-providence.

Pourquoi? Mystère! C'était, en tout cas, un mystère pour les responsables suprêmes de l'administration et pour les experts qui avaient la tâche délicate d'essayer de faire tourner la société sans trop d'à-coups.

Derrière sa façade d'une topographie spectaculaire et sous son vernis policé, presque élégant, Stockholm s'était transformée en une jungle d'asphalte où la toxicomanie et la perversion sexuelle se déchaînaient avec une frénésie qui battait tous les records. Des mercantis sans scrupule pouvaient faire des bénéfices fabuleux en toute légalité en vendant de la pornographie sous sa forme la plus ordurière. Non seulement les professionnels du crime étaient plus nombreux que par le passé; ils étaient, en outre, mieux organisés. Parallèlement se développait un prolétariat paupérisé, surtout formé de personnes âgées. Du fait de l'inflation galopante, la vie était plus chère que n'importe où au monde et les derniers sondages révélaient que nombre de retraités en étaient réduits à se nourrir d'aliments pour chiens afin de pouvoir joindre les deux bouts.

La montée de la délinquance juvénile et de l'alcoolisme (qui avait toujours été un problème) ne surprenait que les hauts fonctionnaires et les membres du Cabinet.

Stockholm...

Il ne restait plus grand-chose de la ville où Kollberg était né et avait grandi. Avec la bénédiction des urbanistes, les pelles mécaniques des promoteurs et les bulldozers des « spécialistes » de la circulation avaient anéanti la plupart des vieux édifices respectables. Les rares sanctuaires de culture survivants étaient dans un état lamentable. Le génie de Stockholm, son atmosphère et son style de vie avaient disparu ou, plus exactement, s'étaient modifiés et il n'était pas facile d'y remédier.

Dans le même temps, la machine policière craquait et grinçait tant et plus. Parce qu'elle était surmenée et, aussi, parce qu'il y avait une crise de personnel.

L'important n'était pas d'embaucher davantage de policiers mais de recruter davantage d'hommes qualifiés. Mais, apparemment, personne n'y avait songé.

Telles étaient les pensées que remuait Lennart Kollberg.

Il lui fallut un bon moment pour parvenir à l'ensemble résidentiel dont Hampus Broberg assurait la gestion. C'était au sud de la ville dans une zone qui se trouvait en rase campagne quand Kollberg était jeune. Il allait y excursionner avec ses camarades de classe.

C'était un de ces pièges à loyers comme on n'en a que trop bâtis depuis quelques années : une série d'appartements dispendieux construits à la diable et dont la seule raison d'être était d'assurer le profit maximun au propriétaire et l'inconfort aux malheureux forcés d'y habiter. Comme on maintenait artificiellement depuis de longues années la pénurie de logements, même ces appartements étaient très demandés et leurs loyers étaient quasiment astronomiques.

La société de gérance occupait sans doute le logement le plus soigné. Cependant, même là, les pièces suintaient d'humidité et les dormants des portes avaient déjà joué.

Toutefois, aux yeux de Kollberg, l'inconvénient majeur était l'absence de Hampus Broberg.

En dehors de son bureau personnel, spacieux et décoré avec une certaine élégance, il y avait une salle de conférences et deux petites pièces occupées par un gardien et deux employées, une dame d'une cinquantaine d'années et une jeune fille qui ne devait guère avoir plus de dix-neuf ans.

La première avait vraiment l'air d'un dragon et Kollberg eut le pressentiment que son rôle était essentiellement de menacer les locataires d'expulsion et de refuser les réparations. La jeune fille était gauche et laide, elle avait de l'acné et paraissait terrorisée. Le gardien d'immeuble, quant à lui, semblait résigné. Sans aucun doute, il avait la tâche ingrate de veiller à ce que les tuyaux de vidange remplissent un service minimum pour qu'il n'y ait pas trop de rouspétance.

L'inspecteur jugea que c'était au dragon qu'il fallait s'adresser.

Non, M. Broberg n'était pas là. On ne l'avait pas vu depuis vendredi après-midi. Il était resté dix minutes et était reparti avec une serviette.

Non, M. Broberg n'avait pas dit quand il reviendrait.

Non, aucune de ces deux dames ne se nommait Helena Hansson et aucune n'avait jamais entendu parler d'une personne de ce nom. Toutefois, M. Broberg avait un autre bureau en ville. Sur Kungsgatan pour être précis. Mlle Hansson et lui y seraient certainement.

Non, M. Palmgren ne s'occupait pas de la gestion de ses immeubles. Il y avait quatre ans que la résidence existait et il n'était venu que deux fois, toujours en compagnie de M. Broberg.

Ce qu'on faisait ici? Encaisser les loyers et faire régner l'ordre parmi les locataires, naturellement.

– Ce qui n'est pas le plus facile, loin de là! conclut aigrement le dragon.

– Je vois, murmura Kollberg.

Et il prit congé.

Il remonta dans sa voiture et se dirigea vers le nord.

A un moment donné, il passa tout à côté de chez lui, dans le faubourg de Skärmarbrink. A deux pas de la maison où étaient sa fille Bodil qui allait sur ses deux ans et, surtout, Gun, sa femme, qui était chaque jour un peu plus jolie et plus irrésistible. Kollberg était un sensuel et il avait pris soin de choisir une épouse capable de satisfaire à ses exigences.

Mais il résista à la tentation, poussa un profond soupir, essuya son front moite d'un revers de manche et poursuivit sa route.

Il put se garer dans Kungsgatan, mit pied à terre et entra dans le vestibule pour s'assurer qu'il ne s'était pas trompé d'adresse.

D'après le panneau, il y avait presque uniquement des firmes cinématographiques et des cabinets juridiques mais Kollberg trouva néanmoins ce qu'il cherchait : HAMPUS BROBERG, S.A.R.L. C'était au quatrième. Il y avait aussi une autre plaque : SOCIÉTÉ DE CRÉDITS ET D'INVESTISSEMENTS VIKTOR PALMGREN.

L'ascenseur, d'âge vénérable, monta en grinçant. Dans le corridor, une porte couleur tabac portait les deux raisons sociales. Kollberg tourna la poignée mais elle était fermée à clé. Il y avait une sonnette qu'il dédaigna et, le naturel revenant au galop, il assena un grand coup de poing sur le panneau.

Une femme ouvrit et le toisa.

– Que se passe-t-il?

– Je cherche M. Broberg.

– Il n'est pas là.

– Est-ce que vous vous appelez Helena Hansson?

– Non. Qui êtes-vous?

Kollberg se ressaisit et sortit sa carte d'identité de sa poche-revolver

– Excusez-moi. Ce doit être la faute de cette chaleur.

– Ah! Vous êtes de la police?

– Oui. Inspecteur Kollberg. Puis-je entrer une minute?

– Je vous en prie.

Elle s'effaça.

Le policier se retrouva dans le décor classique : des tables, des dossiers, une machine à écrire, des armoires de classement et tous les accessoires habituels. Par une porte ouverte, on apercevait l'antre de Hampus Broberg, une pièce plus petite que celle dévolue à la secrétaire mais plus confortable et qui semblait entièrement occupée par un bureau et un coffre-fort.

Pendant que Kollberg examinait les lieux, la femme qui lui avait ouvert tira le verrou. Cela fait, elle le scruta :

– Pourquoi m'avez-vous demandé si mon nom était Hansson?

Svelte et brune, les sourcils épais et les cheveux courts, elle accusait trente-cinq ans.

– Je vous avais prise pour la secrétaire de M. Broberg, répondit distraitement l'inspecteur.

– Je suis effectivement sa secrétaire.

– Eh bien, dans ce cas...

– Mais mon nom n'est pas et n'a jamais été Hansson.

Kollberg la lorgna du coin de l'œil et nota qu'elle portait deux alliances à la main gauche.

– Comment vous appelez-vous donc?

– Sara Moberg.

– Vous n'étiez pas à Malmö mercredi dernier quand M. Palmgren s'est fait assassiner?

– Certainement pas.

– On nous a dit que M. Broberg s'y trouvait avec sa secrétaire.

– Ce n'était pas moi. Je ne l'accompagne jamais dans ses voyages.

– Et cette secrétaire s'appelle Hansson, poursuivit Kollberg avec entêtement.

Il extirpa d'une de ses poches de pantalon une fiche avachie sur laquelle il jeta un regard flamboyant. Mlle Helena Hansson. C'est écrit!

– Je ne connais personne de ce nom. D'ailleurs, je suis mariée et j'ai deux enfants. Je vous le répète, je n'accompagne jamais M. Broberg dans ses déplacements.

– Alors, qui pouvait bien être cette demoiselle Hansson?

– Je n'en ai aucune idée.

– Peut-être une employée d'une succursale?

– En tout cas, c'est la première fois que j'entends ce nom.

Et Sara Moberg ajouta sur un ton vague :

– Bien entendu, il y a des secrétaires itinérantes, comme on dit.

– Quand avez-vous vu M. Broberg pour la dernière fois?

– Ce matin. Il a fait un saut un peu après dix heures. Il est reparti au bout d'une vingtaine de minutes. Pour aller à la banque, je pense.

– Où croyez-vous qu'il puisse être actuellement?

Elle regarda la pendule.

– Sans doute chez lui.

Kollberg consulta sa fiche.

– Il habite à Lidingö, n'est-ce pas?

– Oui. Tjädervägen.

– Est-il marié?

– Oui. Sa fille a dix-sept ans mais elle passe ses vacances en Suisse avec sa mère.

– Vous en êtes sûre?

– Catégoriquement. C'est moi qui ai retenu leurs places d'avion, vendredi dernier. Et j'ai dû faire vite parce qu'elles partaient le jour même.

– M. Broberg a-t-il travaillé comme d'habitude après ce qui s'est passé mercredi à Malmö?

– Je mentirais en le prétendant. L'atmosphère était très tendue, jeudi. Nous ne savions rien de précis, à ce moment, comprenez-vous? Nous avons appris vendredi que M. Palmgren était mort. M. Broberg n'a pas passé plus d'une heure en tout au bureau. Et, comme je vous le disais tout à l'heure, aujourd'hui il n'est resté qu'une vingtaine de minutes.

– Vous a-t-il précisé quand il comptait revenir?

La secrétaire fit un signe de dénégation.

– Et, en principe, il reste plus longtemps que cela au bureau?

– Oh oui! Il est là presque tout le temps. Dans la pièce d'à côté.

Kollberg s'approcha de la porte de communication et jeta un coup d'œil circulaire dans le bureau de Hampus Broberg. Il y avait trois téléphones sur la table et une élégante valise debout à côté du coffre. Pas très grande mais elle était en porc et avait l'air toute neuve. Deux courroies munies d'une boucle la fermaient.

– Savez-vous si M. Broberg est venu samedi et dimanche?

– Quelqu'un est venu, en tout cas. Nous sommes fermés le samedi et j'ai pris mon week-end comme d'habitude. Mais, ce matin, en arrivant, j'ai tout de suite remarqué que l'on avait déplacé des objets.

– Ce n'était peut-être pas M. Broberg?

– Je vois mal qui cela aurait pu être sinon lui. Il n'y a que deux jeux de clés. Le sien et le mien.

– Pensez-vous qu'il reviendra dans la journée?

– Je l'ignore. Il a dû rentrer chez lui après la banque. Cela me paraît le plus vraisemblable.

– Lidingö, murmura Kollberg. Tjädervägen.

Cela allait l'entraîner encore plus loin de chez lui. « Au revoir », laissa-t-il tomber de façon abrupte. Et il s'en fut.

Dans la voiture, il faisait une chaleur d'étuve et Kollberg ne tarda pas à être en eau. En traversant le pont de Värtan, à la vue des gros navires et de la nuée de bateaux de plaisance sur lesquels s'entassaient les vacanciers torse nu, l'épiderme hâlé, il se dit qu'il était absurde de courir ainsi dans tous les azimuts. Il aurait évidemment dû ne pas bouger de son bureau et se servir du téléphone pour convoquer ces gens à Västberga. Mais ils ne seraient pas venus et il se serait mis en rogne. D'ailleurs, Martin Beck avait dit que c'était urgent.

Les demeures bordant Tjädervägen n'étaient peut-être pas d'un fabuleux standing mais elles étaient néanmoins à des années-lumière de l'ensemble décrépit où il s'était rendu un peu plus tôt. Les gens qui habitaient là n'avaient pas la malchance de se faire tondre par des Palmgren et des Broberg. Rien que de spacieux bungalows onéreux et des pelouses entretenues avec un soin méticuleux.

La maison de Broberg avait l'air fermée et déserte. Des traces de pneus conduisaient au garage et Kollberg jeta un coup d'œil par l'imposte : il était vide. Il y avait de la place pour deux voitures. Ses coups de sonnette et les coups de poing dont il martela la porte demeurèrent sans réponse. Les stores protégeant les larges fenêtres étaient fermés de sorte qu'il était impossible de voir à l'intérieur.

Lennart Kollberg se rendit en soufflant jusqu'à la résidence voisine. Elle était plus grande, plus élégante que celle de Broberg. Et le nom gravé sur la porte était celui d'une famille de la noblesse. Tout du moins, il avait une résonance aristocratique.

Une grande blonde lui ouvrit. L'air distant et le port altier. Quand Kollberg se fut présenté, elle le toisa dédaigneusement et ne l'invita pas à entrer.

– Nous n'avons pas l'habitude d'espionner nos voisins, fit-elle sèchement lorsqu'il se fut expliqué. Je ne connais pas ce M. Broberg et je suis dans l'incapacité de vous aider.

– C'est dommage.

– Peut-être pour vous mais pas pour moi.

– Je vous prie de m'excuser.

Elle l'étudia comme pour le jauger et posa soudain une question fort surprenante : « Dites-moi... qui vous a envoyé ici? »

Sa voix et ses yeux d'un bleu limpide trahissaient la méfiance. Elle devait avoir entre trente-cinq et quarante ans. Une femme remarquablement conservée. Elle lui rappelait vaguement quelqu'un mais Kollberg n'arrivait pas à retrouver qui.

– Au revoir, fit-il avec un haussement d'épaules accablé.

– Au revoir, lui répondit-elle sur un ton énergique.

L'inspecteur réintégra sa voiture et consulta sa fiche. Helena Hansson avait donné une adresse et un numéro de téléphone. Västeråsgatan, dans le quartier de Vasastaden. Kollberg se rendit au commissariat de Lidingö, Lejonvägen, où plusieurs inspecteurs en civil étudiaient d'un air sombre les pronostics sportifs de la semaine en buvant des jus de fruits dans des gobelets en carton.

– Vous savez ce que c'est que les Go Ahead de Deventer? demanda l'un d'eux.

– Aucune idée, répondit Kollberg.

– Et les Young Boys?

– Voulez-vous répéter?

– Les Go Ahead de Deventer et les Young Boys. Ce sont des équipes de foot qui jouent les matches de coupe pour le pari sportif. Mais nous ne savons pas d'où elles viennent. Le pari sportif, vous connaissez?

Kollberg haussa ses épaules musclées. Le football faisait parti des choses qui le laissaient parfaitement froid.

– Les Go Ahead de Deventer sont sans doute de Deventer. C'est une ville hollandaise.

– Merde alors! On en connaît des choses, à la Criminelle! Vous croyez qu'ils se défendent, ces gars-là?

– A dire vrai, je suis seulement venu pour passer un coup de téléphone, fit Kollberg avec lassitude.

– Allez-y. Prenez n'importe quel appareil.

Kollberg forma le numéro d'Helena Hansson et entendit : « Il n'y a pas d'abonné au numéro que vous demandez. » Les renseignements lui firent savoir que la ligne était coupée depuis longtemps.

– Connaissez-vous un certain M. Hampus Broberg? demanda-t-il aux policiers plongés dans leurs calculs.

– Bien sûr, il habite Tjädervägen. Et pour habiter là, il faut avoir du fric en pagaille.

– Il n'y a que les gens du meilleur monde dans notre circonscription, renchérit un autre inspecteur.

– Avez-vous jamais eu l'occasion de vous occuper de lui?

– Non. Ici règnent l'ordre et la loi.

– Ce n'est pas Stockholm! fit l'autre avec véhémence.

– Quand il y a des crimes, ce sont des crimes chic. Les gens de chez nous ne se flanquent pas mutuellement des coups de hache sur le crâne. Il n'y a ni vieux clochards ni gamins défoncés derrière chaque buisson. Réflexion faite, je crois qu'il vaut mieux jouer les Go Ahead de Deventer.

Kollberg n'intéressait plus personne.

– Salut! fit ce dernier d'une voix lugubre.

En regagnant Stockholm, ce qui faisait une jolie trotte, il médita sur le fait que, tout compte fait, il y avait quand même une forte proportion de crimes derrière la façade policée de Lidingö. La seule différence était que les gens étaient plus riches et pouvaient plus facilement dissimuler leur linge sale.

L'immeuble de Västerasgatan n'avait pas d'ascenseur et Kollberg dut monter les cinq étages à pied. La bâtisse était délabrée – négligence du propriétaire, comme d'habitude – et d'énormes rats couraient au milieu des poubelles, dans la cour.

Il essaya plusieurs sonnettes. Un certain nombre de portes s'ouvrirent et diverses personnes le regardèrent tour à tour avec inquiétude.

Les locataires craignaient la police. Peut-être pas sans raison.

Toujours est-il qu'il ne trouva pas Helena Hansson.

Personne ne pouvait dire si une jeune femme portant ce nom demeurait ou avait demeuré là. Renseigner la police n'était visiblement pas un passe-temps bien vu. D'ailleurs, dans les immeubles locatifs comme celui-ci, les gens ne se connaissent généralement pas.

Kollberg ressortit et s'épongea les joues. Son mouchoir était à tordre depuis le temps qu'il transpirait. Après avoir réfléchi quelques minutes, il renonça et décida de rentrer chez lui.

Une heure plus tard, sa femme lui demanda :

– Lennart, pourquoi as-tu l'air aussi cafardeux?

Il avait pris une douche, mangé, fait l'amour, pris une seconde douche et, à présent, enveloppé dans un drap de bain, il buvait une bière fraîche.

– Parce que j'ai le cafard. Ce métier de forçat...

– Tu devrais en changer.

– Ce n'est pas si simple.

Kollberg était un policier et il ne pouvait s'empêcher de s'efforcer de faire son métier le mieux possible. C'était devenu en quelque sorte un élément de son sur-moi. Comme une croix à porter dont il ne parvenait pas à se débarrasser.

Les instructions de Martin Beck étaient simples. Il s'agissait d'une banale enquête de routine. Or, il en était arrivé au point où il ne savait plus à quel saint se vouer. Il s'en renfrogna.

– Gun, qu'est-ce que c'est qu'une secrétaire itinérante?

– En général, une sorte de call-girl qui se déplace avec un porte-documents contenant sa chemise de nuit, sa brosse à dents et ses pilules.

– Autrement dit, une vulgaire putain?

– Tout juste. Une putain à la disposition des hommes d'affaires trop paresseux pour lever une fille quand ils sont en voyage.

Kollberg en arriva à la conclusion qu'il avait besoin d'aide. Mais ce n'était pas à Västberga qu'il en trouverait : tout le monde était en vacances et les effectifs étaient squelettiques. Il poussa un soupir, décrocha le téléphone et appela le commissariat de Kungsholmsgatan, à Stockholm.

La personne qui répondit était bien la dernière à qui il avait envie de parler.

C'était Gunvald Larsson!

– Qu'est-ce qu'il se passe? fit celui-ci d'une voix maussade. Qu'est-ce que vous croyez? Je suis submergé!

Des agressions à main armée, des bagarres, des cambriolages, des étrangers dingues bourrés de L.S.D.! J'en ai jusqu'aux sourcils. Et il n'y a presque personne. Melander est à Värmdö, Rönn est parti pour Arjeplog vendredi soir et Strömgren est en route pour Majorque. On dirait que cette chaleur rend les gens plus agressifs. Ils perdent complètement leur bon sens. Que diable voulez-vous?

Kollberg détestait Larsson qui n'était, à son avis, qu'un malabar borné et snob. Et en ce qui concernait le bon sens, il n'avait pas grand-chose à dire. Larsson avait perdu le sien quand il était encore au berceau.

Cependant, gardant ces réflexions pour lui, Kollberg se contenta de dire :

– C'est au sujet de l'affaire Palmgren.

– Je ne veux absolument pas m'occuper de ça, répliqua incontinent Larsson qui avait déjà eu suffisamment d'ennuis avec cette histoire.

Cette fin de non-recevoir n'empêcha pas Kollberg de lui narrer par le menu ses mésaventures. Larsson ponctua son récit de grognements exaspérés et l'interrompit même à un moment pour laisser tomber :

– Vous gaspillez votre salive. Ce n'est pas mon boulot.

Mais quelque chose avait dû lui mettre la puce à l'oreille car lorsque Kollberg eut fini, il lui demanda :

– Vous avez dit Tjädervägen à Lidingö? Quel numéro?

Kollberg le lui répéta.

– Hum, grommela l'autre. Peut-être que je pourrais vous dépanner.

– Vous êtes bien aimable.

Kollberg s'était fouetté pour prononcer ces mots.

– Pour être franc, ce ne sera pas pour vos beaux yeux.

Il avait l'air d'être sincère.

Et il l'était.

Kollberg se demanda d'où venait cet intérêt soudain.

La générosité n'était pas une des caractéristiques marquantes de Gunvald Larsson.

– A propos de cette putain, la fille Hansson..., reprit-il sur un ton sinistre. Vous feriez mieux d'en parler à la Mondaine.

– Oui, j'y ai pensé.

– Bien sûr. Ça colle. A Malmö elle a été forcée de décliner son identité lors du premier interrogatoire. Mais elle a pu donner une adresse fantaisiste. Aussi, il est probable qu'Helena Hansson soit son vrai nom.

Kollberg avait fait le même raisonnement mais il s'abstint de tout commentaire.

A peine eut-il raccroché qu'il reprit le combiné et composa un autre numéro.

Cette fois, il demanda qu'on lui passe Asa Torrell, de la brigade des mœurs.

## XIII

Dès qu'il eut raccroché, Gunvald Larsson dégringola l'escalier, sauta dans sa voiture et prit la direction de Lidingö.

Un sourire grimaçant – un drôle de sourire – jouait sur ses lèvres. Ses traits étaient tendus. Son regard se posa sur les battoirs hérissés de poils blonds qui étreignaient le volant et il eut un ricanement de satisfaction.

Dans Tjädervägen, il jeta un coup d'œil discret à la maison de Broberg. Elle avait toujours l'air aussi déserte. Il s'arrêta devant la résidence voisine et sonna. Ce fut l'altière femme blonde qui, deux heures auparavant, avait congédié Kollberg avec mépris qui lui ouvrit.

Devant le géant planté en face d'elle, son attitude changea du tout au tout.

– Gunvald! bredouilla-t-elle avec consternation. Comment... comment, au nom du ciel, as-tu l'audace de te présenter ici?

– La tendresse, quand elle est sincère, a la vie dure.

– Il y a plus de dix ans que nous ne nous sommes vus, et j'en rends grâce à Dieu.

– C'est gentil de dire des choses comme ça!

– La presse a publié ta photo, cet hiver. J'ai brûlé tous les journaux dans la cheminée.

– Tu es vraiment charmante.

La femme haussa ses blonds sourcils avec méfiance.

– C'est toi qui m'as envoyé ce gros bonhomme, tout à l'heure?

– Non, figure-toi. Mais si je suis ici, c'est pour la même raison que lui.

– Tu dois être fou.

– Tu crois?

– Je te ferai la réponse que j'ai déjà faite à ce personnage : je n'espionne pas mes voisins.

– Ah bon? Dis donc, si tu me faisais entrer? A moins que tu ne préfères que je démolisse à coups de pied cette bon dieu de porte en bois de rose avec son placage d'albâtre et tout le toutim.

– Tu devrais mourir de honte. Mais je suppose que tu as le cuir trop épais.

Elle écarta le battant et Larsson entra.

– Où est ta lavette de mari? s'enquit-il.

– Hugold est à l'état-major. Il a de lourdes responsabilités et est extrêmement occupé. Le général est en congé.

– Mes fesses, grommela Larsson. Et il n'a même pas été foutu de te faire un gosse en treize ans! Ça fait bien treize ans, hein?

– Onze. Et je te prierais de te surveiller. Je ne suis pas seule.

– Tiens? Tu as aussi un amant? Un petit aspirant, peut-être?

– Dispense-moi de ce genre de remarque vulgaire.

C'est une vieille amie qui est venue me voir. Tu te souviens peut-être d'elle? Sonja.

– Non, je ne me la rappelle pas et j'en suis fort aise.

– Elle n'a pas eu la vie facile, dit-elle en passant un doigt léger sur ses cheveux blonds. Mais elle a quand même réussi à avoir une profession respectable. Elle est dentiste.

Gunvald Larsson garda le silence. La blonde le fit entrer dans un vaste et élégant salon. Le thé – service en argent – attendait sur une table basse. Une grande fille mince, assise sur le canapé, grignotait un biscuit. Elle était châtain.

– Voici mon frère aîné, annonça la blonde. Hélas! Il s'appelle Gunvald et il est... il est inspecteur de police. Avant, c'était un vulgaire truand. Il y a plus de dix ans que je ne l'ai vu. Et, avant, on ne se rencontrait qu'exceptionnellement.

– Tâche d'être un peu bien élevée, dit Gunvald.

– C'est lui qui dit cela! Où donc étais-tu passé avant la mort de Père? Tu as disparu six ans?

– J'étais en mer et je travaillais. On ne peut pas en dire autant des autres membres de la famille.

– Tu nous a contraints à assumer toutes les responsabilités, répliqua sa sœur sur un ton acide.

– Et qu'est-ce qui a mis la main sur l'argent et tout le reste?

– Tu avais déjà dilapidé ta part de l'héritage avant que la Marine ne te libère... sans certificat de bonne conduite, rétorqua-t-elle aigrement.

Gunvald Larsson se détourna.

– Merde!

– Qu'entends-tu par là?

– Exactement ce que j'ai dit : Merde. Dis donc, ce coq en argent de cinquante centimètres, où l'as-tu trouvé?

– Au Portugal. Nous l'avons acheté à Lisbonne à l'occasion d'une croisière autour du monde.

– Il a coûté combien?
– Quelques milliers de couronnes, répondit-elle avec détachement. Je ne me rappelle pas très bien. Quel est ton grade? Agent de la voie publique?
– Inspecteur principal.
– Père doit se retourner dans sa tombe. Comment? Tu n'as même pas réussi à devenir commissaire, si c'est bien le mot? Combien gagnes-tu?
– Ça ne te regarde pas.
– Que viens-tu faire ici? M'emprunter de l'argent, peut-être, cela ne m'étonnerait pas de toi.
Elle se tourna vers son amie qui écoutait la conversation en silence et ajouta comme si cela allait de soi :
– Mon frère est célèbre pour son insolence.
– Très juste, fit Larsson en s'asseyant. Maintenant, apporte donc une autre tasse de thé.
Quand la blonde eut quitté la pièce, Gunvald Larsson considéra l'amie d'enfance avec curiosité. Elle lui rendit son regard, mais ni l'un ni l'autre n'ouvrit la bouche.
La sœur revint avec un verre dans un porte-verre en argent, le tout posé sur un petit plateau en métal précieux.
– Que viens-tu faire chez moi? demanda-t-elle à Larsson.
– Comme si tu ne le savais pas! Tu vas me dire tout ce que tu sais sur ce Broberg et son patron. Un dénommé Palmgren qui est mort mercredi.
– Il est mort?
– Oui. Tu ne lis pas les journaux?
– Ce n'est pas ton affaire.
– J'ajoute qu'il a été assassiné. Tué d'une balle dans la tête!
– Assassiné? Mais à quels odieux méfaits es-tu mêlé?
Gunvald Larsson, impassible, se servit du thé.
– Je te le répète, je n'espionne pas les voisins. C'est d'ailleurs ce que j'ai dit également à l'autre comique que tu m'as envoyé ce matin.

Larsson but une gorgée et reposa brutalement le verre sur la table.

– Laisse tomber le boniment, petite sœur bien-aimée. Depuis que tu as appris à marcher, tu as toujours été aussi curieuse qu'une chatte. Ne me raconte pas d'histoires, tu en sais tout un rayon sur Broberg. Et sur Palmgren aussi, il n'y a pas de problème. Je suis convaincu que vous les connaissez tous les deux, toi et ton corniaud de mari. J'ai une idée assez précise de la façon dont se passent les choses dans vos milieux huppés.

– Faire montre de vulgarité ne te mènera nulle part. Je ne dirai rien. Et surtout pas à toi.

– Oh mais si, tu vas vider ton sac! Sinon...

Elle lui décocha un regard railleur.

– Sinon quoi?

– Sinon je visiterai toutes les maisons dans un rayon de deux kilomètres, escorté par un agent en tenue, et je raconterai à tout le monde que j'ai une sœur tellement idiote que je suis forcé de faire appel à d'autres gens.

Elle le dévisagea, muette d'ahurissement.

– Tu veux dire, fit-elle enfin d'une voix atone, tu veux dire que tu aurais l'audace de...

– Et comment! Alors, si j'ai un conseil à te donner, mets-toi à table, et tout de suite.

L'amie suivait le dialogue avec un intérêt qui, pour être discret, n'en était pas moins évident.

Il y eut un long et pesant silence. Finalement, la sœur murmura avec résignation :

– Oui, je te crois tout à fait capable de faire quelque chose de ce genre. Que veux-tu savoir?

– Connais-tu Broberg?

– Oui.

– Et Palmgren?

– Vaguement. Nous nous sommes rencontrés une ou deux fois à l'occasion d'une soirée mais...

– Mais quoi?

– Rien.

– Qu'est-ce que fabriquait Broberg ces jours derniers?

– Ce ne sont pas mes affaires.

– En effet mais je suis convaincu que tu passes ton temps à épier les moindres de ses faits et gestes. Alors?

– Sa femme et sa fille sont parties vendredi.

– Je le sais déjà. À part ça?

– Le même jour, il a revendu la voiture de Mme Broberg. Une Ferrari blanche.

– Comment le sais-tu?

– Un acheteur est venu. Ils ont discuté sur le trottoir.

– Tiens! Continue.

– Je crois qu'il n'a pas couché chez lui depuis quelques jours.

– Tu es allée vérifier sur place?

Sa sœur le regarda d'un air accablé.

– Tu es pire que jamais.

– Tu vas me répondre?

– Il est difficile de ne pas remarquer ce qui se passe à côté quand on est porte à porte.

– Oui, surtout quand on a le tempérament fouineur. Donc, il a disparu?

– Non, il est revenu à plusieurs reprises. D'après ce que j'ai vu, il a déménagé différentes choses.

– En dehors de l'acheteur de la bagnole, a-t-il reçu des visites?

– Euh...

– Qui et quand?

– Vendredi, il est arrivé avec une fille blonde. Ils sont restés deux heures. Et puis ils ont chargé la voiture. Avec des valises et divers objets.

– Je vois. Continue.

– Il y a des gens qui sont venus hier. Un couple distingué et un type qui avait l'air d'un notaire. Ils ont tout examiné et celui qui ressemblait à un notaire n'a pas arrêté de prendre des notes.

– Qu'est-ce que cela signifie, à ton avis?

– Je pense qu'il voulait vendre la maison. Et je crois qu'il a réussi.

– As-tu entendu ce qu'ils disaient?

– Je n'ai pas pu faire autrement que de surprendre par-ci par-là des bribes de conversation.

– Ben voyons! Comme ça, tu as eu l'impression qu'il fourguait la baraque?

– Oui.

– Avec les meubles et tout le bordel?

– Ce que tu peux être grossier!

– Ne t'occupe pas de ça et répond. Qu'est-ce qui te fait dire que l'affaire a été conclue?

– A cause de ces fragments de conversation que j'ai entendus. Par exemple, à un moment, ils disaient que les transactions vite conclues sont toujours les plus intéressantes et que, dans les circonstances présentes, les deux parties faisaient une bonne affaire.

– Ne t'arrête pas en si bon chemin.

– Ils se sont séparés comme de vieux amis en se serrant la main et en s'envoyant des claques dans le dos. Broberg a remis différentes choses à son visiteur. Entre autres des clés, je crois bien.

– Et ensuite?

– Ils sont partis. Dans une Bentley noire.

– Et Broberg?

– Il est resté environ deux heures.

– Qu'est-ce qu'il a fait?

– Il a brûlé des choses. Les deux cheminées ont fumé longtemps. Je me suis dit...

Elle s'interrompit.

– Qu'est-ce que tu t'es dit?

– Que c'était bizarre de faire du feu par ce temps. En pleine vague de chaleur...

– Et après?

– Il a tiré tous les stores et il est parti. Je ne l'ai plus revu depuis.

– Chère petite sœur..., susurra Gunvald Larsson d'une voix suave.
– Quoi?
– Tu aurais fait un bon flic.
Elle fit une grimace défiant toute description et soupira :
– Est-ce que tu vas continuer à me torturer longtemps?
– Pardi! Broberg, tu le connais bien?
– Nous nous voyons de temps en temps. Il est difficile de faire autrement quand on est voisins.
– Et Palmgren?
– Je te l'ai déjà dit, je ne le connais que superficiellement. Nous nous sommes rencontrés à plusieurs reprises chez Broberg. Une fois, il y avait une soirée en plein air à laquelle il assistait. Dans ce cas, tu sais, on invite en principe les voisins. Il se trouvait que, ce jour-là, Palmgren était chez lui.
– Seul?
– Non. Avec sa femme. Une fille jeune et d'un charme extraordinaire.
– Je vois. Bon... Quelle est ton opinion sur ces gens?
– Ils sont très à leur aise, répondit la sœur d'une voix neutre.
– Vous aussi, toi et ton baron à la graisse d'oie.
– En effet.
– Qui se ressemble, s'assemble, conclut philosophiquement Gunvald Larsson.
Elle lui lança un coup d'œil appuyé et dit sèchement :
– Il y a une chose que j'aimerais que tu comprennes, Gunvald.
– Quoi donc?
– Que ces gens, Broberg et Palmgren, ne sont pas comme nous. Bien sûr, ils ont beaucoup d'argent, surtout Palmgren. Il serait plus exact de dire qu'ils en avaient beaucoup. Mais ils manquent de style et de finesse. Ce

sont des hommes d'affaires brutaux qui écrasent tout sur leur passage – tout et tout le monde. J'ai entendu dire que Broberg est une espèce de mercanti et que Palmgren a fait des transactions extrêmement douteuses à l'étranger. L'argent permet à ce genre d'individus de se faire admettre dans les milieux les plus sélects mais il y a quand même quelque chose qui leur manque. Ils ne sont jamais totalement acceptés.

– Ouais. Je reconnais qu'il y a du vrai dans ce que tu dis. En d'autres termes, tu n'acceptes pas Broberg?

– Si, mais uniquement à cause de son argent. E c'est pareil pour Palmgren. Grâce à sa fortune, il a acquis énormément d'influence un peu partout. La société où nous vivons est maintenant assujettie aux personnages de cette espèce. Bien souvent, ils ont plus de poids, dans ce pays, que le gouvernement ou le Parlement dans la conduite des affaires. Aussi les personnes de notre bord elles-mêmes sont-elles obligées de les accepter.

Larsson dévisagea sa sœur d'un air écœuré.

– Puisque tu le dis, je veux bien le croire. Mais j'ai l'impression que dans un avenir pas tellement lointain, il va se passer des choses qui vont sérieusement vous étonner, vous autres, les gens de la haute.

– Quoi donc?

– Est-ce que tu es idiote au point de ne pas remarquer ce qui se produit dans le monde entier?

– Cesse de crier comme cela, nous ne sommes plus des enfants. Et je crois que le moment est venu pour toi de... de mettre les voiles pour employer ton vocabulaire.

– Il y a longtemps que c'est fait. Tu oublies que j'ai été marin.

– Hugold va arriver d'un instant à l'autre et je ne tiens pas à ce que tu sois là.

– Eh bien, ses journées ne sont pas trop longues!

– C'est souvent le cas pour les gens hautement qualifiés. Au revoir, Gunvald.

Larsson se leva.

– Enfin, tu m'as quand même rendu service.

– Je n'aurais pas ouvert la bouche si tu ne m'avais pas fait ce chantage.

– Je n'en doute pas un instant.

– En ce qui me concerne, tu peux encore rester dix ans sans venir me voir, j'en serai fort aise.

– Et moi donc! Salut!

Elle ne répondit pas.

L'amie se leva à son tour.

– Je vais me sauver, moi aussi.

Gunvald Larsson la regarda. Elle était grande – elle lui arrivait en tout cas jusqu'à l'épaule – et mince, gracieuse et vêtue avec élégance. Maquillée juste ce qu'il fallait. Et juste comme il fallait, de façon générale. Comme Larsson n'avait pas vu de voiture dans la rue, il lui demanda :

– Si vous voulez que je vous dépose quelque part?

– Avec plaisir.

Ils sortirent de compagnie. Sur le trottoir, le policier jeta un coup d'œil à la maison qui n'appartenait vraisemblablement plus à Broberg et haussa les épaules. Quand la jeune femme se fut assise à côté de lui, il regarda sa main. Elle ne portait pas d'alliance.

– Excusez-moi mais je n'ai pas saisi votre nom.

– Lindberg. Sonja Lindberg. Je vous ai connu quand j'étais petite. Je m'en souviens.

– Vraiment?

– Vous étiez beaucoup plus grand que moi. Déjà...

Elle était séduisante. Pourquoi ne lui fixerait-il pas un rancard? Bah! Il n'y avait pas le feu. Cela pouvait attendre. Il n'aurait qu'à lui passer un coup de fil un jour ou l'autre.

– Où est-ce que je vous crache?

– Stureplan. C'est là où j'ai mon cabinet et où j'habite.

Excellent, se dit Larsson. Voilà qui lui épargnait des questions.

Aucun des deux n'ouvrit la bouche pendant tout le trajet.

– Au revoir, fit-elle quand ils furent arrivés. Et merci.

Il serra la main qu'elle lui tendait. Une main fine. Sèche et fraîche.

– À un de ces jours, Sonja.

Et il redémarra.

Quelque quinze messages l'attendaient sur son bureau, Kungsholmsgatan, dont un de Kollberg lui demandant de le rappeler à Västberga.

Larsson débrouilla le plus gros de son travail – le plus urgent – avant de lui téléphoner. Quand il eut son collègue en ligne, il lui rapporta ce qu'il avait appris sans toutefois mentionner la source de ses informations.

– Vous avez fait du bon travail, Larsson, fit Kollberg. Si je comprends bien, il se prépare à passer la frontière.

– C'est probablement déjà fait.

– Je ne pense pas. La valise dont je vous ai parlé est toujours dans son bureau. Je viens d'avoir la secrétaire au bout du fil. Il l'a appelée il y a une demi-heure pour la prévenir qu'il n'arriverait pas avant cinq heures.

– Il doit avoir pris une chambre à l'hôtel, fit Gunvald Larsson d'une voix pensive.

– Vraisemblablement. Je vais tâcher de vérifier. Il n'est pas impossible qu'il ait donné sa véritable identité.

– Vous croyez? À propos, vous l'avez retrouvée, la putain?

– Pas encore. J'attends que la Mondaine me fasse signe.

Il y eut une pause. Kollberg soupira : « Je suis talonné par le temps. Si je ne peux pas retourner à Kunsgsgatan avant cinq heures, est-ce que vous pourriez, vous ou quelqu'un d'autre, voir ce qui se passe dans cet antre de brigands? »

Le premier mouvement de Larsson fut de répondre non. Il saisit son coupe-papier et, la mine soucieuse, commença à se curer les dents de devant qu'il avait proéminentes.

– Oui, fit-il finalement. Je m'arrangerai.

– Merci.

Merci à ma sœur bien-aimée, songea Larsson.

– Ah, encore une chose...

– Quoi donc?

– Broberg était assis à la même table que Palmgren quand celui-ci s'est fait descendre.

– Et alors?

– Comment diable aurait-il pu être mouillé dans l'assassinat?

– Ce n'est pas moi qui vous répondrai. Toute cette histoire me paraît très confidentielle. Peut-être que Martin sait quelque chose.

– Beck! grommela Larsson écœuré.

Ainsi prit fin la conversation.

## XIV

Lennart Kollberg dut attendre un peu plus d'une heure la réponse de la Mondaine. Il guettait le téléphone dans son bureau de Västberga, apathique et baignant dans son jus. Ce qui, au départ, paraissait être une enquête banale qui aurait dû être réglée en une matinée – interroger deux témoins – s'était métamorphosé en une sorte de chasse à l'homme.

Hampus Broberg et la mystérieuse Helena Hansson étaient soudain devenus deux ennemis publics recherchés par la police. Le plus ébouriffant était que, tandis qu'il tissait sa toile comme une véritable araignée, Kollberg ne savait toujours pas pourquoi il fallait retrouver cet homme et cette femme. Aucun des deux ne faisait l'objet de la moindre inculpation. Ils avaient déjà été interrogés par la police de Malmö et le bon sens interdisait de penser que l'un ou l'autre ait été impliqué dans l'assassinat de Viktor Palmgren.

Cependant, Kollberg avait le sentiment qu'il était important de leur mettre la main au collet le plus vite possible.

Pourquoi?

Bah! Ce n'est jamais que la maladie professionnelle, songeait-il avec morosité. Après vingt-trois ans de carrière, je suis fini. La dépression! Je n'arrive plus à penser comme un individu ordinaire.

Le fait d'être quotidiennement en contact avec d'autres policiers avait fini par le rendre incapable d'avoir des rapports normaux avec les autres gens. En vérité, il ne se sentait jamais totalement libre, même en famille. Il y avait toujours quelque chose qui le tracassait. Il avait attendu longtemps avant de créer un foyer parce que le métier de policier n'est pas un métier comme les autres, c'est une vocation exigeant un engagement total. Et il est impossible de prendre du champ. Quand, chaque jour que le bon Dieu fait, on est confronté par obligation professionnelle à des gens se trouvant dans des situations anormales, on devient immanquablement anormal soi-même, il n'y a rien à faire.

Contrairement à l'écrasante majorité de ses collègues, Kollberg était capable de s'étudier et de s'analyser lucidement. Et il connaissait son problème : il était sensuel et était en même temps un homme de devoir. Or, dans son métier, la sentimentalité et les engagements personnels étaient neuf fois sur dix un luxe que l'on ne pouvait se permettre.

Pourquoi les policiers fréquentaient-ils presque exclusivement d'autres policiers? se demandait-il.

Parce que cela simplifiait les choses, naturellement. Comme cela, il était plus facile de garder ses distances, ce qui était indispensable. Mais, aussi, on s'abandonnait plus facilement à un certain esprit de corps malsain, mentalité qui faisait des ravages depuis pas mal d'années au sein de la police. Et qui se définissait essentiellement par la tendance à se couper de la société que les policiers étaient censés protéger et, surtout, à laquelle ils auraient dû s'intégrer.

Par exemple, les policiers ne se critiquaient pas entre eux, à de rares exceptions près.

Une étude sociologique récente avait montré que les policiers en congé, plus ou moins forcés de fréquenter d'autres personnes, avaient très souvent honte d'avouer qu'ils appartenaient aux forces de l'ordre. Cela était lié à l'idée que l'on avait de leur rôle et aux légendes nombreuses entourant la profession. Quand on se heurte constamment à la peur, à la méfiance ou à un mépris ostensible, comment ne pas devenir paranoïaque?

Kollberg frissonna. Il ne voulait pas être un épouvantail, être un objet de méfiance ou de mépris. Il ne voulait pas être un paranoïaque.

Pourtant, il voulait mettre la main au collet de deux personnes, un dénommé Hampus Broberg et une certaine Helena Hansson. Et il ne savait toujours pas pourquoi.

Il alla boire un verre d'eau aux toilettes. L'eau était tiède et fadasse bien qu'il eût laissé couler le robinet plusieurs minutes. Il poussa un soupir et retourna à son bureau. Distraitement, il dessina une étoile à cinq branches sur son buvard. Puis une autre. Puis une troisième.

Il en était à la soixante-quinzième quand le téléphone sonna.

– Kollberg...

– Bonjour. Ici Asa.

– Avez-vous trouvé quelque chose?

– Je pense que oui.

– Quoi donc?

– Nous avons localisé Helena Hansson. En tout cas, je suis pratiquement sûre qu'il s'agit bien de la même personne, ajouta Asa Torrell après un bref silence.

– Ah bon?

– Elle est fichée.

– Comme prostituée?

– Oui mais de haut vol. Elle n'est pas dans la catégorie des call-girls mais c'est tout comme.

– Où habite-t-elle?

– Banergatan. L'autre adresse est fausse. Elle n'a jamais été domiciliée à Västeråsgatan à notre connaissance. Cependant, le numéro de téléphone n'est pas sorti du néant. Apparemment, c'était un point de chute antérieur.

– Et Helena Hansson, c'est son vrai nom?

– Nous en sommes à peu près convaincus. Il lui a bien fallu faire la preuve de son identité, mercredi, et je ne crois pas qu'elle ait pu mentir sur ce point.

– Elle a un pedigree?

– Et comment! Elle vit de la prostitution depuis son adolescence et a eu très souvent affaire à nos services. Moins fréquemment depuis quelques années, cependant.

Asa Torrell se tut. Kollberg avait l'impression de la voir, penchée sur son bureau, tout comme lui, se mordillant le pouce d'un air songeur.

– Il semble qu'elle ait commencé comme la plupart de ces filles. Sans se faire payer. Et puis elle s'est mise à arpenter le trottoir et, selon toutes apparences, elle avait suffisamment de classe pour trouver quelque chose de plus payant. Appartenir à un réseau de call-girls est presque considéré comme une activité respectable dans ce milieu.

– Je l'imagine sans peine.

– En fait, les call-girls sont en quelque sorte le gratin des prostituées. Elles n'acceptent de faire une prestation que lorsqu'elles ont la garantie que ce sera lucratif. Que Hansson se prétende secrétaire itinérante, voire secrétaire de direction comme elle l'a fait à Malmö, prouve qu'elle a du style et qu'elle est capable d'évoluer dans la haute société. Il y a une grande différence entre monnayer ses charmes sur Regeringsgatan et attendre un coup de téléphone dans un appartement d'Östermalm. Elle a probablement ses habitués et n'accepte qu'un rendez-vous tout au plus – appelez cela comme vous voudrez – par semaine.

– Vos services s'intéressent-ils directement à elle?

– Oui. C'est ce que je voulais vous dire. Si elle est impliquée dans des activités délictueuses d'un autre genre et redoute de se faire prendre, nous avons peut-être une chance de découvrir tout un réseau de call-girls.

– On peut toujours essayer de lui faire peur. Envoyez donc quelqu'un l'épingler.

Kollberg réfléchit un instant avant de continuer : « Bien sûr, je ne demanderais pas mieux que d'aller moi-même lui rendre visite chez elle. Il y a quelque chose de bizarre dans toute cette affaire. Mais je ne sais pas quoi.

– Que voulez-vous dire?

– J'ai l'impression qu'elle est plus liée à Broberg et à Palmgren que nous ne le suspectons. Est-ce que vous la connaissez?

– Je ne la connais que par ses photos. D'après celles-ci, elle a l'air très convenable, très sérieuse. Mais naturellement, c'est là une des conditions de la réussite dans cette profession.

– C'est certain. Il faut qu'elles puissent faire bonne contenance. Et il est important pour elles de ne pas commettre de bévues dans les réunions mondaines.

– Assurément. D'après ce que j'ai entendu dire, certaines de ces filles sont même capables de prendre des textes en sténo. Suffisamment bien, en tout cas, pour que la plupart des gens n'y voient que du feu.

– Avez-vous son numéro de téléphone?

– Non.

– Dommage.

– Peut-être pas. Ces demoiselles en changent très souvent. Elles ne sont évidemment pas dans l'annuaire et l'abonnement est généralement souscrit à un autre nom. Et...

– Et?

– Et c'est la preuve que ce sont de vraies professionnelles. Mais pourquoi est-il si urgent pour vous de la retrouver?

– Je vais vous répondre franchement : je n'en sais rien.

– Comment cela?

– Eh oui. Martin veut qu'on lui demande ce qu'elle a vu et ce qu'elle n'a pas vu, ce soir-là, à Malmö. C'est essentiellement une question de routine.

– Au fond, ce n'est pas un mauvais point de départ. Peut-être que, de fil en aiguille, on remontera la filière.

– C'est bien ce que j'espère. Selon Larsson, elle est allée chez Hampus Broberg à Lidingö samedi dernier et je mettrais ma main au feu que Broberg mijote quelque chose d'assez louche.

– Je la vois mal être directement mêlée à l'assassinat de Palmgren. Cela dit, je ne sais pas grand-chose de plus que ce que j'ai lu dans les journaux.

– Moi non plus, je ne vois pas de lien direct entre cette fille et l'exécution de Palmgren. Cependant, cette affaire a pas mal de ramifications et j'ai le sentiment qu'il faut toutes les examiner de près, même si ce n'est pas absolument de la compétence de la Criminelle.

– Que médite Broberg, à votre avis?

– Une quelconque escroquerie d'envergure. Il semble qu'il soit en train de convertir son actif en liquide avec une hâte singulière. J'ai bien l'impression qu'il se prépare à passer la frontière aujourd'hui même.

– Pourquoi ne mettez-vous pas la brigade financière dans le coup?

– Nous n'avons pas le temps. Broberg sera sans doute hors d'atteinte quand la Financière se mettra en branle. Et Helena Hansson aussi, peut-être. Mais le meurtre de

Palmgren nous fournit une ouverture. Tous deux ont été témoins de l'assassinat et cela me permet d'intervenir.

– Je sais bien que je ne suis qu'une novice et que, en outre, je n'ai guère d'expérience en matière d'investigation criminelle. Mais Martin ne pense-t-il pas que l'une des personnes qui assistaient à ce dîner ait pu faire ce qu'il fallait afin d'éliminer Palmgren pour des raisons personnelles?

– Oui, je crois que c'est une de ses théories.

– En ce cas, la personne en question aurait eu recours aux services d'un tueur à gages?

– Oui, quelque chose dans ce goût-là.

– Cela me paraît plutôt tiré par les cheveux, si vous voulez mon avis.

– Je pense comme vous mais il y a des précédents.

– Je sais. Quelles autres hypothèses envisage-t-on?

– Il y a d'abord la thèse de l'assassinat politique pur et simple. D'ailleurs, la Sepo s'excite là-dessus. D'après ce que j'ai entendu dire, quelqu'un de chez eux est arrivé à Malmö.

– Martin et les autres doivent être fous de joie!

– Comme vous dites! Bien entendu la Sepo mène sa propre enquête, comme d'habitude. Quand elle sera prête, c'est-à-dire d'ici un an ou deux, elle passera à l'action.

– Ce pauvre Martin qui aime tellement la politique!

Martin Beck avait, en effet, une horreur profonde de tout ce qui touchait de près ou de loin à la politique et chaque fois qu'il était question de manifestations, d'attentats ou de quoi que ce soit de ce genre, il se hâtait de rentrer dans sa coquille.

– En tout cas, reprit Kollberg, une chose est claire à présent : ce n'est certainement pas, bien au contraire, en s'occupant de l'aide aux pays sous-développés que Palmgren a fait fortune. Par exemple, le trafic d'armes lui a rapporté des bénéfices scandaleux. Aussi, personne, pas même Martin, ne peut rejeter *a priori* l'hypothèse d'une exécution pour raisons politiques. Une sorte d'avertissement à l'usage de ceux qui grenouillent dans les mêmes eaux.

– Pauvre Martin!

Asa Torrell avait dit cela avec une certaine chaleur et Kollberg sourit. Il avait appris à bien connaître la jeune femme après la mort d'Ake Stenström et il appréciait vivement sa finesse d'esprit et sa féminité.

– Je vais vous faire une proposition, Asa. Si vous voulez, nous allons rendre tous les deux visite à cette charmante personne le plus vite possible, histoire de voir si on peut lui tirer les vers du nez. Je saute dans ma voiture et je passe vous prendre. On ne sait jamais : peut-être trouverons-nous l'oiseau au nid.

– Si vous voulez. Mais...

– Mais quoi?

– Je vous préviens qu'elle sera peut-être coriace et qu'il y aurait intérêt à la prendre par la douceur – au début, tout au moins. Je sais bien que je suis une néophyte et qu'il est peut-être présomptueux de ma part de vous donner des conseils mais j'ai une certaine expérience de ce genre de clientèle. Les Helena Hansson savent fort bien quelle attitude il convient d'avoir en face de la police. Par expérience. Je ne crois pas que vous arriverez à vos fins par la manière forte.

– Vous avez probablement raison.

– A propos, quelqu'un s'occupe-t-il de Broberg?

– Si nous avons de la chance, nous les trouverons tous les deux dans les bras l'un de l'autre. Sinon, Larsson m'a proposé ses services – ce que je trouve curieux de sa part.

– Dans ce cas, on est bon pour la manière forte, fit Asa Torrell sur un ton caustique.

– Il y a des chances. Bon... Disons qu'on se donne rendez-vous dans vingt minutes.

– Parfait. A tout de suite.

– A tout à l'heure.

Après qu'Asa Torrell eut coupé, Kollberg réfléchit un instant et appela Larsson.

– Qu'est-ce qu'il y a encore? grommela hargneusement ce dernier.

– Nous avons localisé la fille.

– Bien, répondit Gunvald Larsson avec indifférence.

– Je vais la voir avec Asa Torrell.

– Bien.

– Vous avez l'air d'être encore de plus mauvais poil que d'habitude.

– Dame! Il y a vingt minutes, un Turc s'est fait ouvrir les tripes à coups de couteau du côté d'Höterget. Le diable seul sait s'il s'en tirera. Quand je l'ai vu, il avait toutes les peines du monde à empêcher ses boyaux de se répandre.

– Avez-vous arrêté l'agresseur?

– Non. Mais nous savons qui c'est.

– Un autre Turc?

– Pas du tout. Un môme. Cent pour cent suédois. Un gosse de dix-sept ans, stockholmois pur sang et totalement défoncé. On le recherche

– Pourquoi a-t-il fait cela?

– Pourquoi? Quelle question! Il s'était probablement imaginé qu'il pourrait résoudre à lui tout seul le problème de l'immigration étrangère qui prend des proportions un peu plus catastrophiques de jour en jour.

– C'est bien vrai. Dites donc, Gunvald, je crois que je n'aurai pas le temps de passer au bureau de Broberg.

– Ne vous cassez pas la tête. De ce côté, tout est arrangé. Ce gars-là commence à m'intéresser, figurez-vous.

Sans un mot de plus, les deux hommes raccrochèrent en même temps.

Kollberg n'en revenait pas et il se demandait pourquoi Gunvald Larsson, contrairement à ses habitudes, se montrait soudain aussi serviable.

Il téléphona au bureau de Broberg.

– Non, je n'ai pas eu de nouvelles de M. Broberg, lui répondit Sara Moberg.

– Sa valise est toujours là?

– Oui, je vous l'ai déjà dit la dernière fois.

– Excusez-moi, je voulais seulement vérifier.

Kollberg appela ensuite l'agence immobilière. Là non plus, Broberg n'avait donné aucun signe de vie.

L'inspecteur alla se laver les mains, laissa un message sur son bureau et quitta le commissariat.

Asa Torrell l'attendait en haut des marches de l'état-major de la police de Kungsholmsgatan. Kollberg se rangea au bord du trottoir et, l'air approbatif, suivit des yeux la jeune femme qui venait à sa rencontre. Avec ses cheveux noirs coupés court et ses grands yeux noisette, il la trouvait particulièrement séduisante. Elle était petite mais elle avait une silhouette qui faisait rêver. Des hanches larges, la taille fine. L'air on ne peut plus sensuel mais, d'après ce que savait Kollberg, elle n'avait pas eu de rapports avec un homme depuis la mort de Stenström.

Il se demandait combien de temps cela pourrait durer. Si je n'avais pas eu le bon sens, songeait-il, de me trouver déjà une femme sensationnelle...

– Montez! lança-t-il à Asa en ouvrant la portière.

Elle s'assit à côté de lui et posa sur ses genoux le sac qu'elle portait en bandoulière.

– Et maintenant, il va falloir travailler en finesse, comme je vous le disais.

Kollberg acquiesça et démarra.

Cinq minutes plus tard, il s'arrêta devant un vieil immeuble de Banergatan et tous deux descendirent en même temps.

– Vous devriez faire attention quand vous descendez de voiture en pleine rue, fit Asa Torrell.

Kollberg opina à nouveau du menton.

– Vous avez raison.

Il rêvait avec nostalgie d'une chemise fraîche.

## XV

C'était au troisième Il y avait effectivement une plaque au nom d'Helena Hansson.

Kollberg leva le poing mais Asa Torrell le retint et sonna.

Il n'y eut pas de réaction. Trente secondes plus tard, elle sonna à nouveau.

Cette fois, une jeune femme blonde aux yeux bleus ouvrit et les regarda d'un air interrogateur. Elle portait un peignoir de bain blanc et était chaussée de mules. Elle venait, sans doute, de prendre un bain ou de se laver les cheveux car elle avait une serviette autour de la tête, enroulée comme un turban.

– Police, dit Kollberg en sortant sa carte.

Asa Torrell montra également la sienne mais garda le silence.

– Vous êtes bien Helena Hansson?

– Oui, naturellement.

– Nous aimerions vous poser quelques questions à propos de ce qui s'est passé à Malmö la semaine dernière.

– J'ai déjà dit à la police le peu que je savais, le soir même.

– En effet mais on n'est évidemment pas allé au fond des choses. Vous étiez bouleversée, ce qui est parfaitement normal et, dans ces cas-là, les déclarations des témoins sont généralement imprécises. Aussi avons-nous pour règle de les interroger à nouveau au bout de quelques jours. A ce moment, ils ont eu le temps de mettre de l'ordre dans leurs idées. Pouvons-nous entrer un instant?

La jeune femme hésita. De toute évidence, elle se préparait à répondre par la négative.

– Nous n'abuserons pas de votre temps, reprit Kollberg. Pour nous, c'est une pure question de routine.

– C'est que, effectivement, je n'ai pas beaucoup de temps. Mais...

Elle se tut. Kollberg et Asa Torrell la laissèrent trouver une conclusion tout à loisir.

– Je vais vous demander d'attendre un instant pendant que je me mettrai quelque chose sur le dos, voulez-vous?

Kollberg eut un hochement de tête approbatif.

– Je viens de me laver les cheveux, ajouta-t-elle. Cela ne me prendra qu'une ou deux minutes.

Et, coupant court, elle leur ferma la porte au nez.

Kollberg posa son index sur ses lèvres. Vivement, Asa Torrell s'agenouilla et, sans bruit, repoussa précautionneusement le rabat de la boîte aux lettres.

On entendit d'abord le cliquetis du cadran du téléphone. Helena Hansson essayait de joindre quelqu'un. On dut décrocher car elle dit quelque chose à voix basse. Puis ce fut le silence mais Asa Torrell qui avait l'ouïe particulièrement fine eut l'impression de percevoir l'écho lointain d'une sonnerie. Finalement, la voix de la jeune femme s'éleva : « Ah bon. Il n'est pas là? Merci. »

Bruit de l'écouteur reposé sur la fourche.

– Elle a cherché à téléphoner à quelqu'un qu'elle n'a pas pu obtenir, chuchota Asa Torrell. J'ai l'impression que c'était un standard.

– Broberg, articula silencieusement Kollberg.

– Elle n'a pas prononcé ce nom. Cela ne m'aurait pas échappé.

Kollberg tendit le doigt vers la fente de la boîte aux lettres et Asa Torrell y colla son oreille droite – la meilleure.

Des sons divers lui parvinrent et elle fronça les sourcils. Au bout de deux minutes, elle se redressa et murmura :

– Elle a fait quelque chose avec beaucoup de précipitation. J'ai l'impression d'avoir entendu le déclic d'une valise qu'on referme. Ensuite, elle a tiré je ne sais quoi par terre, ouvert et refermé une porte. A présent, elle est en train de s'habiller.

Kollberg acquiesça, la mine songeuse.

Quand Helena Hansson rouvrit, elle avait passé une robe et sa coiffure paraissait étrangement impeccable. Kollberg et Asa Torrell remarquèrent sur-le-champ qu'elle avait dissimulé ses cheveux humides sous une perruque.

Ils se tenaient sur le palier, l'air innocent, le plus loin possible de la porte. Asa Torrell fumait nonchalamment une cigarette.

– Entrez, je vous en prie.

Une voix mélodieuse qui était, chose étrange, celle d'une femme cultivée.

L'appartement, qui se composait d'une entrée, d'une assez grande pièce et d'une cuisine, était élégant mais manquait de personnalité. Les meubles paraissaient neufs pour la plupart et donnaient l'impression que la personne qui habitait en ces lieux n'avait pas d'embarras financiers. Tout était propre et en ordre.

Le lit était imposant. Kollberg nota une dépression rectangulaire au milieu de l'épais couvre-pieds. Comme si on y avait posé une valise.

Il y avait un canapé et de confortables fauteuils.

– Prenez la peine de vous asseoir, dit la jeune femme.

Ils s'assirent. Helena Hansson resta debout.

– Je peux vous offrir quelque chose à boire?

– Non merci, répondit Kollberg.

Asa Torrell se contenta d'un geste de dénégation.

Cette fois, Helena Hansson s'assit à son tour, prit dans le gobelet d'étain trônant sur la table une cigarette qu'elle alluma et demanda avec le plus grand calme :

– Eh bien, en quoi puis-je vous être utile?

– Vous savez déjà la raison qui nous amène, fit Kollberg.

– Oui, cette chose épouvantable qui a eu lieu à Malmö... Mais je ne vois pas trop ce que je pourrais vous dire de plus – cela a été affreux.
– Vous étiez à table?
– Oui, dans le coin. J'avais pour voisin un industriel danois du nom de Jensen, me semble-t-il.
– Oui. M. Hoff-Jensen.
– C'est cela.
– Et M. Palmgren?
– Il était de l'autre côté. Avec, pour vis-à-vis, la femme du Danois.
– Donc, vous étiez face à l'homme qui a tiré?
– En effet mais cela s'est passé si vite que j'ai à peine eu le temps de comprendre ce qui arrivait. D'ailleurs, je doute fort que quelqu'un ait réalisé sur le moment.
– Néanmoins, vous avez vu l'assassin.
– Oui mais sans savoir que c'était un assassin.
– A quoi ressemblait-il?
– J'ai déjà fait une déposition. Vous voulez que je vous la répète?
– S'il vous plaît.
– Mes impressions sont restées très vagues. Comme je vous le disais, tout s'est passé tellement vite... et je ne faisais pas particulièrement attention aux gens qui m'entouraient. Je réfléchissais.
Elle s'exprimait de façon posée et paraissait tout à fait sincère.
– Pourquoi ce manque d'attention?
– M. Palmgren était en train de prononcer un speech. Ce qu'il disait ne me concernait pas et je n'écoutais que d'une oreille. Presque tout ce qu'il racontait était pour moi de l'hébreu. Je fumais en pensant à autre chose.
– Revenons-en à l'assassin. L'avez-vous reconnu?
– Absolument pas. Son visage m'était étranger.
– Si vous le revoyiez, seriez-vous capable de l'identifier?
– Peut-être mais je n'en suis pas certaine.

– Pouvez-vous le décrire?

– Il avait entre trente-cinq et quarante ans. La figure étroite. Brun. Pas beaucoup de cheveux.

– Quelle taille?

– Il était de taille moyenne, je crois.

– Et comment était-il habillé?

– Avec beaucoup de soin. Pour autant que je m'en souvienne, il avait une veste rouille. Et une chemise claire avec une cravate.

– Pouvez-vous donner d'autres détails?

– Guère. Il avait l'air tout à fait ordinaire.

– Comment le situez-vous socialement?

– Socialement?

– Faisait-il, par exemple, l'effet d'un homme ayant une bonne situation? Beaucoup d'argent?

– Non, je ne pense pas. On aurait plutôt dit un employé ou une sorte d'ouvrier. J'ai eu l'impression, au contraire, de quelqu'un de pauvre. Mais ne prenez pas ce que je vous dis là trop au sérieux, ajouta-t-elle en haussant les épaules. En réalité je l'ai à peine entr'aperçu. Depuis, j'ai essayé d'analyser mes impressions mais je ne peux pas être affirmative. Ce que je crois avoir vu n'est peut-être que... non, pas de l'imagination, mais...

Elle hésita, cherchant la formule juste.

– Une reconstitution *a posteriori*? fit Kollberg pour l'aider.

– Exactement! Une reconstitution *a posteriori*. On entrevoit fugitivement quelqu'un ou quelque chose et, après, quand on essaie de se rappeler les détails, on a une idée fausse.

– Avez-vous vu l'arme?

– Le temps d'un éclair, si l'on peut dire. C'était une espèce de pistolet. Assez long.

– Vous y connaissez-vous en armes à feu?

– Pas du tout.

Kollberg tenta une autre approche :

– Aviez-vous déjà rencontré M. Palmgren antérieurement?

– Non.

– Et les autres convives? Les connaissiez-vous?

– Le seul que je connaissais était M. Broberg.

– Et vous le connaissiez depuis un certain temps?

– Il avait fait appel à mes services à plusieurs reprises.

– A quel titre assistiez-vous à cette réunion?

Helena Hansson regarda Kollberg avec étonnement.

– En qualité de secrétaire, naturellement. La secrétaire habituelle de M. Broberg ne l'accompagne jamais lors de ses déplacements.

Son assurance était parfaite. Tout cela semblait avoir été soigneusement répété.

– Avez-vous pris des notes en sténo ou autrement?

– Évidemment. Il y avait eu une conférence dans la journée.

– De quoi y a-t-on discuté?

– D'un certain nombre d'affaires. A dire vrai, je n'y ai pas compris grand-chose. Je me bornais à noter les interventions.

– Avez-vous encore ces notes?

– Non. Je les ai tapées en clair chez moi, jeudi, et j'ai remis le texte à M. Broberg. J'ai jeté la sténo.

– Je vois. Et combien avez-vous touché pour ça?

– Deux cents couronnes à titre d'honoraires plus les frais de voyage et de séjour, bien entendu.

– Oh! C'était difficile comme travail?

Elle haussa de nouveau les épaules.

– Pas particulièrement.

Kollberg échangea un coup d'œil avec Asa Torrell qui n'avait pas encore ouvert la bouche.

– Pour moi, je crois que c'est tout, dit-il.

Helena Hansson baissa les yeux.

– Ah non! Encore une chose... Lorsque la police de Malmö vous a interrogée aussitôt après le meurtre, vous avez donné une adresse à Stockkholm. Västeråsgatan, pour être précis.

– Moi?

– C'était une fausse adresse, n'est-ce pas?

– J'avoue que cela m'était sorti de la tête. Mais j'étais dans tous mes états à ce moment-là. A une certaine époque, en effet, j'ai habité Västerasgatan. J'étais tellement bouleversée que j'ai dû me tromper.

– Ce sont des choses qui peuvent arriver à n'importe qui, laissa tomber Kollberg. Eh bien, je vous remercie, ajouta-t-il en se levant. Je n'ai rien d'autre à vous demander. Au revoir.

Sur ces mots, il sortit.

Helena Hansson dévisagea avec curiosité Asa Torrell qui n'avait pas quitté son fauteuil.

– Y a-t-il autre chose? s'enquit-elle d'une voix hésitante.

Asa Torrell la scruta longuement. Les deux femmes, assises l'une en face de l'autre, avaient sensiblement le même âge mais la ressemblance n'allait pas plus loin.

Asa Torrell laissa le silence s'appesantir. Enfin, elle éteignit sa cigarette dans le cendrier et dit d'une voix lente :

– Vous n'êtes pas plus secrétaire que je ne suis la reine de Saba.

– Comment osez-vous dire une chose pareille? s'exclama Helena Hansson avec nervosité.

– Mon collègue qui vient de partir appartient à la police criminelle.

La jeune femme la regarda d'un air abasourdi.

– Pas moi. Je fais partie de la brigade des mœurs.

– Oh!

Les épaules d'Helena Hansson s'affaissèrent :

– Nous avons tout un dossier sur vous, poursuivit Asa Torrell sur un ton impitoyable dans sa monotonie. Il remonte à dix ans. Vous avez été arrêtée quinze fois. C'est beaucoup.

– C'est vrai mais ça ne vous suffira pas pour me faire tomber, vieille salope, répliqua la blonde avec défi.

– C'est plutôt curieux qu'il n'y ait pas de machine à écrire chez vous. Même pas un vulgaire bloc sténo. Mais votre bloc est peut-être dans ce porte-documents?

– Je vous conseille de ne pas fourrer votre nez dans mes affaires sans mandat de perquisition, espèce de charogne. Je connais mes droits.

– Je n'ai nullement l'intention de toucher à quoi que ce soit sans mandat.

– Alors, qu'est-ce que vous foutez ici? Vous ne pourrez jamais m'épingler pour cette histoire.

Asa Torrell ne répondit rien.

– Et puis quoi! J'ai le droit d'aller où je veux avec qui je veux, nom de Dieu!

– Et de coucher aussi avec qui vous voulez? Oui, c'est parfaitement exact. A condition que ce ne soit pas moyennant finances. A propos, à combien se sont élevés vos « honoraires »?

– Vous vous figurez que je suis idiote au point de répondre à cette question?

– C'est inutile. Je connais les tarifs en vigueur. Vous avez touché mille couronnes non déclarées – et tous vos frais payés.

– Vous en connaissez un rayon, fit Helena Hansson avec insolence.

– Dans ce domaine, à peu près rien ne nous est étranger.

– Mais vous vous mettez le doigt dans l'œil si vous pensez que vous pourrez me faire tomber pour ça, peau de vache...

– Ne vous faites pas de souci, j'y arriverai probablement. Nous ne nous embarquons pas sans biscuits.

Brusquement, Helena Hansson se rua sur Asa Torrell, toutes griffes en avant. Cette dernière se leva, agile comme une chatte, et para l'attaque d'un revers qui fit retomber son assaillante sur son siège. Un vase d'œillets dégringola par terre. Aucune des deux femmes ne prit la peine de le ramasser.

– Bas les pattes, fit Asa Torrell. Il ne sert à rien de vous énerver.

Helena Hansson la regardait fixement. On aurait dit qu'il y avait des larmes dans ses yeux bleus. Sa perruque avait glissé.

– Comme ça, t'es une bagarreuse, saloperie? s'exclama-t-elle d'une voix geignarde.

Elle resta un moment immobile, manifestement désemparée. Enfin, elle passa à la contre-attaque.

– Merde! Allez, barre-toi, lança-t-elle sur un ton hystérique. Fous-moi la paix. Et ne reviens que si tu as vraiment quelque chose de sérieux.

Asa Torrell sortit de son sac un crayon et un bloc.

– En réalité, c'est autre chose qui m'intéresse. Vous n'avez jamais travaillé à votre compte, pas plus maintenant qu'auparavant. Alors, qui tire les ficelles?

– Si tu te figures que je vais te répondre, t'es drôlement conne.

Asa Torrell s'approcha du téléphone gris perle posé sur la coiffeuse et nota le numéro inscrit sur le cadran. Cela fait, elle composa le même numéro et obtint le signal « occupé ».

– Ce n'est pas très astucieux de votre part d'avoir laissé le vrai numéro. Quelle que soit la personne au nom de laquelle l'abonnement a été souscrit, vous êtes désormais bonne comme la romaine, ma petite.

Helena Hansson parut s'affaisser sur elle-même. Elle semblait furieuse mais résignée. Elle leva les yeux sur la pendule et fit plaintivement :

– Et si vous vous débiniez, maintenant que vous avez démontré combien les flics peuvent être malins?

– Je n'ai pas terminé, répondit placidement Asa Torrell.

A présent, Helena Hansson était visiblement désemparée. Elle n'avait pas prévu que les choses prendraient cette tournure. Cela ne correspondait pas à ses instructions et ne cadrait pas davantage avec les consignes qu'elle avait scrupuleusement suivies jusqu'à présent. En outre, le fait que ce policier en jupon connaissait son passé sur le bout du doigt l'obligeait à baisser le masque.

Pourtant, elle était étrangement nerveuse et ne cessait de regarder la pendule. Il était clair que son interlocutrice attendait quelque chose mais elle était incapable de deviner quoi.

– On va rester combien de temps à se regarder en chiens de faïence? lui demanda-t-elle hargneusement.

– Ça ne va pas durer tellement longtemps.

Asa Torrell ne ressentait aucune émotion. Elle n'éprouvait même pas de dégoût pour la femme assise en face d'elle. Et, en tout cas, pas la moindre compassion.

Le téléphone sonna.

Helena Hansson ne bougea pas et Asa Torrell ne fit pas un geste.

Le timbre retentit six fois de suite.

Et l'on en revint au *statu quo.*

Asa Torrell était debout à côté de la coiffeuse, les bras ballants, les jambes légèrement écartées. Helena Hansson, affalée au fond de son fauteuil, regardait droit devant elle, la physionomie dénuée d'expression.

A un moment donné, elle murmura : « Pas question que vous m'accordiez un instant de répit, n'est-ce pas? » Et, presque aussitôt, elle ajouta :

– Comment une nana peut-elle être flic?

Asa Torrell aurait pu répliquer par une autre question mais elle s'en abstint.

Dix minutes plus tard, le suspense arriva à son terme quand des coups de poing ébranlèrent la porte.

Asa Torrell alla ouvrir et Kollberg entra en brandissant un papier. Il était écarlate et ruisselait de sueur. De toute évidence, il s'était dépêché.

Il s'immobilisa au milieu de la pièce, flaira le vent. Son regard se posa sur le vase de fleurs renversé.

– Alors, on s'est battues? demanda-t-il.

Helena Hansson leva les yeux vers lui. Cette fois, il n'y avait plus ni espoir ni surprise dans son regard et il ne restait plus rien de sa courtoisie professionnelle.

– Qu'est-ce que vous voulez?

Kollberg lui montra son papier.

– Ceci est un mandat de perquisition. Rien n'y manque, ni le cachet ni la signature. Je l'ai obtenu moi-même du procureur.

– Allez vous faire foutre!

– Je n'en ai aucune envie, répondit aimablement Kollberg. On va jeter un petit coup d'œil.

Asa Torrell tendit le menton en direction de la penderie.

– Je crois qu'elle est là, dit-elle.

Elle prit sur la coiffeuse le sac d'Helena Hansson et l'ouvrit. La jeune femme ne réagit pas.

Kollberg tira la porte de la penderie d'où il extirpa une valise.

– Elle n'est pas bien grosse mais c'est fou ce qu'elle peut être lourde, murmura-t-il.

Il la posa sur le lit et se mit en devoir d'en défaire les courroies.

– Vous avez trouvé quelque chose d'intéressant? demanda-t-il à Asa Torrell.

– Un aller et retour pour Zurich et une réservation d'hôtel. Elle a retenu une place à bord de l'avion qui part demain matin à 10 h 15 d'Arlanda. Retour prévu par le vol de 7 h 40, après-demain. La chambre est réservée pour une seule nuit.

Kollberg repoussa les vêtements et autres objets sans intérêt empilés dans la valise et se mit à fouiller les liasses de papiers qui s'entassaient au fond de celle-ci.

– Des titres, dit-il. Et pas qu'un peu!

– Ils ne sont pas à moi, fit Helena Hansson d'une voix atone.

– Je n'en doute pas un instant.

Le policier prit le porte-documents noir et l'ouvrit.

Il contenait exactement ce que sa femme lui avait dit.

Une chemise de nuit, plusieurs panties, des produits de beauté, une brosse à dents et un flacon de pilules.

C'était presque risible.

Il jeta un coup d'œil à la pendule. Déjà cinq heures et demie. Pourvu que Gunvald Larsson ait tenu sa promesse et qu'il soit sur le tas!

– Pour le moment, cela ira comme ça. Si vous voulez bien nous suivre.

– Pourquoi? s'enquit Helena Hansson.

– Je peux vous informer officieusement que vous êtes soupçonnée de vous livrer au trafic de devises. Et vous pouvez vous attendre à vous retrouver dans une cellule. Mais ce n'est pas mon affaire.

Kollberg jeta un regard circulaire dans la pièce et haussa les épaules. « Asa, voulez-vous veiller à ce qu'elle prenne ce que l'on emporte généralement en de telles circonstances? »

Asa Torrell acquiesça.

– Sales flics! s'exclama Helena Hansson.

## XVI

Ce lundi, ce fut un vrai feu d'artifice.

Gunvald Larsson, planté derrière la fenêtre de son bureau, contemplait la ville. Sa ville. Superficiellement, cela ne paraissait pas tellement épouvantable mais il n'avait que trop conscience du grouillement criminel qui pullulait de toutes parts sur cet humus. Certes, il n'avait à connaître que des affaires de coups et blessures mais c'était plus que suffisant. D'autant que c'étaient les plus désagréables. Six nouvelles attaques à main armée, plus brutales les unes que les autres et, pour le moment, pas l'ombre d'un indice. Quatre querelles de ménages – des maris qui avaient tabassé leur femme. Méchamment. Et l'inverse : une femme qui avait démoli son mari à coups de fer à repasser. Larsson s'était personnellement rendu sur place. Le logement minable ressemblait à un abattoir. Du sang partout. Il avait abîmé son pantalon tout neuf.

A Gamla Stan, une mère célibataire avait flanqué son gosse, âgé d'un an, par la fenêtre. Du troisième étage. L'enfant était grièvement blessé mais les médecins disaient qu'il survivrait. La maman – dix-sept ans – était hystérique. Elle n'avait qu'une seule explication à offrir : le bébé pleurait et refusait de l'écouter.

Rien que dans le centre, au moins vingt bagarres sanglantes. Larsson ne voulait même pas penser à ce qu'il pouvait y avoir dans les rapports signalant les violences commises dans les taudis modernes de la banlieue.

Le téléphone sonna.

Il le laissa grésiller un bon moment avant de décrocher.

– Ici Larsson, laissa-t-il tomber d'une voix farouche.

Le Turc qui s'était fait découdre était mort à l'hôpital.

– Bon, fit Larsson avec indifférence.

Cette mort avait-elle été vraiment inéluctable? Les hôpitaux étaient combles. Des services entiers avaient été fermés à cause des vacances et de la pénurie de personnel qui était un mal endémique. On manquait aussi de donneurs de sang.

L'agresseur du Turc avait été arrêté. Des agents en patrouille l'avaient épinglé dans une fumerie clandestine installée dans un immeuble condamné de Birkastaden. L'homme était complètement envapé et incapable de répondre aux questions. N'importe comment, il avait dans sa poche le poignard ensanglanté. Gunvald Larsson l'avait regardé trente secondes, puis il avait fait prévenir le médecin de la police.

Outre les attaques, apparemment bien préparées, il y avait ce qu'on appelait les crimes non prémédités. Presque des accidents, en quelque sorte. Des gens mal à l'aise dans leur peau dont les nerfs lâchaient et qui se trouvaient à leur corps défendant coincés dans une situation sans issue. Presque toujours, l'alcool ou la drogue étaient le facteur décisif. Cette recrudescence de violences était peut-être en partie liée à la vague de chaleur mais, si l'on allait au fond des choses, c'était le système lui-même qui était en cause. La logique impitoyable de la grande ville qui broyait les faibles et les inadaptés les poussait à des actes insensés.

Sans compter les solitaires. Larsson se demanda combien il y avait eu de suicides au cours des dernières vingt-quatre heures et l'idée qu'un certain temps devrait encore s'écouler avant qu'il n'ait connaissance des chiffres lui fut presque un soulagement. Les rapports étaient encore dans les différents commissariats de quartier où l'on établissait les statistiques.

Il était 5 h moins 20. La bonne heure. La journée serait bientôt finie. Il pourrait alors regagner son appartement de célibataire de Bollmora, prendre une douche, mettre ses pantoufles, enfiler un peignoir, boire un ginger ale glacé (Gunvald Larsson ne prenait presque jamais d'alcool), décrocher le téléphone et passer la soirée en tête à tête avec un roman d'évasion.

Mais, pour le moment, il assumait la responsabilité de quelque chose qui ne le concernait en rien. L'affaire Broberg. Tantôt il regrettait de s'être engagé dans cette histoire et, tantôt, il attendait avec une délectation vengeresse que les choses prennent forme. Si Broberg était un bandit – ce dont il était convaincu –, c'était le genre de truand qu'il expédierait au trou avec volupté. Un caïd des taudis. Un requin faisant dans l'usure. Malheureusement, ces individus-là étaient généralement intouchables bien que tout le monde fût au courant de leur existence et ils faisaient leurs choux gras en respectant les limites formelles que stipulaient des lois inflexibles.

Larsson avait décidé de ne pas agir seul contrairement à sa vieille habitude. Une habitude qui lui avait valu d'être souvent blâmé. Si souvent que ses chances d'avancement étaient à présent réduites à leur plus simple expression. Et, d'un autre côté, parce qu'il ne voulait pas prendre le moindre risque et parce qu'il fallait que tout se passe dans les règles. Pour une fois, il s'en tiendrait au pied de la lettre. Et, par conséquent, il était sûr et certain que cela tournerait en eau de boudin. Naturellement!

Mais où trouver un coéquipier? Il n'y avait personne de disponible dans le service et, d'après ce qu'avait dit Kollberg, il en allait de même à Västberga.

En désespoir de cause, Larsson appela le commissariat du quatrième secteur et, après bien des si et bien des mais, finit par obtenir une réponse positive.

– Si c'est tellement important, lui dit le commissaire, je pourrais peut-être vous prêter quelqu'un.

– C'est très généreux de votre part.

– Croyez-vous qu'il soit tellement simple de vous fournir du monde, à vous aussi? D'autant que ce devrait être le contraire.

– Oui, je sais.

Une bonne partie des agents en tenue faisaient le pied de grue – et grise mine – devant différentes ambassades et agences de tourisme. Ce qui ne servait strictement à rien puisqu'ils ne pouvaient rien faire d'utile quand il y avait du sabotage ou de la manif dans l'air. Et désormais, d'ordre du grand patron de la nationale, il leur était même interdit de jouer avec leur matraque ce qui, jusque-là, avait été la seule distraction qu'offrait cette tâche absurde et mortellement ennuyeuse.

– Alors, de qui s'agit-il?

– D'un dénommé Zachrisson du commissariat de Maria. Il fonctionne généralement en bourgeois.

Gunvald Larsson fronça ses blonds sourcils et fit la grimace. « Je le connais, dit-il sans trace d'enthousiasme.

– Vraiment? Cela devrait être un av...

– Tâchez qu'il soit en civil, hein? Je l'attends à 16 h 45 devant l'immeuble. Et quand je dis devant l'immeuble, ajouta Larsson après réflexion, je ne veux pas le voir planté devant la porte les bras croisés comme un videur.

– Je comprends.

– Eh bien, tant mieux.

Larsson raccrocha.

Il arriva à Kungsgatan à 5 heures moins 5 pile et vit immédiatement Zachrisson, l'air empoté, posté devant la vitrine d'une boutique de lingerie féminine.

Il l'examina avec dépit. La tenue bourgeoise de Zachrisson se réduisait à un veston sport. En dehors de cela, il portait un pantalon, une chemise et une cravate d'uniforme. Le premier abruti venu pouvait deviner à cent mètres que c'était un flic. Par-dessus le marché, il était immobile, les jambes écartées, les mains derrière le dos, à se balancer d'avant en arrière. Il ne lui manquait qu'une chose : un sac en papier contenant sa casquette et son bâton.

Dès qu'il aperçut Larsson, il redressa les épaules et ce fut tout juste s'il ne se mit pas au garde-à-vous. Zachrisson ne gardait pas un excellent souvenir des missions qu'il avait eu précédemment l'occasion d'accomplir avec l'inspecteur Larsson.

– Décontractez-vous, que diable! lui dit ce dernier. Qu'est-ce que vous avez dans la poche droite?

– Mon pistolet.

– Vous n'avez pas eu l'idée de prendre un holster?

– Je n'en ai pas trouvé, répondit piteusement Zachrisson.

– Seigneur! Eh bien, flanquez-moi votre quincaillerie dans votre ceinture.

L'autre enfonça vivement sa main dans sa poche.

– Mais pas ici, pour l'amour du ciel! Faites ça discrètement. Dans le vestibule.

Zachrisson obéit. Quand il réapparut, son aspect extérieur s'était un peu amélioré. Mais pas beaucoup.

– Maintenant, écoutez-moi, reprit Gunvald Larsson. Nous attendons un type qui, en principe, devrait entrer dans cette maison un peu après 17 heures. Voici la tête qu'il a.

Dans sa poigne énorme, la photo paraissait bien petite. Elle était de qualité médiocre mais c'était la seule qu'il avait pu se procurer. Zachrisson opina du bonnet.

– Donc, il rentrera dans cette maison et, à moins que je ne me trompe, il en ressortira quelques minutes plus tard avec, probablement, une valise noire en porc fermée par deux courroies.

– C'est un voleur?

– Ouais, quelque chose comme ça. Vous, vous resterez dehors à côté de la porte.

Dereche, Zachrisson secoua la tête.

– Moi, je monterai. Peut-être est-ce que je le cravaterai dans l'escalier, peut-être pas. Cela dépendra des circonstances. Selon toute vraisemblance, il arrivera en voiture et s'arrêtera juste devant l'entrée. Il sera pressé et il y a des chances pour qu'il laisse le moteur tourner. Cette auto pourrait être une Mercedes noire mais je n'en jurerais pas. Si, par hasard, il se pointe avec la valise sans moi, vous devrez à tout prix le retenir jusqu'au moment où j'arriverai.

Une expression résolue se peignit sur les traits de Zachrisson.

– Et, pour l'amour du ciel, tâchez d'avoir l'air d'un être humain ordinaire. Vous n'êtes pas de garde devant le centre commercial américain!

L'autre rougit légèrement et parut décontenancé.

– Bien, murmura-t-il. Est-il dangereux? ajouta-t-il au bout d'un instant.

– Peut-être, répondit nonchalamment Larsson.

A son avis, Broberg était à peu près aussi dangereux qu'une puce. « Et maintenant, essayez de ne rien oublier. »

Zachrisson eut quelque peine à recouvrer sa dignité. Pour la troisième fois, il dodelina du chef.

Gunvald Larsson entra. Le vestibule était vaste et désert. Les bureaux semblaient déjà presque tous fermés.

Il gravit l'escalier. Une femme d'environ trente-cinq ans, brune, était en train de fermer à clé la porte aux deux plaques jumelles au moment où il passa devant celle-ci. Visiblement, c'était sa secrétaire.

Gunvald Larsson jeta un coup d'œil à son Ultratron. Dix-sept heures pile. La ponctualité est une vertu.

La femme appuya sur le bouton de l'ascenseur sans le regarder. Il continua de monter et s'arrêta à mi-étage. Pour attendre.

Une attente qui s'avéra très longue et remarquablement peu fertile en événements. En l'espace de cinquante minutes, on se servit de l'ascenseur à trois reprises et, deux personnes sans intérêt descendirent l'escalier. Apparemment des employés qui avaient fait des heures supplémentaires. Chaque fois, Larsson se porta à leur rencontre à l'étage supérieur et regagna ensuite son poste d'observation. A 6 heures moins 3, le grincement de la cabine s'éleva à nouveau en même temps qu'un bruit de pas pesants. Qui montait. L'ascenseur s'arrêta. L'homme qui émergea sur le palier avait un trousseau de clés à la main et ce pouvait fort bien être Hampus Broberg. En dépit de la chaleur, il portait un chapeau et un manteau. Il ouvrit la porte du bureau et la referma derrière lui.

Au même moment, l'homme au pas lourd surgit et continua de monter l'escalier. C'était un individu corpulent vêtu d'un bleu de travail et d'une chemise de flanelle. A la vue de Gunval Larsson il s'arrêta net et s'écria :

– Qu'est-ce que vous fabriquez là?

– Ce n'est pas votre affaire, répondit l'inspecteur dans un murmure.

L'homme sentait la bière ou l'akvavit. Ou les deux.

– Bien sûr que si! Je suis le gardien de l'immeuble.

Il se planta au milieu de la cage de l'escalier, une main sur la rampe et l'autre contre le mur comme pour barrer le passage.

– Je suis de la police, chuchota Larsson.

Sur ces entrefaites, la porte se rouvrit et Broberg – si c'était bien lui – réapparut, la fameuse valise à la main.

– De la police! répéta le gardien d'une voix de stentor. Prouvez-le avant que je...

Sans une seconde d'hésitation, l'homme à la valise, renonçant à l'ascenseur escargot, se mit à dévaler les marches à une vitesse record.

Gunvald Larsson était dans une situation délicate. Ce n'était pas le moment de discutailler. S'il volait dans les plumes du gardien, celui-ci avait de fortes chances de dégringoler et de se rompre le cou. Après un instant d'indécision, le policier décida de le repousser d'un revers de bras. Il n'y aurait pas dû y avoir de problème mais le bonhomme résista et l'agrippa par le veston; quand Larsson voulut se dégager, l'étoffe se déchira. Furieux de voir ainsi sa garde-robe une fois de plus endommagée, il se retourna à demi et frappa. Atteint au menton, le gardien poussa un gémissement et lâcha prise. Mais Broberg avait d'ores et déjà pris une avance considérable.

Larsson dévala les marches quatre à quatre tandis que, derrière lui, retentissaient des jurons bien sentis et un bruit de semelles traînantes.

Dans le vestibule, la situation était ni plus ni moins grotesque. Zachrisson qui était entré, naturellement, se tenait planté tout droit, jambes écartées, dans l'encadrement de la porte. Il avait déboutonné sa veste, et cherchait son pistolet en tâtonnant.

– Halte! Police! braillait-il.

Broberg, qui s'était arrêté net sans lâcher la valise qu'il tenait dans sa main droite, enfonça la gauche dans la poche de son pardessus. Il en sortit un revolver et il tira en l'air. Larsson, n'entendant pas d'impact dans le plafond, eut la quasi-certitude qu'il s'était servi d'un pistolet de starter, d'une arme de scène ou d'un pistolet à bouchon.

Zachrisson se jeta à plat ventre et fit feu mais rata son coup. Larsson s'aplatit contre le mur, Broberg fit demi-tour et s'éloigna en courant. Sans doute y avait-il une porte de service au fond du vestibule. Zachrisson appuya une seconde fois sur la détente sans plus de succès. L'homme à la valise n'était qu'à trois mètres de Larsson. Il courait toujours.

Zachrisson tira encore trois balles coup sur coup. Aucune ne fit mouche.

Mais qu'est-ce qu'on leur apprend à l'école de police? se demanda l'inspecteur.

Les projectiles ricochaient dans tous les sens. L'un d'eux se ficha dans le talon de sa chaussure droite, causant des dégâts irréparables à un produit exemplaire de l'art des chausseurs italiens.

– Cessez le feu! tonitrua-t-il.

Zachrisson, malgré cet ordre, fit encore jouer la détente mais il n'y eut qu'un déclic. Il avait probablement oublié de remplir son chargeur.

Gunvald Larsson se rua en avant sans hésiter et cueillit Hampus Broberg à la pointe du menton. Il y était allé de bon cœur. L'autre s'effondra et se retrouva assis par terre.

Le gardien arriva au même moment, haletant et l'injure à la bouche.

– Mais, tonnerre de Dieu, que diable...

Il se tut et demeura bouche bée. De la fumée flottait dans le vestibule comme un léger brouillard bleuté et l'odeur de la cordite vous prenait à la gorge.

Zachrisson se releva, perplexe.

– Qu'est-ce que vous visiez? lui demanda Larsson d'une voix rageuse.

– Les jambes...

– Les miennes?

Il ramassa l'arme que Broberg avait laissé choir. Comme il s'en doutait, c'était bien un pistolet de starter.

Une foule vociférante commençait déjà à s'amasser dans la rue.

– Est-ce que vous êtes fous? s'exclama le gardien. C'est M. Broberg.

– Bouclez-la, grommela Larsson.

Il remit sa victime sur ses pieds, et lança à Zachrisson : « Prenez la valise... si vous en êtes capable. »

Empoignant fermement son prisonnier par le bras, il le poussa vers la porte. Broberg se tenait le menton dans la main. Du sang ruisselait entre ses doigts.

Sans un regard autour de lui, l'inspecteur se fraya un chemin à travers la foule jacassante, Zachrisson trottinant sur ses talons avec la valise. Il fit entrer Broberg dans la voiture dans laquelle il prit place à son tour.

– Vous croyez que vous pourrez me conduire jusqu'au commissariat? demanda-t-il à Zachrisson.

Ce dernier acquiesça d'un air accablé et se glissa derrière le volant.

– Que se passe-t-il donc? s'enquit un digne citoyen – complet gris et béret.

– On tourne un film, jeta Larsson en faisant claquer la portière. Et alors? Vous la faites partir, cette foutue charrette, oui ou non? lança-t-il à l'adresse de Zachrisson qui se battait avec la clé de contact.

La voiture finit par démarrer. En chemin, Zachrisson formula une question qui, visiblement, le tracassait :

– Vous n'êtes pas armé?

– Imbécile! soupira Gunval Larsson avec lassitude.

Comme d'habitude, il portait son pistolet de service à la ceinture.

Hampus Broberg ne dit rien.

## XVII

Il ne disait rien, d'une part parce qu'il ne voulait pas parler et d'autre part, parce qu'il en eût été incapable. Il avait deux dents cassées et une fracture de la mâchoire.

A 21 h 30, Gunvald Larsson et Kollberg étaient encore en train de le bombarder de questions stupides :

– Qui a tiré sur Viktor Palmgren?

– Pourquoi avez-vous essayé de fuir?

– Vous avez engagé un tueur professionnel, n'est-ce pas?

– Inutile de nier!

– Vous feriez mieux d'avouer.

– Alors, qui était le tireur?

– Pourquoi ne répondez-vous pas?

– Les carottes sont cuites. Aussi, vous feriez mieux de vous mettre à table.

De temps à autre, Broberg secouait la tête. Quand il était question de l'assassinat de Palmgren, une expression qui voulait probablement être un sourire sardonique passait sur son visage crispé par la douleur. Kollberg pouvait imaginer ce que signifiait cette grimace mais cela n'allait pas plus loin.

Pendant les formalités préliminaires et plus tard, en passant, les policiers lui avaient demandé s'il voulait appeler son avocat mais le prisonnier s'était contenté de secouer la tête.

– Vous vouliez éliminer Palmgren pour filer avec l'argent, hein?

– Le nom de l'homme qui a tiré?

– Qui étaient vos complices?

– Alors, tu accouches?

– Vous allez être placé en garde à vue.

– Vous êtes dans de mauvais draps.

– Pourquoi essayez-vous de protéger les autres?

– Personne ne prend la peine de vous protéger, vous.

– Alors, vous vous décidez, oui ou non?

– Si vous nous dites qui a tué Palmgren, cela vous vaudra peut-être une certaine indulgence, plus tard.

– Vous feriez mieux d'être coopératif.

A d'autres moments, Kollberg essayait une approche plus indirecte.

– Quand êtes-vous né? Et où?

Gunvald Larsson, quant à lui, était un partisan fidèle de la doctrine professant qu'il faut commencer par le commencement.

– Bon, reprenons depuis le début. Quand avez-vous décidé de vous débarrasser de Viktor Palmgren?

Grimace. Hochement de tête.

Kollberg crut lire le mot « idiots » sur les lèvres du prisonnier et, sur le moment, cela lui parut le qualificatif adéquat.

– Si vous ne pouvez pas parler, écrivez. Sur ce bloc.

– Tenez... voici un crayon.

– La seule chose qui nous intéresse, c'est l'exécution de Palmgren. D'autres que nous s'occuperont du reste.

– Est-ce que vous réalisez que vous êtes soupçonné d'association de malfaiteurs?

– Et de complicité dans un meurtre au premier degré.

– Alors? Vous avouez, oui ou non?

– Il serait préférable pour tout le monde que vous lâchiez le morceau tout de suite.

– Reprenons depuis le début. Quand avez-vous décidé de vous débarrasser de Viktor Palmgren?

– C'est le moment de parler.

– Nous avons suffisamment de preuves pour vous faire inculper. Vous êtes déjà en garde à vue.

C'était la vérité. La valise contenait à vue de nez pour un demi-million de couronnes en titres et obligations. Kollberg et Larsson étaient des policiers de la criminelle, pas des experts financiers, mais ils avaient néanmoins quelques lumières en matière de trafic illégal de devises et de valeurs. Ils avaient trouvé dans la poche de Broberg un aller simple pour Genève via Copenhague et Francfort au nom de M. Roger Frank. Et, dans une autre poche, un faux passeport, également au nom de Roger Frank, ingénieur, et qui portait la photo de Broberg.

– Alors? Vous vous mettez à table?

– Le mieux, pour vous, ce serait encore de libérer votre conscience.

A la fin, Broberg prit le stylo-bille et griffonna quelques mots sur le bloc.

Les deux hommes se penchèrent sur la table et lurent : *Appelez un docteur.*

Kollberg entraîna Larsson à l'écart et lui souffla à l'oreille :

– C'est peut-être ce qu'on devrait faire. On ne peut pas continuer comme ça pendant des heures.

Larsson fronça les sourcils.

– Vous avez sans doute raison. Nous n'avons aucun indice tendant à prouver que ce soit lui qui ait organisé l'assassinat. Moi, cela me paraît très invraisemblable.

– Effectivement, répondit Kollberg, songeur.

Tous deux étaient las et avaient envie de rentrer chez eux. Cependant, ils lancèrent une dernière salve de questions. Un récapitulatif...

– Qui a tué Palmgren?

– Nous savons que ce n'est pas vous mais nous savons aussi que vous connaissez l'auteur du crime. Qui est-ce?

– Et où est-il?

– Quand êtes-vous né? demanda Gunvald Larsson qui avait de la peine à se concentrer. Et où?

Enfin, ils abandonnèrent. Ils firent prévenir le médecin de la police et remirent Broberg aux mains des gardiens de l'infirmerie du dépôt. Puis chacun monta dans sa voiture – Kollberg pour retrouver sa femme endormie, Larsson pour se lamenter sur ses effets gâtés.

Avant de se mettre au lit, le premier essaya d'appeler Martin Beck mais ne put le joindre. Le second ne téléphona ni à Beck ni à personne d'autre. Il prit une longue douche sans cesser de penser à son pantalon maculé de sang, à sa veste déchirée et à ses chaussures fichues. Avant de s'endormir, il lut deux pages de Stein Riverton.

Un peu plus tôt dans la soirée, Kollberg avait assisté à un interrogatoire plus instructif.

Dès qu'elle s'était trouvée dans une pièce nue et inhospitalière des services de la Mondaine, Helena Hansson avait craqué et était passée aux aveux. Les aveux les plus complets. Elle pleurait tant qu'il avait fallu enregistrer sa déposition pour ne pas en perdre un mot.

Oui, elle était call-girl.

Oui, Hampus Broberg était un client régulier.

Il lui avait donné la valise, le billet d'avion. Elle devait gagner Zurich et déposer la valise dans le coffre de l'hôtel. Broberg devait arriver le lendemain de Genève pour la récupérer.

Si tout s'était bien passé, elle aurait touché dix mille couronnes pour sa peine.

Elle ignorait ce que contenait la valise.

Hampus Broberg avait dit qu'il était trop risqué de prendre le même avion.

Quand la police était arrivée chez elle, elle avait essayé de contacter Broberg au Carlton où il était inscrit sous le nom de Frank mais n'avait pu le joindre.

Ses honoraires, pour la prestation de Malmö, n'avaient pas été de mille mais de quinze cents couronnes.

Helena Hansson avait également donné les différents numéros de téléphone du réseau de call-girls auquel elle appartenait.

Elle était innocente, avait-elle affirmé, entièrement innocente et ne savait rien de rien.

Elle était une prostituée mais il n'y avait pas qu'elle et elle n'avait jamais rien fait d'autre.

Elle ne savait rien du meurtre.

Rien de plus, en tout cas, que ce qu'elle avait déjà dit.

Kollberg avait tendance à la croire sur ce point. Sur les autres aussi, d'ailleurs.

## XVIII

Paulsson, à Malmö, ouvrait l'œil et le bon. Les deux premiers jours – le samedi et le dimanche –, il s'était braqué sur le personnel de l'hôtel, voulant, si l'on peut dire, mieux cerner sa proie. Il savait d'expérience qu'il est plus facile de mener une mission à bien quand on sait qui chercher.

Il prenait ses repas à la salle à manger et passait le reste du temps dans le hall. Mais il ne tarda pas à constater que laisser traîner ses oreilles en se dissimulant derrière un journal dans un restaurant n'apportait que de maigres résultats : la plupart des clients étaient des étrangers dont il ne comprenait pas la langue et si les membres du personnel discutaient entre eux des événements du fameux mercredi, ils ne le faisaient pas à proximité de sa table.

Aussi décida-t-il de jouer la comédie du client curieux qui a appris le drame par la presse. Il fit signe au garçon, jeune homme apathique portant favoris et dont l'éblouissante veste blanche était trop grande de plusieurs tailles, et essaya d'engager la conversation. Mais le meurtre ne paraissait pas exciter l'intérêt du serveur qui se contentait de répondre par monosyllabes en tournant de temps en temps les yeux vers la fenêtre ouverte.

Avait-il vu l'assassin?

Euh... oui.

N'était-ce pas encore un de ces chevelus?

Euh... non.

Vraiment, il n'avait pas les cheveux longs? Quand même, il était sûrement débraillé, non?

Peut-être que ses cheveux étaient un peu longs. Le garçon n'avait pas très bien vu. En tout cas, il avait un veston.

Sur ce, le jeune homme, prétendant avoir quelque chose à faire, aux cuisines, s'esquiva.

Paulsson réfléchit après son départ.

Pour quelqu'un qui a ordinairement les cheveux longs et une barbe, qui porte des jeans et un blouson négligé, rien n'est plus facile que de se déguiser. Il suffit de se couper les cheveux, de se raser, de mettre un complet pour être sûr d'être méconnaissable. Le problème est que, avec ce camouflage, il faut un certain temps pour retrouver son apparence première. En conséquence, il devrait être aisé de retrouver le suspect.

Paulsson était satisfait de ses déductions.

Toutefois, beaucoup de ces gauchistes ressemblaient à monsieur Tout-Le-Monde comme des frères. C'était une chose qu'il avait bien souvent remarquée à Stockholm pendant les manifestations où il était de service et cela lui causait du souci. Les types en bleu de chauffe qui arboraient sur la poitrine un gros badge rouge à l'effigie de Mao étaient faciles à repérer, même quand ils n'étaient pas en groupe. Mais le travail était rendu compliqué par les individus assez perfides pour venir vêtus d'un deux-pièces, les joues glabres, les cheveux en brosse avec leurs tracts et leur littérature subversive dans d'innocents porte-documents. Certes, cela présentait aux yeux de Paulsson l'avantage de ne pas l'obliger lui-même à recourir à des déguisements anti-hygiéniques à l'extrême. Mais c'était quand même bien ennuyeux.

Le maître d'hôtel s'approcha et lui demanda s'il était satisfait.

C'était un petit bonhomme trapu aux cheveux courts et à l'œil qui frisait. Sûrement plus malin et plus bavard que le garçon.

– C'était excellent, merci, répondit Paulsson.

Qui, aussi sec, embraya sur le grand sujet : « J'étais justement en train de penser à ce qui est arrivé mercredi dernier. Vous étiez là?

– Oui. Cela a été horrible. Et on n'a pas encore arrêté le meurtrier.

– L'avez-vous vu?

– Euh... tout s'est passé tellement vite, vous savez! Quand il est entré, je n'étais pas dans la salle. Je ne suis arrivé qu'après le coup de feu. Aussi, je l'ai à peine entrevu. »

Paulsson eut soudain une brillante idée :

– N'était-ce pas un homme de couleur, par hasard?

– Pardon?

– N'ayons pas peur des mots... je veux dire : est-ce que ce n'était pas un nègre?

– Pourquoi aurait-il été nègre? fit le maître d'hôtel avec un étonnement qui n'était pas feint.

– Peut-être savez-vous qu'il existe des nègres très pâles. Des nègres qui, en vérité, n'ont même pas l'air d'être nègres si on ne fait pas attention.

– Non, je ne savais pas. Il y a des personnes qui l'ont vu beaucoup mieux que moi et, si ç'avait été un nègre, vous pouvez être sûr qu'elles l'auraient remarqué et qu'elles l'auraient dit. Non, ce n'était pas un nègre.

– Bien, bien... c'était simplement une idée qui m'était venue comme ça...

Paulsson passa la soirée du samedi au bar où il consomma des boissons non alcoolisées aussi diverses que variées. Lorsqu'il commanda son sixième verre – un lait-grenadine –, le barman lui-même, qui n'était pas homme à s'étonner facilement, parut quelque peu estomaqué.

Le dimanche soir, le bar était fermé et Paulsson resta

dans le hall. Il tourna autour du bureau de la réception mais le préposé, visiblement très occupé, ne cessait de téléphoner, de feuilleter le registre, d'aider les clients. Finalement, il s'éclipsa pour une course urgente, coudes au corps, sa queue-de-pie flottant derrière lui. A force de patience, Paulsson parvint à échanger quelques mots avec lui mais la conversation aboutit seulement à réduire ses théories à néant. Le réceptionniste insista notamment avec énergie sur le fait que l'homme qui avait tiré n'était pas un nègre.

Paulsson termina sa journée au grill. La clientèle y était nettement plus nombreuse et plus jeune que celle de la salle à manger et il put surprendre quelques conversations qui ne manquaient pas d'intérêt. A la table voisine, deux hommes et une femme discutaient de choses qui lui échappaient totalement, ce dont il était fort marri, mais, à un moment donné, il fut question de l'assassinat de Viktor Palmgren.

Le plus jeune des deux garçons, un rouquin aux cheveux longs et à la barbe hirsute, exprima son mépris pour le défunt et son admiration pour le meurtrier. Paulsson l'examina avec soin et le photographia.

Le lendemain, qui était un lundi, il décida de poursuivre son enquête à Lund. A Lund, il y avait des étudiants et, là où il y avait des étudiants, il y avait nécessairement des éléments révolutionnaires. Il avait dans sa chambre une longue liste de gens habitant Lund que l'on pouvait soupçonner de professer des opinions non orthodoxes. Aussi prit-il dans l'après-midi le train pour se rendre dans cette ville universitaire qu'il n'avait jamais visitée et la fouiller de fond en comble afin d'y traquer les étudiants.

Il faisait plus chaud que jamais et il suait sang et eau dans son petit costume à carreaux.

Il gagna l'université, déserte et morte sous le soleil de plomb. Apparemment, les activités révolutionnaires faisaient relâche. Il se rappela une photo de Mao traversant le Yang-Tseu-Kiang à la nage. Peut-être que, suivant l'exemple du vénéré Président, les maoïstes de Lund étaient en train de faire de la natation dans la rivière Höje. Paulsson tomba la veste et alla faire un tour du côté de la cathédrale. Il s'étonna que la statue du célèbre géant Finn fût si petite et acheta une carte postale de celui-ci pour l'envoyer à sa femme.

Au retour, il remarqua une affiche annonçant un bal organisé par l'association des étudiants. Il décida d'y aller mais, comme il était encore tôt, il fallait trouver un moyen de tuer le temps.

Il déambula dans la ville désertée par les vacanciers, erra dans le parc, flâna dans le jardin botanique. Brusquement, il se rendit compte qu'il avait très faim.

Il mangea frugalement au Storkällaren et s'attarda longuement sur son café tout en observant les rares allées et venues des gens sur la petite place d'en face.

Il n'avait pas la moindre idée de la manière d'organiser les recherches pour mettre la main sur l'assassin de Viktor Palmgren. En Suède, l'attentat politique est rarissime et il ne se souvenait pratiquement d'aucun exemple d'un meurtre de ce genre à l'époque contemporaine. Et il regrettait que les renseignements dont on disposait fussent si vagues. Si seulement il savait par où commencer...

Le crépuscule tomba. Les réverbères s'allumèrent. Paulsson régla sa note et se mit à la recherche de la discothèque où avait lieu la soirée estudiantine.

Là encore, il fit chou blanc. Une vingtaine d'adolescents sirotaient de la bière aux sons d'une musique rock assourdissante. Il engagea la conversation avec quelques-uns d'entre eux mais ses interlocuteurs n'étaient même pas étudiants. Il but une chope et reprit le train de Malmö.

Dans l'ascenseur de l'hôtel, il tomba sur Martin Beck. Bien que les deux hommes fussent seuls, ce dernier demeura figé, les yeux fixés dans le vide, sifflotant à mi-voix. Quand la cabine s'immobilisa, Beck décocha une œillade à Paulsson, posa un doigt sur ses lèvres et sortit sur le palier.

## XIX

Mansson téléphona à son collègue danois le lundi après-midi.

– En voilà des façons de m'appeler pendant les heures ouvrables! s'exclama Mogensen. Vous vous figurez que je dors aussi au bureau et que je n'ai qu'à me tourner les pouces?

– Je vous demande pardon.

– Bon, bon... je comprends! C'est tellement urgent que vous ne pouvez pas attendre jusqu'à ce soir. Eh bien, figurez-vous que, justement, je n'ai plus rien à faire et que je suis en train de me tourner les pouces.

– Voilà... Il s'agit de Hoff-Jensen. Il est administrateur d'une société appartenant au groupe international que dirigeait Viktor Palmgren. Vous savez... le type qui s'est fait descendre la semaine dernière. J'aimerais que vous me disiez de quoi s'occupe cette société et où est installé son siège. Le plus vite possible.

– Vu. Je vous rappelle.

Une demi-heure plus tard, le téléphone sonna.

– Cela n'a pas été tellement compliqué, commença Mogensen. Vous m'écoutez?

– Bien sûr, allez-y, répondit Mansson en empoignant un crayon.

– M. Ole Hoff-Jensen a quarante-huit ans. Il est marié et a deux filles. Sa femme se prénomme Birthe, elle a quarante-trois ans et ils habitent à Hellerup, Richelieus Allé. Quant à la société, c'est une firme de transport aérien, l'Aero-fragt, dont le siège social est à Copenhague,

Kultorvet. Elle a une antenne à l'aéroport de Kastrup et possède cinq DC-6. Y a-t-il autre chose que vous voulez savoir?

– Non merci, ça ira comme ça pour le moment. A propos, comment allez-vous?

– Je n'en peux plus. Il fait une chaleur! J'ai l'impression que ça rend les gens fous. La ville est pleine des gens les plus bizarres. En particulier des Suédois. Au revoir!

Au moment où il raccrochait, Mansson s'aperçut qu'il avait oublié de demander à Mogensen le numéro de téléphone de cette société.

Il pria la standardiste de le trouver, ce qui prit un certain temps. Quand, finalement, il eut l'Aero-fragt en ligne, ce fut pour s'entendre dire qu'il était impossible de joindre Hoff-Jensen avant le lendemain. M. Hoff-Jensen pourrait le recevoir après 11 heures.

C'est aussi bien comme ça, songea Mansson. Je serais incapable de me payer encore un directeur de société aujourd'hui.

Et il passa le reste de la journée à s'occuper du travail courant. Après tout, il fallait aussi régler les affaires pendantes.

Le lendemain matin, il alla prendre Martin Beck à l'hôtel. Il avait l'intention de se rendre à Copenhague par l'hovercraft mais Beck lui expliqua qu'il voulait faire le voyage à bord d'un vrai bateau. Autant joindre l'utile à l'agréable. Ils pourraient déjeuner à bord. Le ferry-boat *Malmöhus* levait l'ancre dans cinq minutes.

Il n'y avait pas beaucoup de passagers et deux tables seulement étaient occupées dans la salle à manger. Les deux hommes commandèrent des hors-d'œuvre pour déguster le hareng, prirent un wienerschnitzel et allèrent boire le café au salon.

Le Sund était lisse comme un miroir mais l'atmosphère n'était pas d'une limpidité de cristal. On distinguait la silhouette étincelante de l'île de Ven dans la brume mais on ne voyait ni Backafallen ni la petite église blanche.

Martin Beck observait avec passion la circulation maritime et il fut ravi d'apercevoir un cargo à vapeur à la coque gracieuse surmontée d'une superbe cheminée toute droite.

Tout en prenant le café, il résuma à l'intention de Mansson ce que Kollberg et Larsson avaient appris en interrogeant Broberg et Helena Hansson. Rien qui fût de nature à faire beaucoup avancer l'enquête en ce qui concernait le meurtre de Palmgren.

En débarquant à Copenhague, ils prirent un train qui les conduisit à la gare centrale et se rendirent à pied à Kultorvet en traversant la place de l'Hôtel-de-ville et en empruntant de petites rues étroites. Les bureaux de l'Aero-fragt étaient installés au dernier étage d'un vieil immeuble et, comme il n'y avait pas d'ascenseur, force leur fut de grimper l'escalier raide.

La décoration ultra-moderne contrastait avec l'aspect vétuste de l'édifice. Les deux hommes s'engagèrent dans un long corridor étroit bordé d'une multitude de portes capitonnées en imitation cuir. Elles étaient vertes. Au mur, entre chacune de ces portes, étaient fixées des reproductions photographiques d'anciens modèles d'avions et il y avait sous chacun de ces agrandissements un petit fauteuil affecté d'un grand cendrier sur pied. Le couloir aboutissait à une vaste pièce qu'éclairaient deux hautes fenêtres donnant sur la place.

La réceptionniste qui trônait derrière un bureau blanc à piètement d'acier n'était ni jeune ni très jolie. Toutefois, elle avait une voix agréable que Mansson reconnut : c'était elle qui lui avait répondu la veille. Elle avait aussi de merveilleux cheveux blond vénitien.

Elle était en train de téléphoner et fit poliment signe aux deux hommes de s'asseoir. Mansson se laissa choir dans un fauteuil et sortit un cure-dent de sa poche. Il s'était ravitaillé dans la salle à manger du ferry. Martin Beck resta debout. Le vieux poêle de faïence qui trônait dans un coin lui tirait l'œil.

La conversation se poursuivit en espagnol, langue que ni l'un ni l'autre ne parlait couramment, et ils ne tardèrent pas à se lasser d'écouter.

Enfin, la blonde raccrocha et se leva, le sourire aux lèvres.

– Je suppose que ces messieurs appartiennent à la police suédoise? Je vais vous demander de patienter un instant, le temps de prévenir M. Hoff-Jensen.

Elle poussa une des portes à double battant en faux cuir – mais celle-ci était couleur tabac – agrémentée de gros clous de cuivre étincelants qui se referma silencieusement derrière elle. Martin Beck eut beau tendre l'oreille : il n'entendit rien de ce qui se disait de l'autre côté. Une minute s'était à peine écoulée que la porte se rouvrit et Hoff-Jensen apparut, la main tendue.

Il était athlétique et avait le teint hâlé. Son large sourire révélait une rangée de dents d'une blancheur éblouissante sous une moustache tirée au cordeau. Il était habillé avec une négligence étudiée : fine chemise de soie grège vert olive, veste de tweed irlandais ton sur ton, pantalon rouille et mocassins beige. L'épaisse toison frisée dont on distinguait la naissance dans l'échancrure du col ouvert avait des reflets d'argent qui tranchaient sur l'épiderme bronzé. Hoff-Jensen avait des pectoraux puissants et une tête massive aux traits accusés. Ses cheveux coupés court étaient blond platine comme sa moustache. Ses hanches paraissaient curieusement étroites par rapport à son torse particulièrement développé.

Après avoir serré la main de Martin Beck et de Mansson, il s'effaça pour les faire entrer dans son bureau.

– Qu'on ne me dérange sous aucun prétexte, dit-il à la secrétaire avant de refermer la porte.

Il attendit que les policiers se fussent assis pour prendre place derrière son bureau, se carra dans son fauteuil et saisit le cigare qui se consumait dans le cendrier.

– Je présume, messieurs, que votre visite est en rapport avec la mort de ce pauvre Viktor. Avez-vous retrouvé le coupable?

– Non, pas encore, répondit Martin Beck.

– Je crains fort de ne pouvoir ajouter grand-chose aux déclarations que j'ai faites à Malmö aussitôt après le drame. Tout cela s'est produit en l'espace de quelques secondes.

– Mais vous avez eu le temps de voir le tueur, n'est-ce pas? fit Mansson. Vous lui faisiez face.

– C'est exact.

Hoff-Jensen tira sur son cigare et réfléchit quelques instants.

– Mais je n'avais pas remarqué cet homme avant le coup de feu, reprit-il, et il m'a fallu une minute pour me rendre compte de ce qui se passait. J'ai vu Viktor basculer en avant mais, malgré la détonation, je n'ai pas compris tout de suite qu'il avait été abattu. Et puis j'ai vu l'homme au revolver – je crois que c'était un revolver – se ruer en direction de la fenêtre et sauter dans la rue. J'ai été surpris et je n'ai pas eu le loisir de le photographier. Aussi, je ne pense pas que mon témoignage puisse vous être de beaucoup d'utilité, messieurs.

Il leva les bras et les laissa retomber sur les accoudoirs en un geste d'excuse.

– Néanmoins, vous l'avez vu, insista Martin Beck. Il vous a sûrement laissé un souvenir?

– Si je devais le décrire, je dirais que c'était un homme d'un certain âge. Un peu miteux, peut-être. Je n'ai pas l'impression d'avoir vu son visage : lorsque j'ai levé la tête, il me tournait déjà le dos. Il était sûrement en bonne forme physique pour avoir pu sauter par la fenêtre avec autant d'agilité.

Hoff-Jensen se pencha pour poser son cigare dans le cendrier.

Mansson prit le relais :

– Et votre femme? N'a-t-elle rien remarqué de spécial?

– Absolument rien. Elle est extrêmement impressionnable. Le choc a été terrible pour elle et il lui a fallu plusieurs jours pour s'en remettre. D'ailleurs, comme elle était assise à côté de Viktor, elle tournait le dos au criminel. Est-il indispensable que vous l'interrogiez?

– Non, ce ne sera peut-être pas nécessaire, fit Martin Beck.

– C'est très aimable de votre part, fit Hoff-Jensen en souriant. Eh bien, dans ce cas...

Il prit appui sur les accoudoirs de son fauteuil comme pour se lever mais Mansson se hâta de lancer :

– Nous avons encore une ou deux questions à vous poser si vous n'y voyez pas d'inconvénients, M. Hoff-Jensen.

– Oui?

– Depuis combien de temps dirigez-vous cette compagnie aérienne?

– Depuis sa fondation qui remonte à onze ans. J'ai été pilote dans ma jeunesse. Ensuite, j'ai étudié la publicité commerciale aux États-Unis et j'ai dirigé les services de relations publiques d'une autre compagnie aérienne avant que Viktor Palmgren ne me confie le siège danois de l'Aero-fragt.

– Poursuivez-vous vos activités habituelles malgré sa mort?

Hoff-Jensen écarta les bras et exhiba son admirable dentier.

– Que voulez-vous! Le spectacle continue...

Le silence retomba. Martin Beck jeta un coup d'œil en coulisse à Mansson qui, affalé au fond de son fauteuil, contemplait d'un air dégoûté le sac de golf hérissé de clubs posé contre le poêle en faïence.

– Et maintenant, qui va prendre la direction de l'affaire? s'enquit Martin Beck.

– Voilà une bonne question. Le petit Linder est sans doute encore un peu trop jeune. Et Broberg... J'imagine que, comme moi, il a suffisamment à faire comme cela.

– Vous entendiez-vous bien avec M. Palmgren?

– Très bien, j'ose le dire. Il avait une confiance absolue en moi et dans ma gestion.

– De quoi s'occupe au juste l'Aero-fragt?

A peine eut-il posé la question que Martin Beck en devina la réponse.

– De transport de fret, comme son nom l'indique.

Hoff-Jensen tendit un étui à cigares à ses visiteurs qui refusèrent d'un signe de tête. Il se servit. Beck alluma une Florida, exhala un nuage de fumée et dit :

– Oui, cela va de soi, mais quel sorte de fret? Vous possédez cinq appareils, n'est-ce pas?

Hoff-Jensen, les yeux fixés sur le bout ardent de son cigare, opina du menton.

– Nous transportons principalement nos propres produits, surtout du poisson en conserve. Un de nos avions est équipé d'un congélateur. Nous faisons aussi du charter. Diverses sociétés de Copenhague, sans compter d'autres groupes, ont parfois recours à nous.

– Quels pays couvrez-vous?

– Nous travaillons avec la plupart des pays européens à l'exception des nations de l'Est. Et avec l'Afrique, à l'occasion.

– Avec l'Afrique?

– Il s'agit presque uniquement de trafics charters saisonniers.

Hoff-Jensen jeta ostensiblement un coup d'œil à sa montre.

– Hampus Broberg... vous le connaissez bien?

– Superficiellement, répondit le Danois en haussant les épaules. Nous nous rencontrons parfois à une réunion du conseil comme c'était le cas mercredi. Et nous nous téléphonons par-ci par-là. Cela ne va pas plus loin.

– Savez-vous où il est actuellement? demanda Mansson.

– A Stockholm, je suppose. C'est là qu'il habite et où il a ses affaires.

Hoff-Jensen avait l'air étonné de cette question.

– Quelles relations entretenaient Palmgren et Broberg? s'enquit Martin Beck.

– A ma connaissance, elles étaient bonnes. Ils n'étaient sans doute pas aussi intimes que nous l'étions, Viktor et moi. On jouait beaucoup au golf ensemble et on se voyait en dehors du travail. Si vous voulez, je dirais que leurs rapports étaient davantage ceux d'employeur à employé.

Le ton sur lequel s'exprimait Hoff-Jensen trahissait un certain mépris à l'égard de Broberg.

– Aviez-vous déjà vu la secrétaire de M. Broberg avant la réunion de mercredi? demanda Mansson.

– La blonde? Non, c'était la première fois que je la rencontrais. Quelle ravissante enfant!

– Combien de personnes avez-vous sous vos ordres?

C'était Beck qui avait posé la question. Hoff-Jensen réfléchit.

– Vingt-deux à l'heure actuelle. Mais les effectifs varient un peu. Tout dépend de...

Il s'interrompit et haussa les épaules.

– Enfin, de la saison, de la nature des opérations que nous traitons, etc., ajouta-t-il vaguement.

– Où sont présentement stationnés vos avions, M. Hoff-Jensen?

– Nous en avons deux à Kastrup, un à Rome et un autre à São Tomé pour réparations. Le cinquième est au Portugal.

Beck se leva brusquement.

– Eh bien, je vous remercie. Si jamais vous vous rappeliez quelque chose d'autre, auriez-vous l'amabilité de nous faire signe? Comptez-vous rester à Copenhague dans les jours qui viennent?

– Oui, je ne bougerai pas.

Hoff-Jensen reposa son cigare dans le cendrier mais resta assis.

Arrivé à la porte, Mansson se retourna :

– Est-ce que, par hasard, vous connaîtriez quelqu'un

qui eût été susceptible de vouloir la mort de Viktor Palmgren?

Hoff-Jensen reprit son cigare et, dévisageant l'inspecteur sans ciller, répondit :

– Non, je ne vois personne. En dehors de l'assassin, évidemment. Au revoir, messieurs.

Les deux Suédois se dirigèrent vers la place Amager en suivant Købmagergade. Au passage, Mansson jeta un coup d'œil dans Laederstraede. Une fille qu'il connaissait y habitait. Une Scanienne qui était sculpteur et préférait vivre à Copenhague. Il avait fait sa connaissance un an plus tôt à l'occasion d'une enquête [1]. Elle s'appelait Nadja et il lui était resté très attaché. Ils se voyaient de temps en temps, généralement chez elle, couchaient ensemble et cet arrangement leur convenait fort bien ainsi. Aucun des deux ne souhaitait s'engager et chacun veillait à ne pas empiéter sur l'existence de l'autre. C'était depuis un an une liaison pratiquement sans nuages. Le seul problème, pour Mansson, était qu'il ne goûtait plus autant ses week-ends conjugaux. Il aurait préféré les passer avec Nadja.

Il y avait un monde fou dans Strøget, surtout des touristes, et Martin Beck qui avait horreur de la foule entraîna Mansson dans Lille Kongensgade pour échapper à la cohue qui se pressait devant le Magasin du Nord. Au Skindbuksen, ils burent chacun une Tuborg à la température de la cave. L'établissement était également bondé mais les gens avaient l'air plus aimables que dans la rue.

Mansson réussit à convaincre Martin Beck de prendre l'aéroglisseur pour rentrer à Malmö. Le bâtiment s'appelait le *Svalan* et le commissaire eut le mal de mer. Quarante minutes après avoir quitté le territoire danois, les deux hommes poussèrent la porte du bureau de Mansson.

1. Voir *La Voiture de pompiers disparue*, coll. 10/18, n° 1746..

Il y avait un message sur la table : *Expertise balistique terminée. Wall.*

## XX

La balle qui avait causé la mort de Viktor Palmgren reposait sur une feuille de papier blanc. Martin Beck et Mansson la contemplaient et ils avaient la même impression : elle leur paraissait bien petite et bien innocente.

L'impact l'avait légèrement déformée mais cela n'avait pas empêché les experts de déterminer rapidement le calibre de l'arme utilisée. En fait, il n'était pas nécessaire d'être un expert pour cela.

– Un calibre 22, murmura rêveusement Mansson. C'est curieux.

Martin Beck acquiesça.

Mansson reprit :

– Qui pourrait bien avoir l'idée de tuer quelqu'un avec un 22?

Il examina le projectile à l'enveloppe de nickel et secoua la tête.

– Personne, reprit-il, répondant lui-même à sa question. Surtout s'il n'y a pas préméditation.

Martin Beck toussota. Comme d'habitude, il avait attrapé un rhume. Au beau milieu d'un été où la chaleur battait tous les records! Qu'est-ce que ce serait cet automne quand l'humidité et les brouillards à l'odeur âcre s'abattraient sur la Suède, grouillant de virus venus des quatre coins du monde?

– En Amérique, dit-il, on considère généralement que c'est la preuve qu'on a affaire à un véritable pro. C'est une sorte de snobisme. Le meurtrier montre avec cette carte de visite qu'il n'est pas un amateur et qu'il utilise le matériel strictement indispensable.

– Malmö n'est pas Chicago, répliqua laconiquement Mansson.

– C'est avec un Iver Johnson calibre 22 que Sirhan Sirhan a tué Robert Kennedy, fit observer Skacke qui était là.

– Exact, fit Martin Beck. Mais il a perdu la tête et a vidé tout le chargeur. Il a mitraillé dans tous les azimuts, comme un fou.

– Toujours est-il que c'était un amateur, riposta Skacke.

– Oui. Mais s'il a atteint le sénateur Kennedy, ça a été un coup de chance. Les autres balles ont blessé des tas de gens dans la foule.

– Notre homme, lui, a visé avec soin et n'a tiré qu'un seul projectile, dit Mansson. Pour autant que nous le sachions, il a armé le chien d'un coup de pouce avant d'appuyer sur la détente.

– Et il était droitier, laissa tomber Martin Beck. Seulement, c'est le cas de presque tout le monde.

– Ouais. Il y a quelque chose de bizarre là-dedans.

– Je suis de votre avis. A quoi pensez-vous en particulier?

Mansson marmonna un bout de temps avant de répondre :

– Ce qui m'intrigue, c'est que ce type a vraiment agi comme un authentique professionnel. Notamment en ce qui concerne le revolver. Et il savait exactement sur qui il fallait faire feu.

– Oui...

– Or, il n'a tiré qu'une seule fois. S'il avait joué de malchance, la balle aurait ricoché sur la calotte crânienne. En fait, la trajectoire a été oblique et cela a été suffisant pour amortir en partie sa force vive.

C'était une question qui avait également tracassé Martin Beck mais le commissaire n'avait pas réussi à pousser le raisonnement jusqu'à une conclusion logique.

Les deux hommes commencèrent à étudier le rapport

rédigé par les techniciens qui avaient examiné la balle.

La balistique avait beaucoup progressé depuis 1927, date à laquelle remonte sa consécration internationale. Elle avait fait sa percée à l'occasion du célèbre procès de Sacco et Vanzetti. Ses principes étaient toujours les mêmes. Par la suite, Calvin Goddard avait mis au point l'hélixomètre, le microscope micrométrique et le microscope comparatif. Dans le monde entier, des verdicts avaient été prononcés à partir de preuves balistiques.

Si l'on disposait de la balle, de la douille et de l'arme, rien n'était plus simple pour les experts en criminologie que de déterminer si tel projectile avait été tiré ou non par telle arme. Et si l'on n'avait que deux de ces éléments – en général, la balle et la douille – il n'était guère compliqué de déduire à partir de leurs caractéristiques le type de l'arme utilisée.

Chaque modèle d'arme à feu laisse des empreintes caractéristiques sur le projectile dès l'instant où le percuteur frappe l'amorce. Depuis que Harry Söderman, qui avait été l'élève de Locard à Lyon, avait construit le premier microscope comparatif suédois au début des années trente, on avait dressé, lentement mais sûrement, un ensemble complet de tableaux auxquels il suffisait de se reporter pour connaître les effets des différents types d'armes sur la cartouche.

Mais, pour ce qui était de l'affaire Palmgren, la science, en dépit de la précision à laquelle elle était arrivée et que tout le monde se plaisait à reconnaître, ne pouvait rien apporter aux enquêteurs car ils disposaient uniquement de la balle. Laquelle, en outre, était déformée.

Néanmoins, les experts en balistique avaient établi un inventaire théorique de tous les instruments que le meurtrier aurait pu employer.

Certains pouvaient être éliminés d'office avec un minimum de bon sens.

D'abord et avant tout, tous les automatiques qui

éjectent la cartouche. En effet, on n'avait pas retrouvé la douille. Certes, en certains cas, les douilles peuvent terminer leur carrière dans les endroits les plus inattendus – dans de la purée de pommes de terre, par exemple, comme cela était venu à l'idée de Backlund, dans des vêtements ou Dieu sait où. Il suffit de feuilleter les annales pour apprendre qu'il est parfois arrivé d'en récupérer longtemps après une fusillade dans une poche ou dans le revers d'un pantalon.

Mais les témoignages paraissaient concluants. Bien qu'aucune des personnes qui avaient assisté à l'attentat n'ait eu des connaissances spéciales en matière d'armes à feu, tout laissait à penser que l'assassin s'était servi d'un revolver. Or, nul n'ignore que les revolvers n'éjectent pas les douilles. Celles-ci attendent patiemment dans le barillet qu'on se décide à les enlever.

Le rapport balistique était très long. Et quand Beck et Mansson eurent consacré une heure de leur temps précieux à l'élaguer, il était encore interminable.

– Eh bien! grommela Mansson en se grattant le crâne. Ce document ne nous apporte pas grand-chose. Ce qu'il faudrait, ce serait pouvoir déterminer l'instrument ou trouver quelque chose d'autre qui nous mette sur la piste.

– Par exemple? demanda Beck.

– Je ne sais pas.

Martin Beck essuya son front ruisselant à l'aide d'un mouchoir qu'il déplia ensuite pour se moucher. Puis il parcourut la liste qu'il se mit à lire à haute voix sur un ton lugubre :

– Colt Cobra, Smith & Wesson 34, Firearms International, Harrington & Richardson 900, Harrington & Richardson 622, Harrington & Richardson 926, Harrington & Richardson Side-Kick, Harrington & Richardson Forty-Niner, Harrington & Richardson Sportsman...

– Sportsman, répéta Mansson.

– J'aimerais bien avoir une petite conversation avec

ces gars-là, Harrington et Richardson. Un modèle ne leur suffit pas ou quoi?

– Peut-être qu'aucun de ceux qu'ils produisent ne les satisfait.

Martin Beck tourna la page et continua de psalmodier : « Iver Johnson Sidewinder, Iver Johnson K.D., Iver Johnson Viking, Iver Johnson Snub... Celui-là, on peut l'éliminer. C'est un canon court et tous sont d'accord pour dire que le revolver qui a tué Palmgren était un canon long. »

Mansson alla se planter devant la fenêtre et, la mine songeuse, s'abîma dans la contemplation de la cour. Il n'écoutait plus. La voix de Martin Beck lui parvenait comme un lointain bruit de fond.

– Herter's 22, Llama, Astra Cadix, Arminius, Rossi, Hawes Texas Marshal, Hawes Montana Marshal, Pic Big Seven... Bon Dieu! ça ne finira donc jamais?

Mansson ne répondit pas. Il pensait à autre chose.

– Je me demande combien il y a de revolvers rien que dans la ville de Malmö, soupira le commissaire Beck.

C'était une question à laquelle il était pratiquement impossible de répondre. Il en existait sans aucun doute des tas. Transmis par héritage, volés ou passés en contrebande, dissimulés au fond des placards, des tiroirs, de vieilles malles. En toute illégalité, bien entendu, mais les gens s'en moquaient.

Evidemment, les propriétaires de certaines de ces armes avaient un permis. Mais pas beaucoup. En définitive, les seuls qui n'avaient pas de revolvers ou, tout au moins, pas sur eux, étaient les policiers. La police était équipée de pistolets Walther 7,65, ce qui était d'une rare stupidité. Certes, il est pratique de glisser un chargeur plein dans un automatique mais ces outils-là ont une fâcheuse tendance à s'accrocher dans les vêtements ou dans n'importe quoi d'autre juste au moment où il faut tirer, et tirer vite.

L'arrivée de Skacke interrompit les réflexions des deux hommes.
– Il faut que quelqu'un aille répondre à Kollberg, dit-il. Il ne sait pas quoi faire de ses prisonniers.

## XXI

Ce qu'il fallait faire d'Hampus Broberg et d'Helena Hansson constituait en effet un problème – et c'est un euphémisme.

En outre, Martin Beck à Malmö et Kollberg à Stockholm furent obligés de le régler par téléphone, ce qui demanda un bon moment.

– Où sont-ils maintenant? s'enquit Beck.

– A Kungsholmsgatan.

– En garde à vue?

– Oui.

– Est-ce qu'on peut les mettre au trou?

– Le procureur le pense.

– Comment ça, « il le pense »?

En guise de réponse, Kollberg exhala un profond soupir.

– Que voulez-vous dire au juste?

– Que nous les détenons pour préméditation d'infraction à la réglementation sur les changes. Mais, à l'heure actuelle, ils ne font l'objet d'aucune inculpation officielle.

Kollberg ménagea une pause lourde de sens puis enchaîna :

– C'est ça que je veux dire. La seule preuve matérielle que l'on peut retenir à l'encontre de Broberg est qu'il avait sur lui un faux passeport. Et qu'il a tiré un coup de pistolet à blanc quand Larsson et cet agent excité de la gâchette ont voulu l'appréhender.

– C'est tout?

– La fille a avoué qu'elle gagne sa vie avec son cul. En outre, elle avait une valise bourrée de titres. D'après ses dires, Broberg la lui aurait confiée et lui aurait donné son billet pour qu'elle fasse passer le tout en Suisse moyennant dix mille couronnes.

– C'est sans doute la vérité.

– Probablement. L'ennui, c'est qu'ils n'ont pas eu le temps de prendre la fuite. Si on avait réfléchi, Larsson et moi, on leur aurait laissé du mou. Il aurait suffi de prévenir la douane et ils auraient pu décoller à Arlanda.

– Si je vous comprends bien, les preuves sont insuffisantes?

– Affirmatif. Le procureur estime possible que le juge refuse de signer le mandat d'arrêt et se contente de leur interdire de quitter le territoire sous sa juridiction.

– Et il les élargirait?

– Exactement. Sauf si...

– Quoi donc?

– Sauf si vous réussissez à convaincre le procureur de Malmö qu'il faut les incarcérer parce qu'ils détiennent des informations d'une importance capitale sur l'assassinat de Palmgren. Si vous y arrivez, on les boucle et on vous les expédie. Voilà comment on voit la chose, ici.

– Et vous, qu'est-ce que vous en pensez?

– Je ne suis pas tellement chaud. Il est évident que Broberg se préparait à disparaître avec une petite fortune d'origine douteuse. Mais si nous adoptons cette tactique, ce sera la brigade financière qui sera chargée de l'affaire.

– Broberg a-t-il quelque chose à voir avec le meurtre de Palmgren?

– Disons que, depuis vendredi dernier, toute sa conduite a été dictée par le fait que Palmgren est mort jeudi soir. C'est clair comme de l'eau de roche, non?

– Effectivement, il semble que ce soit la seule explication logique.

– Cependant, Broberg possède le meilleur alibi du monde pour ce qui est du meurtre lui-même. Tout comme Helena Hansson et les autres convives.

– Qu'est-ce qu'il dit?

– Il paraît qu'il a fait « ouille! » quand le médecin a pansé sa mâchoire. A part cela, il n'a pas prononcé un mot. Littéralement.

– Attendez une seconde.

Martin Beck essuya à l'aide de son mouchoir l'écouteur poisseux de transpiration.

– Qu'est-ce que vous faites? s'enquit Kollberg avec méfiance.

– Je sue.

– Eh bien, qu'est-ce que vous diriez si vous me voyiez! Pour en revenir à cet animal de Broberg, il n'est pas très coopératif. Pour autant que je le sache, l'argent et tous les titres pourraient fort bien lui appartenir.

– Dans ce cas, d'où les tiendrait-il?

– Ne me le demandez pas! Toute ma science en matière d'argent se borne à une seule chose : je sais que je n'en ai pas.

Kollberg parut méditer sur cette triste constatation. Après un silence, il poursuivit :

– Il faut quand même que j'aie quelque chose à dire au procureur.

– Où en êtes-vous avec la fille?

– Là, c'est beaucoup plus facile. Elle a lâché tout le paquet. La Mondaine est en train de neutraliser le réseau de call-girls auquel elle appartenait et qui semble avoir des ramifications dans toute la Suède. Je viens de parler avec Sylvia Granberg. Elle affirme pouvoir garder Helena Hansson à l'ombre sans problème, au moins jusqu'à la fin de l'enquête.

Sylvia Granberg était, entre autres choses, le supérieur hiérarchique d'Asa Torrell. « D'ailleurs, continua Kollberg, il y a à Malmö un certain nombre de choses auxquelles s'intéresse la Mondaine. »

Martin Beck ne dit rien.

– Alors? s'impatienta Kollberg. Qu'est-ce que je dois faire?

– Certaines confrontations ne manqueraient certainement pas d'intérêt, grommela le commissaire.

– Je ne comprends pas ce que vous dites.

– Il faut que je réfléchisse à tout cela. Je vous rappellerai d'ici une demi-heure.

– Pas plus tard, surtout! N'importe qui peut me sauter sur le poil d'un instant à l'autre – Malm, le grand patron et tutti quanti.

– Dans une demi-heure, c'est juré.

– Bon. A tout à l'heure.

– Au revoir.

Martin Beck raccrocha. Il resta longtemps immobile, la tête dans les mains.

Bientôt, les choses commencèrent à devenir plus claires.

Hampus Broberg avait réalisé tout son actif et essayé de quitter la Suède. Il avait commencé par mettre sa famille à l'abri. Tout permettait de supposer que la situation était devenue intenable pour lui après la mort de Palmgren.

Pourquoi?

Selon toute vraisemblance, parce qu'il avait détourné des sommes importantes depuis de nombreuses années grâce au contrôle qu'il exerçait sur un certain nombre de sociétés dépendant de l'empire de Palmgren – l'agence immobilière, la compagnie financière et le secteur boursier.

Tant que son patron, qui avait toute confiance en lui, était vivant, il se sentait relativement en sécurité. Mais après la disparition de Palmgren, il n'avait pas osé demeurer en Suède plus longtemps qu'il n'était absolument nécessaire. Sa vie n'était peut-être pas en danger mais il redoutait d'être acculé à la ruine, voire de passer de longues années en prison.

Mais d'où venait le péril?

Pas des autorités, sûrement, car il y avait peu de risques que la police ou le fisc parviennent à démêler l'obscur labyrinthe des tractations de Palmgren. Dans le meilleur des cas, cela eût demandé très longtemps. Des années, probablement.

C'était naturellement Mats Linder qui constituait la menace la plus directe.

Ou, peut-être, Hoff-Jensen.

Mais l'aversion que Broberg inspirait à Linder était si forte que celui-ci avait été incapable de la dissimuler quand il avait été interrogé. N'avait-il pas laissé clairement entendre qu'Hampus Broberg était un escroc? Que Palmgren lui portait une confiance exagérée?

En tout cas, s'il devait y avoir un conflit ayant pour enjeu les milliards de Palmgren, Linder était le mieux placé pour gagner la partie. Si Broberg avait commis des détournements considérables, il était en mesure de demander une vérification immédiate de la comptabilité des diverses sociétés du groupe et de porter plainte.

Cependant, alors qu'il savait exactement – ou devait, tout au moins, se douter – qu'il n'avait pas beaucoup de temps, il n'avait encore entrepris aucune action en ce sens.

La police avait arrêté Broberg, certes. Mais presque par hasard.

Cela permettait de penser que Linder se trouvait, lui aussi, dans une position précaire et qu'il ne voulait pas faire de vagues.

N'importe comment, Broberg n'avait apparemment rien à gagner de la mort de Palmgren. Et, surtout, il ne l'avait pas prévue.

Comme l'avait très justement fait remarquer Kollberg, tous ses faits et gestes depuis vendredi avaient été la conséquence directe de la mort de son patron. Cependant, il avait agi précipitamment, presque comme un homme qui panique. Donc, il avait virtuellement été pris de court.

Cela ne le lavait-il pas de tous soupçons pour ce qui était de l'assassinat?

Martin Beck était convaincu d'une chose : s'il y avait réellement eu complot, c'était un complot de nature économique, pas politique.

Qui avait intérêt à la disparition de Viktor Palmgren?

Il n'y avait qu'une réponse.

Mats Linder.

L'homme qui avait déjà réussi à conquérir la femme du patron et qui possédait les meilleurs atouts dans la partie financière et pour la course au pouvoir.

Charlotte Palmgren était beaucoup trop satisfaite de la vie qu'elle menait pour se laisser embringuer dans des conspirations d'une telle envergure. D'ailleurs, elle était trop bête pour cela.

Hoff-Jensen, quant à lui, n'occupait certainement pas une situation de contrôle assez importante dans l'empire de Palmgren.

– Mais Linder aurait-il pris un risque aussi grave?

– Pourquoi pas?

Quand on joue gros jeu, il faut prendre de gros risques.

Il serait intéressant de confronter Hampus Broberg avec Mats Linder pour savoir ce que ces messieurs avaient mutuellement à se dire.

Et Helena Hansson? N'était-elle qu'un pion? Un pion parfaitement fonctionnel servant tout à la fois de secrétaire, de passeur clandestin et de compagne de lit. C'était noir sur blanc dans sa déposition et il n'y avait aucune raison de mettre ses déclarations en doute.

Mais Martin Beck savait par expérience que beaucoup de révélations se font sur l'oreiller. Et Broberg était un client régulier d'Helena Hansson.

Finalement, le commissaire parvint à une décision. Il se leva, sortit de son bureau, prit l'ascenseur et appuya sur le bouton du rez-de-chaussée. C'était là qu'était installé le cabinet du procureur.

Dix minutes plus tard, il avait repris sa place et composait le numéro de Västberga.

– C'est prodigieux! s'exclama Kollberg. Vous êtes pile dans les délais!

– Eh oui.

– Alors?

– Vous les bouclez.

– Tous les deux?

– Oui. Nous avons besoin de leur témoignage. Leur présence ici est indispensable au déroulement de l'enquête.

– C'est vrai?

Kollberg avait l'air sceptique.

– Il faut les transférer le plus vite possible, répondit Martin Beck sans conviction.

– Parfait. Encore une chose...

– Quoi?

– Est-ce que je peux être déchargé de cette bon Dieu d'affaire, maintenant?

– Je pense que oui.

Après avoir raccroché, Martin Beck demeura longtemps plongé dans ses réflexions. Mais, à présent, c'étaient surtout Kollberg et son ton dubitatif qui le préoccupaient.

Hampus Broberg et Helena Hansson étaient-ils réellement des témoins dont la présence était indispensable au déroulement de l'enquête?

Peut-être pas mais le commissaire Beck avait eu une autre raison pour solliciter un mandat d'arrêt contre eux. Une raison plus personnelle. Il ne les avait jamais vus ni l'un ni l'autre, même en photo. C'était simplement la curiosité qui l'avait poussé. Il voulait savoir à quoi ils ressemblaient. Il voulait leur parler, établir une sorte de contact humain. Et étudier ses propres réactions.

Hampus Broberg et Helena Hansson furent officiellement placés sous mandats de dépôt le lendemain, mercredi 9 juillet, à 10 h 5. A midi, ils prirent l'avion de

Malmö. Broberg était escorté par un surveillant du pénitencier, Helena Hansson par une gardienne de la prison de femmes et par Asa Torrell qui devait participer à l'enquête avec ses collègues de la Brigade mondaine de Malmö.

L'avion atterrit à Bulltofta à 13 h 45.

## XXII

Dragør, au sud de l'aéroport de Kastrup à l'extrémité de la presqu'île d'Amager, est une des plus petites villes du Danemark. Elle a quatre ou cinq mille habitants et c'est une des cités danoises les plus connues à cause de son port ultramoderne. En été, les ferries font la navette entre Dragør et Limhamn, sur la côte suédoise, chargés de voitures. Même en hiver, le trafic demeure important. Ce sont surtout des véhicules lourds, camions, cars et remorques, qui font le trajet. Et, du premier janvier à la Saint-Sylvestre, les ménagères de Malmö se rendent à Dragør pour acheter des produits détaxés à bord et faire leurs provisions au Danemark où la vie est meilleur marché.

Récemment encore, ce petit port était renommé comme station balnéaire et une grande animation régnait constamment dans la rade où les bateaux de pêche s'alignaient bord à bord. Dragør avait alors l'avantage d'être proche de Copenhague. A présent, la proximité de la capitale est devenue un inconvénient. Les eaux et les plages sont si polluées qu'on ne peut plus ni se baigner ni pêcher.

Cependant, l'agglomération n'a guère changé depuis l'époque où les belles dames se promenaient sur le front de mer avec des ombrelles destinées à protéger leur teint d'albâtre des outrages du soleil, où les messieurs, dont les maillots de bain de jersey n'étaient pas faits pour améliorer la panse rebondie de buveurs de bière, faisaient prudemment leur cure.

Les maisons trapues, peintes ou crépies de couleurs gaies sont pittoresques, les jardins qu'imprègne l'arôme des baies, des fleurs et d'une végétation luxuriante sont verdoyants, les rues étroites, souvent revêtues de petits pavés, serpentent dans tous les sens. La circulation automobile, puante et tonitruante, contourne la périphérie et un calme relatif règne dans les vieux quartiers entre le port et l'autoroute.

Il y a encore des estivants qui viennent à Dragør bien qu'il soit difficile de s'y baigner. Ce mardi-là, au début du mois de juillet, le Strand Hotel affichait complet.

Il était 15 heures. Une famille de vacanciers – le père, la mère et un petit garçon – terminait tout juste son déjeuner. Les parents s'attardaient à siroter leur café mais l'enfant – il avait six ans et s'appelait Jens – ne tenait plus en place. Il galopait entre les tables et ne cessait d'asticoter papa et maman :

– Quand c'est qu'on va partir? Je veux voir les bateaux. Dépêchez-vous de boire votre café, vite! Allez!... On s'en va! On va les voir, les bateaux?

Tant et si bien que le père et la mère finirent par capituler et quittèrent la table.

La main dans la main, ils se dirigèrent en flânant vers le vieux pavillon converti en musée. Il n'y avait plus que deux bâtiments de pêche à leur poste de mouillage – en général ils sont plus nombreux –, ce qui voulait dire que le reste de la flottille était en train de ramasser des carrelets bourrés de mercure dans le Sund.

Le petit garçon s'arrêta au bord du quai et se mit à lancer des pierres et des bouts de bois dans l'eau fangeuse. Divers objets intéressants flottaient à la surface mais ils étaient hors d'atteinte.

Un peu plus loin, une file de voitures attendait le ferry sur la chaussée asphaltée. On apercevait le bateau qui s'apprêtait à aborder.

La famille fit demi-tour et revint paresseusement sur ses pas. Les parents rencontrèrent une personne de connaissance qui promenait son chien et la conversation s'engagea.

On se sépara finalement et nos estivants continuèrent leur chemin. Aux approches de l'aéroport de Kastrup, ils prirent à droite et descendirent vers la plage.

Jens découvrit l'épave d'un petit bateau de plastique vert échoué sur le sable. Ses parents s'assirent sur l'herbe et le regardèrent jouer. L'enfant ne tarda pas à se lasser et il se mit à explorer la grève en quête de trouvailles. Il dénicha un berlingot de lait vide, une boîte de bière et un préservatif, et regretta amèrement d'avoir eu la mauvaise idée de montrer ses découvertes à ses parents qui l'obligèrent à tout jeter.

Au moment précis où son père se levait pour l'appeler, son regard tomba sur quelque chose de bizarre à la limite de l'eau et de la plage. Cela ressemblait à une boîte. C'était peut-être un coffre plein de trésors. Il s'élança au pas de course pour s'en emparer.

Comme de juste, le père lui confisqua sa boîte. Jens pleura un peu mais finit par se résigner. Il savait que ses protestations ne serviraient à rien.

Les parents examinèrent la boîte. Elle était imbibée d'eau et les bandes de papier adhésif noir destinées à renforcer le carton épais partaient en lambeaux par endroits. Mais elle n'était même pas cabossée et le couvercle, légèrement entrebâillé, semblait intact. En regardant avec attention, on pouvait lire : ARMINIUS 22. Et, au-dessous, à droite, en lettres plus petites : *Made in West Germany.*

L'objet éveilla la curiosité du père et de la mère de Jens.

Ils soulevèrent le couvercle détrempé avec beaucoup de précautions pour ne pas l'abîmer. La boîte était intérieurement garnie de polystrène comprimé, un de ces matériaux plastiques comme il en pullule par millions sur les plages du Sund, de la Baltique et de la mer du Nord. Des alvéoles avaient été ménagées dans ce rembourrage. L'une affectait la forme d'un revolver à canon long, l'autre était moins précise et on ne voyait pas immédiatement à quoi cet évidement pouvait correspondre.

– C'est un emballage pour pistolet d'enfant, fit la femme en haussant les épaules.

– Ne dis pas de bêtises. Cette boîte contenait un vrai revolver.

– Comment le sais-tu?

– C'est marqué sur le couvercle. Il s'agissait d'un Arminius 22. Et regarde ça. Cette cavité recelait une crosse de rechange plus large pour assurer une meilleure prise.

– Pouah! J'ai horreur des armes à feu.

Le mari s'esclaffa. Il ne jeta pas la boîte mais la garda à la main tandis qu'ils remontaient en direction de la digue.

– Ce n'est qu'un emballage, dit-il. Il n'y a pas de quoi en faire un monde!

– Mais quand même! Si le revolver ou le pistolet que cette boîte contenait avait été là, chargé, et si Jens l'avait trouvé...

A nouveau, l'homme éclata de rire et tapota la joue de son épouse.

– Ton imagination te perdra. Si le revolver avait été dans la boîte, celle-ci ne se serait pas gentiment échouée sur le rivage. Ça pèse son poids, ce genre d'outils. D'ailleurs, elle était vide quand on l'a jetée à l'eau. Personne ne flanque à la mer quelque chose d'aussi cher qu'un revolver...

Sa femme l'interrompit : « A moins que ce ne soit un gangster qui cherche à se débarrasser de l'arme du crime. Suppose que... » Elle se tut brusquement et tira son mari par la manche. « Je crois que nous devrions apporter cette boîte au commissariat. »

– Tu es folle! Pour qu'on se fiche de nous?

Ils se remirent en marche. Jens gambadait devant eux. Il avait complètement oublié son coffre au trésor.

– Tant pis, reprit la femme. On ne sait jamais. D'ailleurs, qu'est-ce qu'on risque? Si, nous allons la porter à la police.

Elle était entêtée et, après dix ans de mariage, le mari savait par expérience qu'il était préférable de s'incliner devant ses caprices plutôt que de discuter.

Et c'est pourquoi, un quart d'heure plus tard, un emballage de revolver fabriqué en Allemagne occidentale et dégoulinant d'eau saccagea définitivement le registre posé sur le bureau de l'officier de police Larssen du commissariat de Dragør.

## XXIII

Lundi, ç'avait été le grand branle-bas. Mardi, il y avait eu quelques petites choses mais, mercredi, ce fut le calme plat. Rien. Rien, en tout cas, qui fût de nature à faire progresser l'enquête.

Martin Beck avait eu la prémonition, au réveil, que ce serait un jour comme ça.

Il n'était pas dans son assiette. Et il était de mauvais poil. Il s'était couché tard et s'était réveillé tôt, la bouche amère et la cervelle emberlificotée. Des tas d'idées qui avortaient avant de prendre forme.

La même atmosphère prévalait au bureau. Mansson, muet et pensif, feuilletait des papiers tout en écrabouillant systématiquement ses éternels cure-dents entre ses mâchoires. Skacke paraissait démoralisé et Backlund, l'air mortifié, n'arrêtait pas d'essuyer ses lunettes.

Martin Beck savait par expérience qu'il y avait toujours des temps morts dans les enquêtes délicates. Des accalmies qui pouvaient durer des jours, voire des semaines.

Et, le plus souvent, il n'y avait rien à faire. Les éléments dont on disposait ne menaient à rien, toutes les possibilités paraissaient épuisées, les indices s'envolaient en fumée.

S'il s'était écouté, il aurait tout laissé tomber, froidement; il aurait pris le train et serait allé à Falsterbo faire le lézard sur la plage et profiter de la chaleur si rare en Suède. D'après les journaux du matin, l'eau était à 23° ce qui est exceptionnel en Baltique.

Mais, naturellement, un commissaire principal ne peut pas jouer à ce petit jeu-là, surtout au moment où l'on recherche un meurtrier.

Tout cela était fort attristant. Beck avait besoin d'activité, aussi bien physique qu'intellectuelle, mais il ne savait que faire, et, à plus forte raison, il était incapable de distribuer des tâches aux autres.

Après quelques heures d'immobilisme, Skacke lui posa franchement la question :

– Qu'est-ce que je dois faire?

– Allez le demander à Mansson.

– J'en sors.

Martin Beck secoua la tête et regagna son bureau. Il jeta un coup d'œil à la pendule. Onze heures seulement.

L'avion qui devait amener Broberg et Helena Hansson à Malmö n'atterrirait que dans trois heures.

Faute de mieux, Beck téléphona au bureau de Palmgren et demanda à parler à Mats Linder.

– M. Linder n'est pas là, répondit la blonde réceptionniste avec nonchalance. Mais...

– Mais quoi?

– Je peux vous passer sa secrétaire.

Mats Linder n'était effectivement pas là. Il avait pris l'avion de Johannesburg dans l'après-midi du mardi.

Des affaires urgentes l'appelaient là-bas.

Pour le moment, il était impossible de le joindre à Johannesburg au cas où quelqu'un aurait eu l'idée absurde d'essayer de le toucher en Afrique du Sud. Il était encore entre ciel et terre. On ne savait pas quand il reviendrait.

Ce voyage était-il prévu?

M. Linder préparait toujours ses déplacements avec le plus grand soin, répondit la secrétaire zélée d'une voix pleine d'autorité.

Martin Beck raccrocha et contempla le téléphone d'un air réprobatif.

Et voilà! La confrontation entre Broberg et Linder tombait à l'eau.

Pris d'une impulsion subite, le commissaire décrocha à nouveau le combiné et composa le numéro de l'Aero-fragt à Copenhague.

M. Hoff-Jensen avait dû partir à l'improviste le matin même pour Lisbonne.

Il serait possible de le joindre plus tard à l'hôtel Tivoli, Avenida da Liberdade.

Mais, pour le moment, il était entre ciel et terre.

La date de son retour au Danemark n'était pas fixée.

Martin Beck alla faire part de ces nouvelles à Mansson qui haussa les épaules avec apathie.

A 14 heures 30, enfin, Broberg et Helena Hansson arrivèrent.

Le premier ne s'amenait pas seulement avec son gardien : il était également nanti d'un énorme pansement et d'un avocat.

Il ne prononça pas un mot mais l'avocat, lui, n'avait pas la langue dans sa poche.

M. Broberg était dans l'incapacité de parler en raison des scandaleuses brutalités policières dont il avait été l'objet. D'ailleurs, même s'il avait été en état de répondre, il n'aurait rien eu à ajouter à la déposition de la semaine précédente.

Le maître poursuivit son discours soigneusement préparé en jetant de temps en temps des regards meurtriers à Skacke qui s'occupait du magnétophone. Skacke était tout rouge.

Mais pas Martin Beck qui, le menton dans la main, étudiait intensément le prévenu.

Broberg ne ressemblait ni à Linder ni à Hoff-Jensen. Massif, les cheveux roux et drus, les traits brutaux, des yeux bleu pâle qui louchaient, de la brioche et une tête qui l'aurait conduit tout droit à la chambre à gaz si les théories criminologistes du regretté Lombroso avaient été valables.

Le personnage était tout simplement immonde. Pardessus le marché, ses vêtements criards étaient du plus mauvais goût. Il faisait presque peine à Martin Beck.

Son avocat avait aussi de la peine pour lui. Professionnellement parlant. Il n'en finissait plus de causer et Beck lui laissait raconter sa petite histoire bien qu'il ne fît que répéter, pour l'essentiel, ce qu'il avait déjà raconté devant le tribunal sans parvenir à le convaincre.

Mais il fallait bien qu'il fasse ce qu'il devait faire pour toucher ses honoraires lorsqu'il aurait réussi à faire finalement acquitter – ou presque acquitter – son client et obtenu que Larsson et Zachrisson soient sanctionnés pour abus de pouvoir.

Ce dont Martin Beck se fichait éperdument. Il y avait longtemps que les méthodes de Gunvald Larsson le mettaient hors de lui mais il s'était toujours abstenu d'intervenir au nom de la sacro-sainte loyauté.

Lorsque l'avocat fut arrivé au terme de sa saga, qu'il eut narré par le menu la Passion brobergienne, le commissaire, qui n'avait pas quitté le prisonnier des yeux, lui demanda :

– Ainsi, vous êtes incapable de parler, M. Broberg?

Hochement de tête.

– Que pensez-vous de Mats Linder?

Haussement d'épaules.

– Le croyez-vous apte à assumer la responsabilité de la société?

Nouveau haussement d'épaules.

Beck scruta encore Broberg une bonne minute, s'efforçant de déchiffrer une expression dans ces yeux mornes et papillotants. L'homme avait manifestement peur. Néanmoins, il paraissait prêt à se battre.

Enfin, Martin Beck se tourna vers l'avocat.

– J'imagine, maître, que votre client a été secoué par tous ces événements. Je pense que nous pouvons remettre à plus tard l'interrogatoire.

Tout le monde eut l'air aussi étonné – Broberg, l'avocat, Skacke et même le garde.

Beck se leva et passa dans l'autre bureau pour savoir comment Mansson et Backlund s'en tiraient avec Helena Hansson.

Il rencontra Asa Torrell dans le couloir.

– Alors? Qu'est-ce qu'elle raconte?

– Une foule de choses mais rien d'intéressant pour vous.

– A quel hôtel êtes-vous descendue?

– Au Savoy. Comme vous.

– On pourrait peut-être dîner ensemble?

Ce serait une façon agréable de terminer une journée par ailleurs démoralisante.

– Je ne sais pas trop, répondit évasivement Asa Torrell. J'aurai peut-être du travail.

Elle évitait de rencontrer le regard du commissaire. Ce qui n'était pas difficile puisqu'elle lui arrivait à l'épaule.

Helena Hansson parlait, parlait. Un vrai robinet. Mansson, massif comme un bloc de granit, était assis derrière la table. Le magnétophone bourdonnait. Backlund faisait les cent pas, l'air scandalisé. Sa foi en l'innocence de l'existence avait subi un coup mortel.

Martin Beck s'immobilisa devant la porte, accoté à l'armoire de classement et observa la femme qui répétait mot pour mot ce qu'elle avait déjà avoué à Kollberg.

Mais il ne restait plus rien de sa façade de respectabilité ni de son mince vernis d'éducation.

En fait, elle paraissait exténuée, au bout du rouleau. Ce n'était qu'une putain qui perdait pied et mourait de peur.

Les larmes ruisselaient sur ses joues. Elle ne tarderait pas à tout raconter en détail sur les uns et sur les autres dans l'espoir que ses révélations lui vaudraient l'indulgence de ses juges.

C'était déprimant et Martin Beck se retira aussi silencieusement qu'il était arrivé.

Son bureau était vide et il y faisait encore plus chaud que tout à l'heure. Le fauteuil sur lequel s'était assis Broberg portait des traces de transpiration.

Le téléphone sonna.

C'était Malm, naturellement.

Qui d'autre aurait pu appeler?

– Je voudrais bien savoir ce que vous fabriquez?

– J'enquête.

– Une minute, fit Malm avec irritation. N'était-il pas entendu, je dirais même clairement précisé, que les investigations devaient être conduites avec toute la discrétion et toute l'efficacité possibles?

– En effet.

– Estimez-vous qu'une fusillade tous azimuts et une bagarre en plein cœur de Stockholm soit une preuve de discrétion?

– Non.

– Avez-vous lu les journaux?

– Oui.

– Que pensez-vous qu'ils écriront demain?

– Je ne sais pas.

– Ne trouvez-vous pas que c'est aller un peu trop loin quand la police fait pression pour obtenir l'arrestation de deux personnes qui sont probablement parfaitement innocentes?

Là, le superintendant marquait un point, c'était indiscutable, et Martin Beck ménagea une pause avant de répondre :

– Évidemment, cela paraîtra peut-être un peu singulier.

– Singulier? Est-ce que vous vous rendez compte que, à cause de cela, on tire sur moi à boulets rouges?

– J'en suis désolé.

– Je puis vous dire que le chef de la police est aussi ennuyé que moi. Nous avons conféré pendant des heures dans son cabinet...

Les ânes se frottent l'un à l'autre quand ça les démange, cela leur fait du bien, songea Martin Beck. Ce devait être une citation latine.

– Comment se fait-il que vous l'ayez vu? demanda-t-il innocemment.

– Comment se fait-il que je l'ai vu? répéta Malm. Que voulez-vous dire par là? Est-ce une manifestation de votre sens de l'humour?

Il était notoire que le chef de la police n'aimait pas parler aux gens. Le bruit avait un jour couru qu'un haut fonctionnaire avait même menacé d'enfoncer les portes de l'état-major de la police nationale à l'aide d'un char d'assaut afin d'avoir une conversation en tête-à-tête avec lui. Le potentat en question avait par contre une forte propension à discourir.

– Enfin, Beck, pouvez-vous au moins annoncer une arrestation imminente?

– Non.

– Savez-vous qui est l'assassin – même si vous n'avez pas encore de preuves suffisantes pour l'inculper?

– Non.

– Savez-vous dans quel milieu il évolue?

– Je n'en ai pas la moindre idée.

– Nous nageons dans l'absurde!

– Vous croyez?

– Mais que voulez-vous que je dise aux uns et aux autres, que diable?

– La vérité.

– Quelle vérité?

– Que l'enquête piétine.

– Qu'elle piétine? Après une semaine d'investigations? Alors que nous avons mis les hommes les plus capables sur cette affaire?

Martin Beck prit une profonde inspiration.

– Je ne sais pas combien d'affaires criminelles j'ai traité au cours de ma carrière mais cela doit représenter un nombre assez considérable. Et je puis vous assurer que nous faisons de notre mieux.

– Je n'en doute pas, dit Malm sur un ton conciliant.

– Mais ce n'est pas cela que je voulais dire. Une semaine, cela peut être extrêmement court. Et il ne s'est même pas encore écoulé tout à fait une semaine. Nous sommes mercredi et je suis arrivé à Malmö vendredi. Il y a deux ans, du temps de votre prédécesseur, nous avons arrêté un homme qui avait commis un meurtre seize ans auparavant.

– Je sais bien. Mais il ne s'agit pas d'un assassinat ordinaire.

– Vous me l'avez déjà dit.

– Il risque d'y avoir des complications internationales, poursuivit Malm d'une voix où perçait le désespoir. En fait, il y en a déjà.

– De quel ordre?

– De multiples pressions ont été exercées sur plusieurs de nos ambassades à l'étranger et j'ai de bonnes raisons de penser que des agents secrets de différents pays sont déjà arrivés en Suède. Il y a de fortes chances pour qu'ils ne tardent pas à surgir à Malmö ou à Copenhague. Ou même ici, dans mon propre bureau, ajouta Malm d'une voix vacillante après un bref silence.

– Bah! N'importe comment, ils ne pourront pas faire plus de gâchis que la Sepo, laissa tomber Beck sur un ton consolant.

– La Sécurité? Ils ont un permanent à Malmö. Vous collaborez avec lui?

– Ce n'est pas tout à fait de cette façon que je présenterais les choses.

– Vous l'avez rencontré?

– Je l'ai vu.

– C'est tout?

– Oui. Et seulement parce que je n'ai pas pu faire autrement.

– Nous n'avons pas davantage reçu d'informations positives de la Sepo, soupira Malm.

– Vous en attendiez?

– Je trouve que vous prenez vraiment cette affaire trop à la légère.

– Vous vous trompez. Je ne prends jamais un meurtre à la légère.

– Mais ce n'est pas un meurtre ordinaire.

Martin Beck avait l'impression d'avoir déjà entendu cela quelque part.

– On ne peut pas se contenter de la routine habituelle, reprit Malm avec force. Viktor Palmgren était une célébrité, en Suède et ailleurs.

– Oui. Je crois savoir que les magazines parlaient de lui toutes les semaines ou à peu près.

– Hampus Broberg et Mats Linder sont également des citoyens éminents.

– Je vois.

– Vous ne pouvez pas les traiter comme les premiers venus.

– Bien sûr que non.

– Par ailleurs, il faut que vous soyez très prudent dans vos confidences à la presse.

– Personnellement, je ne fais aucune confidence.

– Si certaines des activités de Palmgren parvenaient à la connaissance du public, cela risquerait de causer des dommages irréparables, comme je vous l'ai déjà dit.

– À qui?

– Mais à la nation, bien entendu! À la Suède. Si l'on apprenait que des membres du gouvernement étaient au courant de certaines transactions, eh bien...

– Eh bien?

– Cela aurait des conséquences politiques catastrophiques.

Martin Beck avait une sainte horreur de la politique.

S'il avait des opinions, il les gardait strictement pour lui et avait pour règle d'éviter dans toute la mesure du possible des missions susceptibles d'avoir des résonances politiques. D'une façon générale, lorsque, dans la conversation, il était question de crimes de nature politique, il se gardait de donner son avis.

Mais, cette fois, il ne put s'empêcher de demander :

– Pour qui?

Au gémissement qu'exhala Malm, on aurait pu croire qu'il avait reçu un coup de poignard dans le dos.

– Faites tout ce que vous pourrez faire, fit-il d'une voix implorante.

– C'est entendu, je ferai tout ce que je pourrai faire... Stig, ajouta Beck au bout d'une seconde.

C'était la première fois qu'il appelait le superintendant par son prénom. Et il espérait bien que ce serait la dernière.

Le reste de l'après-midi fut placé sous le signe de la mélancolie.

L'enquête s'enlisait.

Pourtant, une fièvre inhabituelle régnait dans le commissariat. La police municipale avait fait une descente dans deux bordels à la grande fureur du personnel de ces établissements et à l'indignation des clients tout confus d'être ainsi interpellés.

Asa Torrell ne s'était pas trompée en annonçant qu'elle aurait du pain sur la planche.

Martin Beck quitta son bureau vers 20 h avec un vague sentiment d'insatisfaction et de mécontentement.

Son bel appétit s'était envolé : pas question de s'offrir un solide souper. Il se força cependant à avaler un sandwich qu'il fit passer avec un verre de lait dans une cafétéria de la place Gustave-Adolphe, le Mitt-i-City.

Il mangea lentement en mâchonnant laborieusement. Par la fenêtre, il pouvait voir déambuler de jeunes vagabonds qui fumaient du hash ou en échangeaient contre des disques volés. Leur point de chute était la fontaine rectangulaire qui ornait la place.

Il n'y avait pas un seul agent à l'horizon et, sans doute, le service de la protection des mineurs avait-il autre chose à faire.

Beck regagna son hôtel en faisant un crochet par le port. Il rentra à 22 h 30.

Dans le hall, ses yeux tombèrent immédiatement sur deux hommes installés dans des fauteuils à côté de la porte donnant sur la salle à manger. L'un d'eux, grand et chauve, avait une épaisse moustache noire et était incroyablement bronzé. Le second, bossu, était presque un nain. Le teint pâle, les traits accusés, des yeux noirs et intelligents. Tous deux étaient vêtus avec une élégance irréprochable. Le moustachu portait un complet de shantung bleu foncé et le bossu un complet gris perle avec gilet, d'une coupe parfaite. L'un et l'autre avaient des souliers noirs étincelants comme des miroirs et le regard vide. Une bouteille de Chivas Regal et deux verres étaient posés sur la table.

Des étrangers, se dit Martin Beck. Les étrangers pullulaient au Savoy et parmi les drapeaux flottant au-dessus de la façade, il y en avait au moins deux que le commissaire était incapable d'identifier.

Au moment où il prit sa clé, il aperçut Paulsson qui sortait de l'ascenseur et se dirigeait vers les deux hommes.

## XXIV

La femme de chambre avait fait la couverture, fermé la fenêtre et tiré les rideaux.

Martin Beck alluma la lampe de chevet. Il jeta un coup d'œil à la télévision. Mais il n'avait pas envie de l'ouvrir. D'ailleurs, à cette heure-là, les programmes étaient probablement terminés.

Il se déchaussa et retira sa chemise puis alla rouvrir la fenêtre. Un souffle d'air presque imperceptible entra dans la chambre.

Il s'accouda au balcon et resta longtemps ainsi, en pantalon et en maillot de corps, à regarder le paysage – le canal, la gare et le port. Sans penser à grand-chose. Il faisait chaud et lourd. Le ciel était poudré d'étoiles.

Les bateaux illuminés allaient et venaient. La sirène du ferry-boat hulula au loin. Dans les rues, la circulation était presque nulle. Une interminable rangée de taxis s'étirait devant la sortie de la gare, portières ouvertes. Les chauffeurs tuaient le temps en bavardant par petits groupes. Leurs voitures n'étaient pas noires comme à Stockholm mais bariolées de couleurs vives.

Beck n'avait pas envie de se coucher. Il avait lu les journaux du soir et avait oublié de prendre un livre. Évidemment, il aurait pu descendre en acheter un. Mais il aurait fallu se rhabiller. N'importe comment, lire ne le tentait pas. D'ailleurs, s'il changeait d'idée, il avait la Bible et l'annuaire du téléphone à portée de la main. Et le rapport d'autopsie. Mais il le connaissait presque par cœur.

Aussi restait-il là, planté devant la fenêtre. Et il éprouvait un curieux sentiment de solitude. D'isolement. Parce qu'il le voulait bien, au fond. Il aurait fort bien pu être à l'heure actuelle assis dans un bar, chez Mansson ou dans cent autres endroits différents.

Il lui manquait quelque chose mais il ne savait quoi.

Soudain, on frappa à la porte. Tout doucement. S'il avait été endormi ou sous la douche, il n'aurait pas entendu.

– Entrez, dit-il sans se retourner.

Il entendit la porte s'ouvrir.

C'était peut-être l'assassin, l'arme au poing, prêt à faire feu. S'il visait sa nuque, Martin Beck tomberait par la fenêtre et, s'il jouait de malchance, il serait mort avant de s'écraser sur le trottoir.

Il sourit et tourna la tête.

C'était Paulsson, son complet pied-de-poule et ses chaussures canari.

Il avait l'air accablé. Sa moustache elle-même avait perdu son lustre habituel.

– Bonsoir, dit-il.

– Bonsoir.

– Je peux entrer?

– Je vous en prie. Asseyez-vous.

Tandis que Paulsson s'insinuait dans le fauteuil en se tortillant, Martin Beck alla s'asseoir au bord du lit. Le front et les joues du visiteur luisaient de sueur.

– Enlevez donc votre veste, lui dit le commissaire. Nous sommes entre nous, ici.

Paulsson hésita longuement mais il finit par déboutonner son veston. Quand il l'eut ôté, ce qui fut laborieux, il le plia avec le plus grand soin et le posa sur l'accoudoir.

Il portait une chemise à rayures – des rayures vert pâle et orange. Plus un pistolet sous l'aisselle. Martin Beck se demanda avec curiosité combien de temps il lui fallait pour le sortir de l'étui s'il devait commencer par l'opération compliquée consistant à déboutonner son veston.

– Qu'est-ce qui me vaut l'honneur de votre visite?

– Euh... Je voudrais vous demander quelque chose.

– Je vous écoute.

– Naturellement, vous n'êtes pas obligé de me répondre.

– Ne dites pas de sottises. Que voulez-vous savoir?

– Eh bien...

Paulsson s'interrompit. Enfin, grâce à un visible effort de volonté, il lâcha :

– Avez-vous obtenu un résultat?

– Non. (Et par pure courtoisie, Martin Beck lui retourna la question :) Et vous?

Paulsson eut un hochement de tête désenchanté et caressa amoureusement sa moustache comme si ce geste lui insufflait un regain d'énergie.

– Cette affaire m'a l'air très compliquée, murmura-t-il.

– A moins qu'elle ne soit très simple.

– Hein?

Il y avait de l'incrédulité dans son intonation.

– Non, reprit Paulsson. Je ne crois pas qu'elle soit simple... Et le plus grave...

Il laissa sa phrase en suspens et, une lueur d'espoir dans la prunelle, fit :

– Est-ce qu'ils vous ont engueulé, vous aussi?

– Qui ça?

– Les grands chefs. A Stockholm.

– Ils semblent un peu énervés. Mais qu'est-ce qui est le plus grave?

– Il va y avoir une vaste enquête internationale aux ramifications politiques multiples. Deux agents spéciaux étrangers sont arrivés. Ils sont à l'hôtel.

– Les deux types qui étaient dans le hall, tout à l'heure?

Paulsson fit un signe d'assentiment.

– D'où viennent-ils?

– Le petit de Lisbonne et l'autre d'Afrique. De Loranga Marcuse ou je ne sais trop quoi.

– Lourenço Marquès. C'est au Mozambique. Sont-ils en mission officielle?

– Je ne sais pas.

– Sont-ils membres de la police?

– Je crois que ce sont des agents de la Sécurité. Ils se disent industriels mais...

– Mais quoi?

– Mais ils m'ont identifié immédiatement. Ils savaient qui j'étais. C'est bizarre.

Extrêmement bizarre, songea Martin Beck.

– Vous avez discuté avec eux?

– Oui. Leur anglais est excellent.

Il se trouvait que Martin Beck savait que l'anglais de Paulsson laissait beaucoup à désirer. Peut-être se défendait-il bien avec le chinois, l'ukrainien ou dieu sait quel idiome qui avait de la valeur pour la Sepo.

– Que voulaient-ils?

– Ils m'ont posé des questions que je n'ai pas très bien comprises. C'est la raison pour laquelle je me suis permis de venir vous déranger. D'abord, ils voulaient que je leur communique une liste de suspects.

– Tiens?

– A dire vrai, je ne possède aucune liste de ce genre. Vous en avez peut-être une, vous?

Beck secoua la tête.

– Bien sûr, ce n'est pas ce que je voulais dire, fit Paulsson d'un air finaud. Mais, ensuite, ils m'ont posé une question qui est entièrement passée au-dessus de ma tête.

– Quoi?

– Eh bien, d'après ce que j'ai compris, mais je me suis sûrement trompé, ils voulaient savoir quels ressortissants des provinces d'outre-mer nous suspections. Des provinces d'outre-mer... Pourtant ils ont répété cela à plusieurs reprises dans des langues différentes.

– Vous avez parfaitement compris. Le Portugal affirme que ses colonies en Afrique et ailleurs jouissent du même statut que les provinces métropolitaines. Apparemment, vos interlocuteurs pensaient à des gens – des réfugiés politiques, essentiellement – originaires d'endroits comme l'Angola, le Mozambique, les îles du Cap-Vert, la Guinée et autres lieux.

Le visage de Paulsson s'illumina brusquement.

– Ça alors! Eh bien, en définitive, je ne me suis pas trompé!

– Que leur avez-vous dit?

– Rien de précis. Ils ont eu l'air très déçus.

Cela, on pouvait facilement l'imaginer.

– Ils doivent rester à Malmö?

– Non, ils vont partir pour Stockholm. Pour consulter leur ambassade. A propos, moi aussi je remonte à Stockholm demain. Il faut que je rende compte à mes supérieurs et que j'étudie les archives. Je ferais mieux d'aller me coucher, ajouta Paulsson en bâillant. La semaine a été fatigante. Merci de votre aide.

– En quoi vous ai-je aidé?

– Vous savez bien... cette histoire de trucs d'outre-mer.

Paulsson se leva, remit sa veste qu'il boutonna minutieusement.

– Au revoir.

– Bonne nuit.

Avant de franchir la porte, il se retourna et dit d'une voix sinistre : « A mon avis, cette affaire ne sera pas réglée avant des années. »

Deux minutes s'écoulèrent. Puis Martin Beck sourit, acheva de se déshabiller et passa dans la salle de bains.

Il prit une douche froide sous laquelle il resta longtemps et revint ensuite à la fenêtre, enveloppé dans une serviette.

Dehors, il faisait noir et le silence régnait. Toute activité avait cessé sur le port comme à la gare. Une voiture de police passa dans la rue, roulant au pas. La plupart des chauffeurs de taxi étaient rentrés chez eux.

La nuit d'été était encore chaude mais, après sa douche, Beck se sentait frais et dispos.

Au bout d'un moment, il songea qu'il était l'heure d'aller au lit. Il fallait bien se résoudre à se coucher tôt ou tard, après tout, même s'il n'avait guère envie de dormir. Il considéra en fronçant les sourcils son pyjama posé sur l'oreiller. Il avait l'air coquet, maintenant, mais inévitablement, il serait, au réveil, imprégné de transpiration et lui collerait à la peau.

Il l'enfila. Plia bien proprement la couverture et la fourra sous le lit. Mit la serviette à sécher dans la salle de bains. Enfin il s'allongea, les draps repoussés jusqu'à la taille et croisa les mains derrière sa nuque. La lampe de chevet projetait des ombres indistinctes au plafond.

Il réfléchissait mais sans se concentrer. Nonchalamment.

Un quart d'heure ou vingt minutes plus tard, on gratta à la porte. Tout doucement, comme la première fois.

Bon Dieu! Aurait-il encore la force de discuter d'espionnage et d'agents secrets? Le plus simple serait de faire semblant de dormir. Mais ne serait-ce pas une négligence professionnelle en service commandé?

– Allez... entrez! dit Beck, fataliste.

La porte s'ouvrit précautionneusement et Asa Torrell apparut. Elle avait des mules aux pieds et était vêtue d'une courte robe de chambre en nylon blanc maintenue par une cordelière.

– Vous ne dormiez pas?

– Non, répondit Martin Beck.

Et il ajouta bêtement : « Vous non plus? »

Elle sourit et secoua la tête. Ses cheveux noirs brillaient.

– Non, je viens de rentrer. J'ai à peine eu le temps de prendre une douche.

– J'ai entendu dire que vous avez eu une journée chargée.

Elle opina du menton.

– C'est le mot juste! C'est tout juste si j'ai pu avaler deux sandwiches.

– Asseyez-vous.

– Merci. Vous n'êtes pas trop fatigué?

– On n'est pas fatigué quand on ne fait rien.

Elle marqua un temps d'hésitation, la main sur la poignée de la porte.

– Je vais d'abord chercher mes cigarettes. Ma chambre est tout à côté.

Elle laissa la porte entrebâillée. Immobile, les mains derrière la tête, Martin Beck attendit.

Asa Torrell réapparut au bout de vingt secondes, referma sans bruit et se laissa tomber dans le fauteuil où, un peu plus tôt, Paulsson avait épanché son cœur douloureux. D'un coup de talon, elle se débarrassa de ses mules, replia ses jambes sous elle et alluma une cigarette.

– Bigre! s'exclama-t-elle en lâchant une bouffée de fumée. Quelle journée!

– Commenceriez-vous à regretter d'être entrée dans la police?

– Oui et non. On voit tellement de choses lamentables. Avant, je ne les connaissais que par ouï-dire.

Elle examina sa cigarette d'un air songeur et continua :

– Mais on a parfois l'impression de faire aussi un petit quelque chose d'utile.

– Oui. Une fois de temps en temps.

– Vous avez eu une mauvaise journée?

– Très mauvaise. Rien de neuf. Et rien de constructif. Mais c'est souvent le cas.

Asa approuva du chef.

– Vous n'avez pas d'idées? lui demanda Beck.

– Quelles idées voudriez-vous que je puisse avoir? Sauf que je pense que Palmgren était une crapule. Une foule de gens devaient avoir de bonnes raisons de le détester. Je veux dire que cette histoire n'est peut-être pas forcément aussi compliquée que certains semblent le croire. Il peut s'agir d'une vengeance, purement et simplement.

– Oui, j'y ai songé, moi aussi.

Elle garda le silence. Quand elle eut fini sa cigarette, elle en alluma une autre. C'étaient des cigarettes danoises – des Cecil. Un paquet vert, blanc et rouge.

Martin Beck tourna la tête et regarda les pieds de la jeune femme. Ils étaient minces, gracieusement cambrés avec des orteils longs et droits.

Le regard de Beck remonta vers le visage d'Asa Torrell. Elle paraissait préoccupée et son expression était lointaine.

Au bout de quelques instants, elle se détendit, leva légèrement la tête et regarda Beck dans les yeux.

Les siens étaient grands. Noisette. Et graves.

L'instant d'avant, elle semblait distraite. A présent, elle était intensément présente.

Ils continuaient de se regarder les yeux dans les yeux.

Asa Torrell éteignit sa cigarette. Cette fois, elle n'en ralluma pas une autre.

Elle s'humecta les lèvres et se mordilla le bout de la langue. Elle avait des dents blanches légèrement inégales. Ses sourcils étaient noirs et touffus.

– Eh bien? fit Beck.

Elle secoua lentement la tête et dit d'une voix très douce :

– Il faut bien que cela arrive tôt ou tard. Pourquoi pas maintenant?

Elle se leva et vint s'asseoir au bord du lit. Pendant quelques minutes, elle ne bougea pas. Ils continuaient de se regarder.

Martin Beck dégagea son bras gauche. Sa main effleura les doigts effilés d'Asa. Il tira légèrement sur le cordon de la robe de chambre de la jeune femme.

– Rien ne presse, murmura-t-il.

Elle le scruta.

– Vous avez les yeux gris.

– Les vôtres sont marron.

Elle sourit sans ouvrir les lèvres. Et, sans hâte, défit le nœud de la cordelière. Elle se souleva pour laisser glisser sa robe de chambre à terre.

Martin Beck écarta le drap et elle se rassit, la jambe droite repliée de sorte que son pied touchait la poitrine du commissaire.

– Y aviez-vous déjà pensé, avant, lui demanda-t-elle?

– Oui. Et vous?

– Parfois. Cela m'est arrivé de temps en temps depuis un an.

Ils échangèrent encore quelques mots.

– Cela fait longtemps?

– Terriblement. Jamais depuis...

Elle s'interrompit. « Et vous? »

– Pareil.

– Vous êtes chic.
– Vous aussi.
C'était vrai. Il y avait longtemps que Beck le savait.
Elle n'était pas grande mais elle était vigoureuse. Ses seins étaient petits avec de larges mamelons sombres qui pointaient. Son ventre était lisse et l'épaisse toison bouclée noire comme du charbon.
Sa main, posée sur la jambe de Martin, glissa dans un mouvement ascendant. Ses doigts, bien que graciles, étaient longs et forts. Et ils savaient ce qu'ils voulaient.
Au bout d'un moment, Martin la saisit aux épaules. Elle changea de position et s'étendit sur lui, douce, profonde, ouverte et bientôt comblée.
Elle poussait de petits halètements spasmodiques, la bouche d'abord dans le cou de Martin, puis sur sa bouche à lui.
Lorsqu'elle quitta la chambre, il y avait deux heures que la lumière brûlait.
Elle remit sa robe de chambre, ses mules et dit :
– Au revoir et merci.
– Merci à vous.
C'était arrivé. Et cela n'arriverait plus jamais. Peut-être... Martin Beck ne savait pas.
Mais il savait qu'il avait l'âge d'être son père. Asa avait vingt-sept ans.
Somme toute, ce mercredi-là ne se terminait pas si mal que ça. A moins que ce fût le jeudi qui commençât bien.
Martin Beck s'endormit.
Ils se rencontrèrent quelques heures plus tard. au commissariat.
– Au fait, qui vous a retenu une chambre au Savoy? demanda Beck à Asa au passage.
– C'est moi. Mais j'ai suivi les conseils de Lennart.
Le commissaire sourit intérieurement.
Sacré Kollberg! L'éternel manigancier! Eh bien, pour

une fois, il ne saurait jamais si son petit complot avait été ou non couronné de succès.

## XXV

Jeudi matin, à 9 heures, on en était toujours au même point. Martin Beck et Mansson étaient assis face à face de part et d'autre d'un large bureau. Ils ne parlaient pas. Le premier fumait, le second ne faisait rien. Il avait épuisé sa réserve de cure-dents.

A 9 h 20, Benny Skacke apporta sa première contribution de la journée en surgissant avec, à la main, une bande de télétype qui n'en finissait plus. Il s'arrêta après avoir franchi le seuil et se mit à la parcourir.

– Qu'est-ce que c'est que ça? demanda Martin Beck.

– La liste que nous envoie Copenhague, répondit Mansson d'une voix morne. On en reçoit une comme ça tous les jours. Des personnes disparues, des voitures volées, des trucs qu'ils ont découverts.... Vous voyez le genre?

– Qu'est-ce qu'il y a comme filles qui se sont fait la valise! s'exclama Skacke. Neuf. Non, dix.

– C'est la saison, dit Martin.

– Lisbeth Møller, lut Skacke à mi-voix. Douze ans. N'a pas réapparu depuis lundi. Se drogue. A douze ans!

– Parfois, on les retrouve ici, expliqua Mansson. Mais, bien sûr, la plupart du temps, on ne les récupère pas.

– Des voitures volées, poursuivit Skacke. Un passeport suédois au nom de Sven Olof Gustafsson, cinquante-six ans, demeurant à Svedala. Il s'est fait entôler dans un bordel de Nyhavn. Son portefeuille a également été piqué.

– Cochon d'ivrogne, laissa laconiquement tomber Mansson.

– Une pelle mécanique volée dans un chantier de construction. Faucher une pelle mécanique! C'est pas croyable!

– Il y a des précédents, fit Martin Beck.

– Cochon d'ivrogne, répéta Mansson. Et dans la rubrique des armes à feu, il n'y a rien? En général, c'est à la fin.

Skacke compulsa la liste.

– Bien sûr, il y en a plusieurs. Un pistolet de l'armée suédoise de 9 mm. Un Husqvarna. Il ne doit plus être de la première jeunesse! Un Beretta Jaguar... Un emballage d'Arminius 22. Cinq boîtes de cartouches de 7,65...

– Stop! dit Mansson.

– Oui, qu'est-ce que c'est que cet emballage? s'enquit Martin Beck.

Skacke examina le ruban de papier.

– Le coffret d'origine d'un Arminius 22.

– Où l'a-t-on trouvé?

– Échoué sur la plage entre Dragør et Kastrup. C'est un particulier qui l'a ramassé et l'a remis au commissariat de Dragør, mardi dernier.

– L'Arminius 22 ne figure-t-il pas sur notre inventaire? demanda Beck.

– Bien sûr que si, répliqua Mansson subitement galvanisé, la main déjà sur le téléphone.

– Mais oui! s'exclama Skacke. Naturellement! La boîte sur le porte-bagages de la bicyclette...

Mansson harcela le standard de l'état-major de la police de Copenhague jusqu'à ce qu'on le mette en communication avec Mogensen, ce qui prit un certain temps.

Mogensen n'avait jamais entendu parler de ce coffret.

– Je comprends parfaitement que vous ne gardiez pas trace de toute cette camelote, fit patiemment Mansson.

Mais cette boîte est sur votre bon Dieu de liste. Attendez une seconde. (Il jeta un coup d'œil à Skacke.) Quel numéro?

– Trente-huit.

– Numéro trente-huit, deux fois quatre, répéta Mansson... Oui, cela peut avoir de l'importance pour nous...

Il écouta son interlocuteur et, au bout de quelques instants, reprit : « A propos, avez-vous du nouveau en ce qui concerne l'Aero-fragt et Ole Hoff-Jensen? »

Un silence.

– Oui, ce serait parfait, dit Mansson en raccrochant. Ils vont vérifier et nous rappellerons, annonça-t-il.

– Quand? demanda Martin Beck.

– En général, Mogensen est un rapide.

Sur cette déclaration, Mansson retourna à ses méditations.

Copenhague téléphona moins d'une heure après.

Mansson ouvrit à peine la bouche. Il avait l'air de plus en plus satisfait.

– Fantastique! s'exclama-t-il enfin.

– Alors? fit Martin Beck.

– La boîte en question est entre les mains du labo. Sur le moment le type de Dragør voulait la flanquer à la poubelle mais, hier, il l'a mise dans un sac de plastique et l'a expédiée à Copenhague. Elle sera à bord de l'hovercraft qui quitte Nyhavn à 11 h. (Il jeta un coup d'œil à sa montre et se tourna vers Skacke.) Débrouillez-vous pour qu'une patrouille soit au port lorsqu'il arrivera.

– Et en ce qui concerne Hoff-Jensen? voulut savoir Martin Beck.

– Nous avons à peu près tous les renseignements qu'il nous faut. C'est manifestement un personnage bien connu là-bas. Douteux mais intouchable. Il ne fait pas ses combines tordues au Danemark. Toutes ses affaires, en territoire danois, sont parfaitement légales.

– Autrement dit, les combines de Palmgren.

– Exactement. Et ce n'était apparemment pas de la

roupie de sansonnet. D'après Mogensen, son nom et celui d'Hoff-Jensen sont liés à des histoires de trafics illégaux d'armes et d'avions à destination de pays qui font l'objet de mesures d'embargo. Il sait cela par Interpol. Mais nos collègues danois ne peuvent rien faire.

– A moins qu'ils ne veuillent rien faire.

– C'est tout à fait vraisemblable.

Mansson bâilla.

Les deux hommes attendirent. Ils ne pouvaient guère faire autre chose.

A 11 h 50, la boîte était sur le bureau.

Ils la sortirent du sac de plastique. L'expérience leur avait appris à manipuler les pièces de ce genre avec le plus grand soin. Le coffret avait néanmoins été déjà malmené et il était visible qu'il était passé entre bien des mains.

Martin Beck souleva le couvercle et, le menton dans la main, examina les cavités moulées dans la garniture de polystyrène.

– Oui, murmura-t-il. Vous avez probablement raison.

Mansson opina du bonnet. Il referma et rouvrit plusieurs fois le couvercle.

– Il s'ouvre facile.

Ils retournèrent le coffret et l'étudièrent sous tous les angles. A présent, il était sec et relativement en bon état.

– Il n'a pas dû rester trop longtemps dans l'eau, reprit Beck.

– Cinq jours.

– Là, il y a quelque chose d'intéressant.

Martin Beck passa son doigt sur le fond de la boîte.

Il restait des fragments de papier décollé.

– Oui, il y avait quelque chose d'écrit. Sans doute avec un stylo-bille. Attendez un instant.

Mansson prit dans son tiroir une loupe qu'il tendit au commissaire.

– Oui, dit Martin Beck. L'empreinte est visible. Je distingue très nettement un B et un S. Il y a peut-être autre chose.

– Je vais envoyer l'objet aux techniciens qui possèdent des instruments d'examen un peu plus précis qu'une loupe.

– Ce revolver est – ou plutôt était – une arme de tir.

– C'est l'évidence même. Et d'un modèle assez peu courant.

Mansson pianota sur le bureau.

– Bien! On va mettre le labo là-dessus. Skacke fera la tournée des stands de tir. Et nous, on va aller casser la croûte. Pas mal, comme division du travail, vous ne trouvez pas?

– J'approuve.

– J'en profiterai pour vous montrer Malmö. Avez-vous déjà été au bar de l'Oversten?

– Non.

– Eh bien, c'est le moment ou jamais.

Le restaurant Översten est situé au vingt-sixième étage du building Prince Héritier. Le panorama que l'on découvrait des fenêtres du bar était sans égal. Martin Beck ne se rappelait pas avoir jamais rien vu d'aussi extraordinaire.

Toute la ville se développait sous les yeux des deux hommes. Le regard embrassait l'Öresund, Saltholm et la côte danoise. Au nord, on apercevait Landskrona et Ven. L'air était d'une telle pureté que l'on distinguait même Helsingborg.

Un barman blond à la veste bleue leur servit des steaks minute et de l'Amstel glacée. Mansson dévora sa part avec voracité et, quand il eut fini, il rafla tous les cure-dents, en fourra un dans sa bouche et mit le reste dans sa poche.

– Eh bien, dit-il, il me semble que tout colle très bien.

Martin Beck, que la vue intéressait plus que la nourriture, s'arracha à contrecœur à la contemplation du paysage.

– Oui, vous aviez peut-être raison sur toute la ligne bien qu'il ne se soit agi que de conjectures.

– Il faut toujours en faire.

– Maintenant, il va falloir aussi faire des conjectures pour savoir où se trouve notre client.

– Ici, fit Mansson avec un geste nonchalant du bras qui enveloppait la cité tout entière. Mais qui pouvait donc haïr à ce point Palmgren?

– Qui? Des milliers de gens. Palmgren et ses amis étaient sans pitié. Ils écrasaient tout le monde, broyaient tout sur leur passage. Par exemple, il montait des tas de sociétés qui duraient plus ou moins longtemps. Quand il avait fait des bénéfices suffisamment coquets, il les dissolvait purement et simplement et laissait ses employés sur le sable et sans un sou. A votre avis, combien de personnes ont-elles été ruinées par des requins de l'immobilier comme Broberg?

Mansson garda le silence.

– Mais je suis de votre avis, poursuivit Beck. Ce type doit certainement être ici... pour autant qu'il n'ait pas quitté Malmö.

– Ou qu'il y soit revenu.

– Peut-être. En tout cas, il n'y a pas eu préméditation. L'individu qui monte un assassinat n'enfourche pas un vélo par un beau soir d'été avec, sur son porte-bagages, un pistolet de tir dans une boîte. Et surtout pas un tueur à gages. Une boîte plus volumineuse qu'un carton à chaussures...

Le barman blond s'approcha de leur table et se pencha sur Mansson : « On vous demande au téléphone, inspecteur. Ces messieurs prendront-ils du café?

– C'est le labo. Du café? Oui, s'il vous plaît. »

Martin Beck, demeuré seul, s'étonna que Mansson fût connu dans l'établissement. L'aurait-on reconnu, lui, dans un restaurant de Stockholm? Peut-être. Il était déjà passé à la télévision et les journaux avaient publié sa photo. Puis ses pensées divaguèrent et il se mit à songer aux occupants des innommables, des scandaleux logements de Palmgren qui, pris à la gorge, devaient cracher au bassinet. Il faudrait dresser la liste de tous les locataires du défunt. Depuis plusieurs années.

Mansson revint s'asseoir.

– Un nom était écrit sur le fond de la boîte, annonça-t-il. En dehors du B et du S, il y avait autre chose qui était plus difficile à déchiffrer. Le type du labo pense que c'était effectivement un nom. Probablement celui du propriétaire.

– Et, selon lui, quel est son nom?

– B. Svensson.

Le moniteur du stand de tir dévisagea Benny Skacke d'un air songeur.

– Un Arminius 22? Ouais... Il doit y avoir deux ou trois types chez nous qui utilisent cet engin-là. Mais vous me prenez de court. Je suis incapable de vous dire comme ça, tout à trac, qui... Quelqu'un qui est venu mercredi dernier? Comment voulez-vous que je me souvienne de tous les clients qui viennent s'exercer? C'est pas possible. Mais demandez à ce gars-là. Il n'arrête pas de mitrailler depuis une dizaine de jours... depuis le début des vacances! Et demandez-lui donc aussi, par la même occasion, comment il se débrouille pour pouvoir se payer une telle quantité de munitions, ajouta l'homme tandis que Skacke s'approchait du tireur.

Celui-ci, qui venait de vider son chargeur, comptait ses points.

– Un Arminius 22? fit-il en réponse à la question de Skacke. Oui, je connais au moins quelqu'un qui en a un. Mais je ne l'ai pas vu depuis le milieu de la semaine dernière. Il se défend bien. Si seulement il se servait d'un machin comme ça...

Il agita son Beretta Jetfire.

– Savez-vous comment il s'appelle?

– Bertil quelque chose. Olsson ou Svensson, je ne sais pas au juste. En tout cas, il travaille aux chantiers Kockum.

– Vous en êtes certain?

– Oui. Un boulot à la noix. Il est gardien, je crois.

– Je vous remercie. A propos, comment faites-vous pour dépenser autant d'argent pour acheter des munitions?

– Le tir est mon unique passe-temps, répondit l'homme en introduisant un nouveau chargeur dans son pistolet.

Le moniteur du stand donna à Skacke un bout de papier portant trois noms :

– Je ne vois pas d'autres possesseurs d'Arminius.

Le policier remonta dans sa voiture. Avant de démarrer, il jeta un coup d'œil sur la liste :

*Tommy Lind, Kenneth Axelsson, Bertil Svensson.*

Au commissariat, Mansson demanda à Martin Beck :

– Qu'est-ce qu'on fait du couple Broberg – Hansson?

– Réexpédiez-les à Stockholm. Si, toutefois, Asa a terminé de faire ce qu'elle avait à faire.

– Oui, j'ai fait ce que je voulais faire ici, dit Asa Torrell en regardant Beck dans les yeux.

Maintenant, ce n'était plus que du travail de routine. Deux heures après qu'eut été diffusée la demande de renseignements, le télex commença à cracher la liste des locataires des immeubles de Palmgren.

Elle était établie par ordre alphabétique et Martin Beck posa sans tarder son doigt sur une ligne :

*Svensson, Bertil Olof Emanuel. Bail arrivé à expiration le 15 septembre 1968.*

– En d'autres termes, il a été expulsé, commenta Mansson.

Martin Beck chercha le numéro du bureau de Broberg dans l'annuaire de Stockholm. Ce fut une femme qui répondit. La secrétaire probablement. Par acquit de conscience, il demanda :

– Mme Moberg?

– C'est moi-même.

Il se présenta.

– Que puis-je faire pour vous, commissaire?

– Savez-vous si M. Palmgren avait mis récemment fin à telle ou telle de ses activités?

– Cela dépend de ce que vous entendez par « récemment ». Il a fermé une usine qu'il possédait à Solna, il y a deux ans, si c'est cela que vous voulez dire.

– Qu'est-ce qu'on y fabriquait?

– De la petite mécanique de précision. Des ressorts et des articles du même genre, je crois.

– Pourquoi l'entreprise a-t-elle fermé?

– Elle travaillait à perte. Les clients s'étaient sans doute mis à construire leur propre appareillage ou à acheter du matériel neuf. Mais je ne sais pas exactement. En tout cas, la demande a cessé et, plutôt que de réorganiser l'affaire, on a tout simplement arrêté la fabrication et vendu l'usine.

– C'était il y a deux ans?

– Oui, à l'automne 67. J'ai l'impression qu'une autre entreprise analogue appartenant à M. Palmgren avait également été fermée quelques années auparavant mais je n'étais pas encore là. Je suis au courant de ce qui s'est passé pour celle de Solna parce que c'est M. Broberg qui s'est occupé de la liquidation de la société.

– Qu'est devenu le personnel?

– Les employés ont reçu leur préavis.

– Combien y en avait-il?

– Je ne me rappelle pas mais, si vous voulez, je peux regarder dans les archives.

– Je vous en serais reconnaissant. J'aimerais avoir leurs noms.

– Une minute, je vous prie.

Plusieurs minutes s'écoulèrent avant que Mme Moberg ne reprenne l'appareil.

– Excusez-moi, je ne savais pas exactement où étaient rangés les documents. Voulez-vous que je vous lise la liste?

– Il y a combien de noms?

– Vingt-huit.

– Et tous ces gens ont été licenciés? On n'a pas pu les recaser dans une autre entreprise du groupe?

– Non, ils ont tous été congédiés à l'exception d'un seul. Un contremaître à qui on a trouvé une place de gardien. Mais il a donné sa démission au bout de six mois. Sans doute avait-il trouvé un emploi plus intéressant.

Beck prit une feuille de papier et un crayon.

– Bien. Maintenant, lisez-moi cette liste, s'il vous plaît.

Il écrivit les noms sous la dictée de la secrétaire mais, au neuvième, il posa son crayon.

– Stop. Voulez-vous me répéter le dernier?

– Bertil Svensson, employé de bureau.

– Il n'y a pas d'autres détails?

– Non, c'est tout.

– Je vous remercie, cela me suffit. Au revoir et merci encore pour votre concours.

Martin Beck se rendit immédiatement auprès de Mansson.

– Voilà encore Bertil Svensson qui réapparaît. Il travaillait pour le compte d'une entreprise de Palmgren et a été mis à la porte il y a deux ans. C'est un employé de bureau.

Mansson fit pivoter son cure-dent d'un coup de langue.

– Non, il est manœuvre. J'ai eu un contact avec le directeur du personnel des chantiers Kockum.

– Vous avez son adresse?

– Oui, il habite Vattenverksvägen. Mais il est actuellement en vacances. Il a été embauché au mois de janvier. Trente-sept ans. Divorcé, semble-t-il. Sa femme... (Mansson farfouilla dans ses papiers et finit par en extraire un feuillet griffonné.) Sa femme est domiciliée à Stockholm. La comptabilité déduit tous les mois la pension alimentaire du salaire de Svensson et l'envoie à Mme Eva Svensson, 23 Norrtullsgatan, Stockholm.

– Hem... grommela Martin Beck. S'il est en vacances, il n'est peut-être pas en ville.

– Il va falloir voir. Il serait bon, également, d'interroger sa femme. Est-ce que vous croyez que Kollberg...

Martin Beck jeta un coup d'œil à sa montre. Il était presque 17 h 30. Kollberg était probablement en train de rentrer chez lui, impatient de retrouver Gun et Bodil.

– Bon... On lui fera signe demain.

## XXVI

Quand Martin Beck l'appela, le vendredi matin, ce fut d'une voix chargée d'inquiétude que Kollberg s'exclama :

– Vous n'allez pas me dire qu'il s'agit encore de l'affaire Palmgren!

Beck s'éclaircit la gorge.

– Je suis désolé, Lennart, mais je dois vous demander de me rendre un petit service. J'imagine que vous avez des tas de choses à faire...

– Des tas de choses, gronda Kollberg. Je manque de monde – comme vous, par exemple, et comme tous ceux qui devraient être ici. Je suis débordé. Et c'est pareil partout. Rönn et Melander ne sont même pas là.

– Je sais bien, Lennart, je sais bien, fit Martin Beck sur un ton lénifiant. Mais il y a un fait nouveau qui donne une tournure imprévue à l'affaire. Je voudrais que vous obteniez des renseignements sur un homme qui est peut-être l'assassin de Palmgren. Au pire, vous pourriez demander à Gunvald...

– A Larsson? Même s'il le suppliait à genoux, le ministre de l'Intérieur en personne n'arriverait pas à le persuader de s'occuper de l'histoire Palmgren. Il ne sait plus où donner de la tête.

Kollberg se tut, poussa un soupir et reprit : « Alors, qui c'est ce type?

– Celui que nous aurions probablement pu épingler à l'aérogare de Haga la semaine dernière si l'opération n'avait pas capoté. Il se nomme Bertil Svensson...

– Comme dix mille Suédois au bas mot, ricana Kollberg.

– Sans doute. Mais nous avons les coordonnées de ce Bertil Svensson-là. Il a été employé dans une entreprise du groupe Palmgren, une fabrique d'instruments de précision qui a fermé ses portes à l'automne 67. Il habitait un des logements de Palmgren mais a été expulsé il y a environ un an. Il fait partie d'un club de tir et, d'après des témoins, il se servait fort bien du même modèle d'arme que celle avec laquelle Palmgren a été assassiné. Il a obtenu le divorce l'année dernière. Sa femme et ses deux enfants vivent toujours à Stockholm. Lui, il est domicilié à Malmö et travaille aux chantiers navals Kockum.

– Hemm, marmonna Kollberg.

– Il se nomme Bertil Olof Emanuel Svensson, né le 6 mai 1932 à Stockholm, paroisse Sainte-Sophie.

– Pourquoi ne l'arrêtez-vous pas s'il habite Malmö?

– Cela viendra mais nous voulons avoir tout d'abord un peu plus de renseignements sur son compte. Nous avons pensé que vous pourriez vous occuper de cela.

Kollberg exhala un soupir de résignation.

– Bon... Alors, que voulez-vous que je fasse?

– Il n'a pas d'antécédents criminels mais il faudrait savoir s'il n'a jamais eu maille à partir avec les autorités judiciaires. Et si les organismes d'assistance sociale le connaissent. Vous demanderez à son ancien employeur pourquoi il a été licencié. Et surtout – j'ai gardé cela pour la bonne bouche mais c'est le plus important –, allez voir sa femme.

– Savez-vous où elle se trouve ou dois-je aller à la pêche? Mettre la main sur la bonne Mme Svensson ne demandera guère que quelques semaines!

– Elle demeure 23 Norrtullsgatan. N'oubliez pas de lui demander quand elle a vu son mari pour la dernière fois. J'ignore quels sont leurs rapports mais il est possible qu'il lui ait téléphoné ou soit passé la voir jeudi dernier. Pouvez-vous voir cela le plus vite possible?

– Ça me prendra toute la journée, soupira Kollberg. Mais je n'ai pas le choix, n'est-ce pas? Je vous rappellerai quand j'aurai fini.

Kollberg raccrocha et contempla d'un œil maussade son bureau qui disparaissait sous les cartes, les dossiers et les rapports. Enfin, avec un soupir, il s'empara de l'annuaire et commença à travailler du cadran.

Deux heures plus tard, il se leva, empoigna sa veste, referma son calepin qu'il mit dans sa poche et descendit.

Tout en roulant en direction de Norrtullsgatan, il récapitula tout ce que ses multiples coups de téléphone lui avaient permis d'apprendre.

Bertil Olof Emanuel Svensson n'avait jamais eu affaire à la police avant octobre 1967, date à laquelle il avait été conduit au commissariat de Bollmora en état d'ébriété. Il y avait passé la nuit. En juillet 68, il avait fait cinq nouveaux stages au même commissariat – encore une fois pour cause d'ébriété et les quatre autres pour tapage nocturne comme on dit. C'était tout. Après le mois de juillet, plus rien.

L'office de lutte antialcoolique était également intervenu. A maintes reprises, il avait été alerté soit par le propriétaire, soit par les voisins qui se plaignaient de l'ivrognerie de Svensson. Il avait été placé sous surveillance mais sa conduite n'avait donné lieu à aucune action.

Rien n'avait jamais été relevé à son encontre, ni sur le plan de l'ivresse, ni sur celui du tapage nocturne antérieurement au mois d'octobre 67 et il était inconnu de l'office antialcoolique avant cette date. A tous les coups il s'en était tiré avec un avertissement.

Le service de la protection de l'enfance avait également eu son attention attirée sur la famille Svensson. Les locataires de l'immeuble s'étaient plaints de la façon dont les parents traitaient leurs enfants, respectivement âgés de sept et cinq ans. Ils étaient, paraît-il, « livrés à eux-mêmes », mal habillés et la personne qui avait tiré la sonnette affirmait les avoir entendus pleurer. Les autorités avaient ouvert une enquête en décembre 67 et une autre en mai 68. Les délégués de la protection de l'enfance s'étaient rendus plusieurs fois chez les Svensson mais n'avaient constaté aucune trace de mauvais traitements. Le logement n'était pas très bien tenu, la mère paraissait négligente, le père n'avait pas de travail et les finances familiales n'étaient pas brillantes mais rien ne permettait de penser que les enfants fussent malheureux. L'aînée travaillait bien à l'école, elle était en bonne santé et d'intelligence normale, bien qu'un peu timide et renfermée. Le plus jeune restait à la maison dans la journée avec sa mère mais celle-ci le confiait parfois à une voisine quand elle avait un emploi temporaire. Ladite voisine, qui avait elle-même trois enfants, avait déclaré que le petit était gai, vif d'esprit, sociable et n'avait jamais paru être en mauvaise santé. La séparation de corps avait été prononcée en novembre 68.

La famille Svensson avait touché des allocations de chômage d'avril à octobre 68. Svensson s'était inscrit à un centre de formation professionnelle et avait suivi des cours de mécanique pendant l'automne 68. En janvier 69 – c'est-à-dire cette année –, il avait été embauché comme manœuvre à l'usine Kockum à Malmö où il s'était alors installé.

Le département de l'hygiène publique avait effectué des mesures phoniques dans l'appartement qu'il occupait suite à la demande d'expulsion introduite par la société de gérance. On avait estimé que les bruits – à savoir les pleurs des enfants, les pas et les chasses d'eau – étaient supérieurs aux normes acceptables.

Cette conclusion eût été tout aussi valable pour la totalité des appartements de l'immeuble mais personne n'avait apparemment pris le fait en considération.

En juin 68, la commission de contrôle des locations avait rendu son verdict : la société de gérance était autorisée à ne pas renouveler le bail et la famille Svensson avait été contrainte de vider les lieux le 1er septembre. Aucun relogement n'avait été prévu.

Kollberg s'était informé auprès du dragon de l'agence. Il était navrant que l'on ait dû aller jusqu'à prendre une mesure d'expulsion mais les Svensson avaient fait l'objet de trop de plaintes.

– Et je pense que c'était également la meilleure solution pour eux, dit finalement la secrétaire. Ils n'étaient pas à leur place ici.

– Comment cela? avait demandé Kollberg.

– Nos locataires sont d'une autre classe, comprenez-vous? Nous n'avons pas l'habitude de voir arriver à peu près tous les jours l'office de lutte antialcoolique, la police, les services de protection de l'enfance et Dieu sait quoi encore...

– C'est donc vous qui avez alerté les autorités et pas les voisins?

– Naturellement. Quand il nous revient que les choses ne sont pas ce qu'elles devraient être, il est de notre devoir d'ouvrir une enquête. Évidemment, un voisin s'est montré très coopératif.

Kollberg, presque malade de dégoût, avait arrêté là la conversation.

Il trouva une place pour se ranger dans Norrtullsgatan mais ne sortit pas tout de suite de sa voiture. Il prit son carnet, un crayon et, s'aidant de ses notes, rédigea le calendrier suivant :

| | | |
|---|---|---|
| *1967* | *Sept* | *Licencié* |
| | *Oct.* | *Ivresse publique (commissariat de Bollmora)* |
| | *Nov.* | *Office lutte antialcoolique* |
| | *Déc.* | *Tapage nocturne. Protection de l'enfance* |
| *1968* | *Janv.* | *Tapage nocturne (comm. Bollm.)* |
| | *Fév.* | *Office antialcoolique* |
| | *Mars* | *Ivresse publique (comm. Bollm.)* |
| | *Avril* | *Tapage nocturne (comme Bollm). Office antialc.* |
| | *Mai* | *Prot. de l'enf.* |
| | *Juin* | *Commission locative décide mettre fin bail* |
| | *Juil.* | *Ordre d'expulsion. Tapage nocturne (comm. Bollm.)* |
| | *Août* | ... |
| | *Sept.* | *Expulsé* |
| | *Oct.* | ... |
| | *Nov.* | *Séparation de corps* |
| | *Déc.* | ... |
| *1969* | *Janv.* | *S'installe à Malmö. Embauché à Kockum* |
| | *Juil.* | *Tire sur V. Palmgren?* |

Kollberg considéra ce triste calendrier. Il ne manquait qu'un titre : un malheur ne vient jamais seul.

## XXVII

Le 23 Norrtullsgatan était une vieille bâtisse miteuse. Après la chaleur écrasante qui régnait à l'extérieur, la fraîcheur de l'escalier surprenait. A croire que l'humidité des frimas hivernaux était tapie derrière le plâtre écaillé des murs.

La porte du premier étage, sur laquelle était placardé le nom d'EVA SVENSSON, était probablement celle d'une cuisine. Kollberg frappa. Au bout d'une minute, il y eut un bruit de pas et le ferraillement d'une chaîne de sécurité que l'on décroche. Le battant s'entrebâilla et l'inspecteur brandit sa carte devant l'interstice. Il ne voyait pas la personne qui se trouvait de l'autre côté mais perçut un profond soupir avant que la porte ne s'ouvrît.

Il avait deviné juste : c'était bien une cuisine. Une grande cuisine. La femme qui lui avait ouvert était petite et fluette. Elle avait des traits secs et mélancoliques. Ses cheveux en désordre étaient probablement teints car les racines étaient presque blanches et ses mèches passaient successivement du châtain au noir. Sa blouse de coton à rayures avait des auréoles sombres sous les aisselles et, à en juger par l'odeur, ce n'était sûrement pas la première fois qu'elle transpirait dans ce vêtement depuis la précédente lessive. Ses jambes étaient nues et elle avait aux pieds des pantoufles en velours bouclette de couleur indéfinissable. Kollberg savait qu'elle avait vingt-neuf ans mais il lui en aurait facilement donné trente-cinq au bas mot.

– La police... fit-elle d'une voix hésitante. Qu'est-ce qu'il y a encore? Si c'est Bertil que vous cherchez, il n'est pas là.

– Je sais. Je voudrais seulement vous poser quelques questions, si vous permettez. Je peux entrer?

Elle acquiesça et s'approcha de la table installée près de la fenêtre. Un magazine était ouvert sur la nappe de plastique à fleurs à côté d'un sandwich entamé. Une cigarette bout filtre fumait dans une soucoupe bleue déjà pleine de mégots. Eva Svensson la porta à la bouche, s'assit et désigna l'une des deux autres chaises.

– Asseyez-vous.

Kollberg obéit et jeta un coup d'œil à la fenêtre. Elle s'ouvrait sur une cour sinistre dont les seuls ornements étaient un portique pour battre les tapis et des poubelles.

– Je vous écoute, dit la femme. Mais il faudra que vous vous dépêchiez. Je dois aller chercher Tomas au jardin d'enfants.

– Tomas, c'est votre plus jeune?

– Oui, il a six ans. Je le laisse là-bas pendant que je fais les courses et le ménage.

Le policier balaya la cuisine du regard.

– Vous avez aussi une fille, n'est-ce pas?

– Oui, Ursula. Elle est en colonie à l'Ole des Enfants.

– Depuis quand demeurez-vous ici?

– Depuis le mois d'avril, répondit Eva Svensson en tirant sur sa cigarette jusqu'à ce qu'il ne reste plus que le filtre. Mais je serai obligée de partir à la fin de l'été. La proprio n'aime pas les gosses. Je voudrais bien savoir où je vais aller!

– Avez-vous du travail actuellement?

Elle laissa tomber dans la soucoupe le filtre qui se consumait.

– Oui, je travaille pour la vieille qui nous héberge. C'est-à-dire que, en échange, je lui fais son ménage, sa cuisine, ses courses, sa lessive et que je m'occupe d'elle. Elle est âgée et ne peut pas descendre l'escalier toute seule. Alors, quand elle sort, je l'aide. Sans compter le reste.

Kollberg tendit le menton vers la porte du fond.

– Et c'est là que vous vivez?

– Oui, c'est là.

L'inspecteur se leva et alla ouvrir la porte. La pièce mesurait environ trois mètres sur cinq. La fenêtre donnait, elle aussi, sur cette cour sinistre. Il y avait des lits devant deux des murs, plus un petit, rangé sous le sommier de l'un d'eux. Une commode, deux chaises, une table boiteuse et une carpette effilochée constituaient le reste du mobilier.

– Ce n'est pas très grand, dit Eva Svensson derrière Kollberg, mais on a le droit d'utiliser la cuisine comme on veut et les gosses peuvent jouer dans la cour.

Kollberg alla se rasseoir devant la table. Il regarda la femme qui grattait distraitement la nappe de plastique du bout du doigt et commença :

– J'aimerais que vous me parliez des dernières années de votre vie commune. Je sais que vous êtes divorcés ou séparés mais avant? Votre mari est resté longtemps au chômage, n'est-ce pas?

– Oui, cela fait près de deux ans qu'il a été mis à la porte. Il n'avait rien fait de mal. Tout le personnel a été licencié quand l'entreprise a fermé. Probable qu'elle perdait de l'argent. Bertil n'a pas pu retrouver de travail, il n'y en avait pas. Enfin, pas de travail digne de ce nom. Il avait une jolie situation, avant. Il était employé de bureau. Seulement, il manquait d'instruction et pour tous les emplois qu'il postulait, il fallait davantage de qualification.

Kollberg hocha la tête.

– Il était resté longtemps dans cette entreprise?

– Douze ans. Auparavant, il travaillait dans une boîte dépendant du même patron, Palmgren. Enfin, ce n'était peut-être pas le patron mais la société lui appartenait. Bertil était magasinier. Ensuite, il a été commissionnaire. Et puis il a été transféré à l'autre société, celle qui a mis la clé sous la porte, comme employé de bureau. La première a dû fermer, elle aussi.

– Il y a longtemps que vous êtes mariés?

– On s'est mariés en 1959, à la Pentecôte.

Eva Svensson mordilla dans le reste de son sandwich, le contempla, se leva et alla le jeter dans l'évier.

– On est restés mariés huit ans et demi, ajouta-t-elle.

– Quand vous êtes-vous installés à Bollmora?

Debout devant l'évier, elle se nettoyait les dents avec l'ongle du petit doigt.

– A l'automne 67. Avant, on habitait Västmannagatan, un immeuble de la société. M. Palmgren en était également le propriétaire. Mais il a dû y faire des réparations pour transformer les appartements en bureaux, je crois, et on a été obligés de s'installer dans le nouveau qu'il avait construit. Il était beaucoup mieux, naturellement, mais très loin du centre. Et le loyer était très élevé. Quand Bertil a été licencié, j'ai pensé qu'il faudrait déménager. Mais, en fait, ce n'est que plus tard qu'on a été obligés de s'en aller – et pour d'autres raisons.

– Lesquelles?

– Ben... que Bertil buvait, par exemple, fit-elle vaguement. Et puis le voisin du dessous se plaignait du bruit. Pourtant, on n'en faisait pas plus que les autres locataires. C'était une vraie caisse de résonance, cet immeuble. On entendait les enfants pleurer, les chiens aboyer et les disques hurler à plusieurs étages de distance. Tenez! On était sûr qu'il y avait un piano juste au-dessus de nous. Jusqu'au moment où on a appris qu'il se trouvait trois étages plus haut. Et les gosses ne pouvaient pas jouer à l'intérieur. Bref, on a été expulsés cet automne-là.

A présent, le soleil commençait à entrer dans la cuisine. Kollberg s'épongea le front avec son mouchoir.

– Votre mari buvait-il beaucoup?

– Des fois.

– Et comment était-il quand il avait bu? Agressif?

Eva Svensson vint se rasseoir avant de répondre.

– Il y avait des moments où il était en colère. Parce qu'il avait perdu son travail. Ou bien il s'emportait contre la société. Des choses comme ça. J'en ai eu vite assez de l'entendre ronchonner chaque fois qu'il avait deux verres dans le nez.

– On a prétendu qu'il vous arrivait de vous battre. Comment cela se passait-il dans ces cas-là?

– Oh! On ne se battait pas à proprement parler. Des fois, on se disputait, oui. Un soir, les gosses se sont réveillés et se sont mis à jouer alors que nous dormions.

Du coup, les agents sont venus. Bien sûr, il nous arrivait de temps en temps de crier fort mais nous ne nous sommes jamais battus.

Kollberg acquiesça. « Vous êtes-vous adressés à l'association des locataires lorsqu'on vous a menacés d'expulsion?

– Non, on n'en faisait pas partie. D'ailleurs, il n'y avait rien à faire. On a été obligés de s'en aller.

– Où avez-vous vécu ensuite?

– J'ai trouvé une pièce en sous-location. J'y ai habité jusqu'au moment où je me suis installée ici. Mais Bertil a dû aller dans un hôtel de célibataires après notre divorce. Maintenant, il habite Malmö.

– Quand l'avez-vous vu pour la dernière fois?

Elle se gratta le crâne et réfléchit quelques instants avant de répondre :

– Je crois bien que c'était jeudi dernier. Il est arrivé tout à fait à l'improviste mais j'ai dû lui dire de partir au bout d'une heure ou deux parce que j'avais à faire. Il était en congé et se rendait pour quelques jours à Stockholm. Il m'a même laissé un peu d'argent.

– Et vous ne l'avez pas revu depuis?

– Non. Je suppose qu'il est rentré à Malmö. En tout cas, je n'ai plus eu de ses nouvelles.

Elle se retourna pour jeter un coup d'œil sur le réveil posé sur le réfrigérateur. « Il faut que j'aille chercher Tomas, maintenant. Ils n'aiment pas qu'on laisse les gosses trop longtemps. »

Elle se leva et passa dans la chambre mais ne referma pas la porte. Kollberg se leva à son tour.

– Pourquoi avez-vous divorcé?

– Nous étions fatigués l'un de l'autre. C'était le vrai gâchis. A la fin, on n'arrêtait plus de se chamailler. Et Bertil était tout le temps à la maison à râler et à faire la tête. Finalement, je ne pouvais plus supporter de le voir.

Elle revint dans la cuisine, se coiffa et enfila des sandales.

– A présent, il faut vraiment que je m'en aille.

– Encore une question, Mme Svensson. Votre mari connaissait-il le grand patron... M. Palmgren?

– Oh non! Je pense même qu'il ne l'a jamais vu. Palmgren avait une agence qui s'occupait de tout. Je crois même qu'il ne mettait jamais les pieds dans ses autres sociétés. Il avait des sortes d'administrateurs pour les diriger.

Elle prit le sac à provisions accroché près du poêle et ouvrit la porte. Kollberg s'effaça pour la laisser passer.

– Quels journaux et quels magazines lisez-vous? lui demanda-t-il sur le palier après avoir refermé.

– L'*Expressen,* de temps en temps, surtout le dimanche. Et, toutes les semaines, *Hennes* et *Min Värld.* C'est que les magazines sont tellement chers! Pourquoi me demandez-vous cela?

– Simple curiosité.

Ils se séparèrent sur le trottoir et Kollberg la suivit des yeux tandis qu'elle s'éloignait en direction d'Odenplan, toute petite et toute frêle dans sa robe légère.

Il y avait déjà une demi-heure que Martin Beck, qui se rongeait d'impatience, faisait les cent pas dans le corridor quand, enfin, le téléphone sonna. Le commissaire décrocha alors que la première sonnerie n'avait pas encore fini de retentir.

Il déclencha le magnétophone branché sur le combiné et laissa Kollberg lui rendre compte de sa mission sans l'interrompre et sans faire de commentaires.

– C'est du bon travail, Lennart, dit-il quand l'inspecteur eut terminé. Je ne vous embêterai sans doute plus, à présent.

– Il semble que vous ayez mis le doigt sur votre client. Maintenant, je me remets à mon boulot mais faites-moi signe, que je sache comment cela s'est passé. Et dites bonjour de ma part à tous ceux qui le méritent. Salut!

Beck emporta l'enregistrement dans le bureau de Mansson et tous deux l'écoutèrent.

– Alors, qu'est-ce que vous en pensez? s'enquit-il.

– Nous tenons le mobile. D'abord, Palmgren le balance après douze ans de bons et loyaux services. Ensuite, le même Palmgren l'expulse de son logement. Et, pour finir en beauté, sa femme demande le divorce. Il lui faut quitter Stockholm pour trouver du travail, un emploi socialement et économiquement inférieur à celui qu'il avait avant. Tout cela à cause de Palmgren.

Martin Beck opina du menton et Mansson continua : « En outre, il était à Stockholm jeudi dernier. Je n'ai jamais très bien compris pourquoi on n'a pas réussi à le cravater à l'aérogare. Si on lui avait mis la main au collet, il aurait été chez nous avant que Palmgren ne passe l'arme à gauche. Quand on pense à ça, il y a de quoi devenir fou.

– Moi, je sais pourquoi il n'a pas été arrêté mais je vous le dirai un autre jour. Quand vous le saurez, vous en ferez une maladie.

– Bon... j'attendrai. »

Martin Beck alluma une cigarette et réfléchit en silence.

– Il y a quelque chose de louche dans cette histoire d'expulsion, dit-il enfin. Apparemment, c'est la société de gérance qui a alerté les diverses autorités.

– Oui, avec le concours d'un voisin coopératif.

– Qui était sans aucun doute également à la solde de Palmgren ou de Broberg... ou des deux. Il est indiscutable que Palmgren a voulu récupérer son appartement après avoir vidé Svensson. Un logement comme ça, à Stockholm, cela représente beaucoup d'argent. De l'argent mal acquis.

– Vous voulez dire que Palmgren a ordonné à ses employés chargés de la gérance de trouver un prétexte pour le flanquer à la porte?

– J'en suis convaincu. Et, naturellement, il a agi par l'intermédiaire de Broberg. Bertil Svensson a dû faire le rapprochement, lui aussi. Il n'est guère étonnant qu'il détestât Palmgren.

Mansson se gratta la nuque et fit la grimace.

– C'est vrai mais quand même... De là à l'abattre...

– Rappelez-vous qu'il avait mangé de la vache enragée pendant un bon bout de temps. Quand il a commencé à réaliser que ce n'était pas simplement la faute à pas de chance mais qu'il était victime d'un homme ou, peut-être, d'un groupe social, sa haine est devenue une obsession. Pratiquement tout ce qu'il possédait lui était arraché par petits morceaux.

– Et Palmgren incarnait précisément ce groupe social, fit Mansson en hochant la tête.

Martin Beck se leva.

– Je crois que le plus sûr est de charger quelqu'un de le tenir à l'œil pour l'instant. Comme cela, nous serons certains qu'il ne nous échappera pas une seconde fois. Quelqu'un qui ne mange pas un cornet de frites en service commandé.

Mansson, ahuri, dévisagea Beck en ouvrant de grands yeux.

## XXVIII

Le dénommé Bertil Svensson demeurait dans Kirsebergsstaden, presque à la périphérie est de la ville. Un quartier que l'on appelle les Collines de Bulltofta ou, tout simplement, les Collines car il domine nettement Malmö.

La bourgeoisie locale avait toujours considéré avec mépris les habitants des Collines mais beaucoup de résidents de Kirseberg étaient fiers et heureux de vivre là, même si le confort moderne était une rareté, même si les logements étaient d'un niveau inférieur à la moyenne, personne ne se souciant de les entretenir ni de les réparer. Les gens qui finissaient par échouer dans les appartements les plus misérables étaient ceux dont on ne voulait pas dans les secteurs résidentiels plus huppés ou dont on estimait qu'ils n'avaient pas besoin d'un standing plus élevé. Ce n'était pas une coïncidence si un grand nombre de travailleurs immigrés embauchés dans les usines de Malmö au cours des dernières années vivaient dans les Collines.

C'était un quartier populaire où les gens comme Viktor Palmgren n'avaient jamais mis les pieds. Ils ne savaient même pas qu'il existait.

Dans l'après-midi de vendredi, Benny Skacke y arriva sur sa bicyclette. Martin Beck lui avait donné des instructions précises : découvrir si Bertil Svensson était chez lui et, dans ce cas, le surveiller sans éveiller ses soupçons. Il devait prendre contact d'heure en heure soit avec le commissaire lui-même, soit avec Mansson.

Si tout allait bien, l'arrestation aurait lieu dans la soirée. Il manquait encore quelques détails, avait dit Martin Beck.

D'après ce que savaient son employeur et la direction du club de tir, Svensson devait habiter Vattenverksvägen, une rue qui traverse le quartier d'ouest en est – c'est-à-dire de Lundavägen à la ligne de chemin de fer de Simrishamn. A partir de Lundavägen, la rue était en pente raide et Skacke préféra mettre pied à terre. Poussant son vélo, il passa devant le vieux château d'eau cylindrique transformé depuis de longues années en immeuble et se demanda si les appartements étaient taillés comme des parts de galettes. Il se rappelait avoir lu un article dénonçant les conditions d'hygiène scandaleuses de cet édifice presque exclusivement peuplé de Yougoslaves.

Il laissa sa bicyclette Kirsebergstorg en espérant qu'on ne la lui volerait pas. Il avait camouflé avec de la toile adhésive noire le mot POLICE écrit en lettres blanches sur le cadre, précaution qu'il prenait toujours lorsqu'il jugeait préférable de conserver l'anonymat.

La maison qu'il devait surveiller était un vieil immeuble d'un étage. Il l'observa un moment depuis le trottoir d'en face. Neuf fenêtres donnaient sur la rue, deux de chaque côté de la porte et cinq au premier. Il y avait aussi trois vasistas correspondant au grenier mais les combles semblaient inoccupés : les carreaux étaient incrustés d'une épaisse couche de crasse et, pour autant que l'on pouvait s'en rendre compte, il n'y avait pas de rideaux.

Skacke traversa la chaussée d'un pas alerte et entra dans le vestibule. Un carton sur lequel on pouvait lire B. SVENSSON écrit au stylo-bille était apposé sur la porte à droite de l'escalier.

Le jeune inspecteur ressortit et alla s'installer sur l'un des bancs de la place. De là il pouvait observer la bâtisse. Il sortit de sa poche un journal qu'il avait acheté en cours de route, l'ouvrit tout grand et fit mine de lire.

L'attente ne dura pas plus de vingt minutes. Soudain, la porte s'ouvrit et un homme apparut. Il correspondait au signalement de l'assassin de Palmgren, encore que Skacke l'imaginât plus grand. Ses vêtements eux-mêmes – une veste de sport marron foncé, des pantalons rouille plus clairs, une chemise beige et une cravate rayée marron et rouge – cadraient avec la description du tireur.

Skacke ne le quitta pas des yeux mais il prit son temps. Il plia son journal, le glissa dans sa poche, se leva et se mit à suivre le suspect sans se presser. Svensson prit une rue transversale et se dirigea d'un pas alerte vers la prison qui se dressait au bas de la côte.

Benny Skacke eut brusquement pitié de ce type qui ignorait qu'il se trouverait bientôt derrière les murs sinistres du vieux pénitencier. Peut-être était-il convaincu d'être d'ores et déjà tiré d'affaire.

Svensson tourna à droite, s'engagea dans Gevaldigergatan et s'immobilisa devant la palissade clôturant le terrain de football face à l'enceinte de la prison.

Skacke fit de même. Un match était en cours et il identifia les deux équipes au premier coup d'œil : le F.C. Flagg en maillot rouge et le F.C. Balkan en maillot bleu. La partie semblait animée et il n'aurait pas demandé mieux que de la suivre mais Svensson se remit presque aussitôt en marche.

Ils débouchèrent dans Lundavägen. Soudain, l'homme en marron entra dans une buvette. Skacke continua d'avancer. Au passage, il jeta un coup d'œil dans la boutique. Svensson était debout devant le comptoir. Le policier se mit à l'affût dans l'encoignure d'une porte un peu plus loin. Svensson ne tarda pas à réapparaître, un carton sous le bras, un sac dans sa main libre, et il repartit par le même chemin.

A présent, Skacke pouvait se permettre de donner un peu de mou à sa filature. En effet, selon toute vraisemblance, l'autre rentrait chez lui. Au moment où il passait devant le terrain de foot, l'équipe Balkan marqua un but et un hurlement de joie monta de la foule qui semblait presque uniquement composée de supporters du Balkan. Un homme, un enfant à califourchon sur les épaules, poussait des clameurs tonitruantes mais Skacke ne comprit pas un mot car l'enthousiaste parlait yougoslave.

Comme prévu, sa proie rentra chez elle. En passant devant la maison, sur le trottoir opposé, Skacke nota que l'homme qu'il suivait sortait une boîte de bière du sac.

L'inspecteur entra dans une cabine téléphonique et appela le commissariat. Ce fut Martin Beck qui répondit.

– Alors?

– Il est rentré. Il était juste sorti acheter de la bière et des sandwiches.

– Bien. Restez là et rappelez s'il bouge.

Skacke retourna s'asseoir sur un banc. Au bout d'une demi-heure, il se rendit jusqu'à un kiosque voisin, acheta les autres journaux du soir ainsi qu'une plaque de chocolat et vint reprendre sa faction sur le banc.

De temps à autre, il se levait et faisait les cent pas sur le trottoir. Mais il n'osait pas passer trop fréquemment devant la fenêtre. A présent, il faisait noir et Svensson avait allumé. Il avait ôté son veston, mangé des sandwiches, bu deux boîtes de bière et, maintenant, il tournait dans sa chambre comme un ours en cage ou s'asseyait devant la table, face à la fenêtre.

A 23 heures 20, Skacke avait lu tous ses journaux plusieurs fois, grignoté quatre plaques de chocolat et avalé deux bouteilles de jus de pomme. Il en avait ras le bol et il s'en fallait de peu qu'il ne se mette à hurler.

Enfin, la lumière s'éteignit. Skacke attendit encore cinq minutes puis il téléphona au commissariat.

Ni Mansson ni Martin Beck n'étaient là. Il appela le Savoy. Le commissaire Beck était ressorti. Il appela chez Mansson. Cette fois, il eut plus de chance.

– Oh! Vous êtes toujours là-bas? fit Mansson.

– Pardi! J'aurais peut-être dû rester à la maison? Qu'est-ce que vous attendez pour venir?

On aurait dit que Skacke était au bord des larmes.

– Je croyais que vous étiez au courant, répliqua nonchalamment Mansson. Nous avons décidé de remettre l'opération à demain. A propos, qu'est-ce qu'il fabrique?

Skacke grinça des dents.

– Il a éteint. Il est probablement au lit.

Mansson ne répondit pas tout de suite. Son interlocuteur perçut une sorte de glouglou suspect suivi d'un cliquetis étouffé. Quelqu'un dit : « Ah! »

– Vous devriez faire comme lui, laissa enfin tomber Mansson. Rentrez chez vous et mettez-vous au lit. J'espère qu'il ne vous a pas repéré, hein?

– Non, fit laconiquement Skacke.

Et il raccrocha.

Il enfourcha son vélo d'un bond et ce fut presque en vol plané qu'il redescendit la rue. Dix minutes plus tard, il composait le numéro de Monica.

Samedi matin à 8 heures 5, Martin Beck et Mansson frappèrent à la porte de Bertil Svensson.

Celui-ci leur ouvrit. Il était en pyjama. Quand les deux

policiers lui présentèrent leurs cartes d'identité, il se contenta de hocher la tête et il alla s'habiller.

On ne trouva pas d'arme dans le logement qui se composait d'une chambre et d'une cuisine.

Svensson suivit les policiers jusqu'à la voiture sans desserrer les lèvres. Ce ne fut que dans le bureau de Mansson que, se tournant vers le téléphone, il sortit de son mutisme :

– Est-ce que je peux téléphoner à ma femme? demanda-t-il.

– Plus tard, lui répondit Martin Beck. Il faut d'abord que nous ayons une petite conversation.

## XXIX

L'audition de Bertil Svensson prit toute la matinée et une bonne partie de l'après-midi. Le prévenu avait l'air content de pouvoir parler. Il semblait désirer ardemment se faire comprendre et, au moment de la pause du déjeuner, lorsqu'il fallut interrompre l'interrogatoire, il parut contrarié. Sa déposition confirma dans une très large mesure les hypothèses de Martin Beck et de Mansson, de même que la théorie qu'ils avaient élaborée en ce qui concernait le mobile du crime.

Après avoir été privé de son emploi, chassé de son logement et finalement contraint de divorcer, il avait eu tout le temps de réfléchir dans sa solitude et il avait compris avec une clarté grandissante que tout était de la faute de Viktor Palmgren, ce vampire qui s'emplissait les poches en exploitant ses contemporains, ce nabab qui se moquait comme d'une guigne de ses employés et de ses locataires.

Et il s'était mis à haïr cet homme comme il n'avait jamais cru qu'il fût possible de haïr un être humain.

A deux reprises, au cours de son interrogatoire, il craqua et éclata en sanglots. Mais très vite, il se ressaisit et affirma aux policiers qu'il était heureux d'avoir l'occasion de se raconter. Il répéta même plusieurs fois que son arrestation était une bonne chose. Si on ne l'avait pas appréhendé, il n'aurait pas tenu le coup bien longtemps.

Il ne regrettait pas ce qu'il avait fait.

Aller en prison lui était égal : n'importe comment, sa vie était finie et il n'avait pas le courage de repartir à zéro.

Quand il n'eut plus rien à ajouter, il serra la main de Beck et de Mansson et les remercia avant qu'on ne le conduise à sa cellule.

Lorsque la porte se fut refermée derrière lui, le silence régna longtemps dans le bureau. Enfin, Mansson se leva. Il s'approcha de la fenêtre et s'abîma dans la contemplation de la cour.

– Bon sang de merde! grommela-t-il.

– Espérons que le tribunal sera indulgent, murmura Beck.

On frappa et Skacke entra.

– Alors? Comment cela s'est-il passé?

Une minute s'écoula avant que Mansson ne réponde :

– Nous ne nous étions guère trompés.

– Pour entrer froidement comme ça dans le restaurant et abattre sa victime, il a fallu que ce gaillard-là ait un foutu sang-froid! Qu'est-ce qui lui a pris? A sa place, je serais allé chez Palmgren et j'aurais tiré à travers la haie pendant qu'il se dorait au soleil ou quelque chose dans ce goût-là.

– En fait, les choses ne se sont pas déroulées exactement de cette façon, fit Martin Beck. Attendez un instant. Vous allez voir vous-même.

Il remonta la bande. « Je crois que ça y est. » Il enclencha le magnétophone et les bobines se mirent à tourner.

– Comment saviez-vous que Palmgren était au Savoy à cette heure-là?

C'était la voix de Mansson.

– Je ne le savais pas. Je suis passé par hasard.

C'était la voix de Bertil Svensson.

– Il vaudrait mieux reprendre à partir du début. Racontez-nous ce que vous avez fait ce jour-là, le mercredi.

C'était la voix de Martin Beck.

BERTIL SVENSSON : J'étais en vacances depuis lundi. Mercredi matin, je n'avais rien de spécial à faire. J'ai traîné chez moi. J'ai fait un peu de lessive. Avec cette chaleur, il faut souvent changer de linge et de chemise. Après, j'ai cassé la croûte. Deux œufs sur le plat et du café. J'ai fait ma vaisselle et je suis sorti pour les courses. Je suis allé au Tempo, place Värnhem. Ce n'était pas la boutique la plus proche mais j'avais envie de tuer le temps. Je ne connais pas grand monde à Malmö, juste deux collègues, mais c'est les vacances et il n'y a plus personne en ville. Après mes commissions je suis rentré. Il faisait affreusement chaud et je n'avais pas envie de ressortir. Alors, je me suis allongé et j'ai lu un bouquin que j'avais acheté au Tempo. Un bouquin d'Ed McBain. *La Haine*, il s'appelait. En fin d'après-midi, comme il faisait un peu plus frais, je suis allé au club de tir à bicyclette. Vers 6 heures 30.

MARTIN BECK : Quel club?

B.S. : Celui où je m'exerce d'habitude. A Limhamn.

PER MANSSON : Vous aviez pris votre revolver?

B.S. : Oui. On peut le laisser au club mais je le ramène toujours à la maison.

P.M. : Continuez.

B.S. : J'ai tiré pendant une heure ou à peu près. En réalité, c'est au-dessus de mes moyens. Les munitions coûtent excessivement cher sans compter la cotisation et tout le reste. Mais il faut bien se distraire un peu.

P.M. : Il y a longtemps que vous possédiez ce revolver?

B.S. : Oh oui, pas mal de temps. Je l'ai acheté il y a une dizaine d'années. J'avais gagné un bon paquet aux pronostics sportifs. J'avais toujours eu envie de faire du tir. Quand j'étais gosse, je rêvais d'un pistolet à air comprimé mais mes parents étaient pauvres et n'auraient probablement pas pu me l'offrir, même s'ils l'avaient voulu. D'ailleurs, ils auraient sans doute refusé. J'étais obligé de me rabattre sur les foires et de tirer sur des élans en fer-blanc.

M.B. : Êtes-vous bon tireur?

B.S. : Assez, oui. J'ai gagné deux coupes.

M.B. : Bon... Alors, après cette séance de tir...

B.S. : Je suis reparti à vélo.

P.M. : Où était votre revolver?

B.S. : Dans sa boîte, sur le porte-bagages. Je suis passé par le stade de Limhamn, le musée et le tribunal. A l'angle de Norra Vallgatan et de Hamngatan, j'ai dû m'arrêter parce que le feu était au rouge. C'est alors que je l'ai vu.

P.M. : Qui? Viktor Palmgren?

B.S. : Oui. Derrière la fenêtre du Savoy. Il était debout et il y avait des tas de gens à sa table.

P.M. : Vous nous avez déclaré tout à l'heure que vous ne l'aviez jamais rencontré. Comment avez-vous su que c'était lui?

B.S. : J'avais souvent vu sa photo dans les journaux. Et, un jour, au moment où je passais par hasard devant chez lui, il est sorti et est monté dans un taxi. Oui, je savais que c'était lui.

M.B. : Qu'est-ce que vous avez fait?

B.S. : En un sens, je n'ai pas réfléchi à ce que je faisais. Mais, en même temps, je le savais. C'est difficile à expliquer. J'ai laissé mon vélo au râtelier du Savoy. Je me rappelle que je n'ai pas pris la peine de mettre l'antivol. Comme si cela n'avait désormais plus d'importance. Et puis... euh... j'ai sorti le revolver du coffret et je l'ai fourré dans ma poche. Ah oui! j'ai commencé par le charger. Il n'y avait personne sur le trottoir et j'ai glissé deux cartouches dans le cylindre en tournant le dos à la chaussée. Et puis je suis entré, j'ai été jusqu'à la salle à manger et je lui ai tiré dessus en visant à la tête. Il s'est effondré sur la table. A ce moment, j'ai remarqué que la fenêtre la plus proche était ouverte. Du coup, j'ai sauté et je suis reparti sur ma bicyclette.

P.M. : Vous n'avez pas eu peur de vous faire arrêter? Il y avait d'autres personnes au restaurant.

B.S. : Cela ne m'est pas venu à l'esprit. Je ne pensais qu'à une chose, tuer cette ordure.

M.B. : Quand vous êtes entré, vous n'aviez pas noté que la fenêtre était ouverte?

B.S. : Non, je n'y ai pas songé. En réfléchissant bien, je ne crois pas que je m'étais demandé comment je disparaîtrais. Ce n'est qu'après l'avoir vu s'écrouler, et comme personne ne faisait attention à moi, que j'ai songé à m'enfuir.

P.M. : Qu'avez-vous fait?

B.S. : J'ai remis le revolver dans la boîte et je suis parti. J'ai traversé le pont et je suis passé devant la gare. J'ignorais les horaires des bateaux mais je savais que les aéroglisseurs partent toutes les heures à l'heure pile. La pendule de la gare indiquait 20 heures 20. J'ai laissé mon vélo sur le quai derrière l'office de contrôle des produits laitiers et j'ai acheté un billet. J'avais pris la boîte contenant le revolver. J'étais un peu étonné de n'avoir personne à mes trousses. Quand le bateau a levé l'ancre, je suis resté sur le pont. Une hôtesse m'a dit de descendre mais j'ai fait la sourde oreille. Au milieu du Sund, j'ai jeté l'arme et les cartouches à la mer. C'est seulement alors que je suis descendu.

M.B. : Que comptiez-vous faire à Copenhague?

B.S. : Je n'avais pas d'idée précise. En quelque sorte, j'étais incapable de penser à deux choses à la fois.

M.B. : Bon... Alors, qu'avez-vous fait à Copenhague?

B.S. : J'ai marché. Et j'ai bu une bière dans un bistrot. Soudain, j'ai eu envie de retourner à Stockholm pour voir ma femme.

M.B. : Vous aviez de l'argent?

B.S. : Un peu plus de mille couronnes. Ma prime de vacances.

M.B. : Continuez.

B.S. : Je me suis rendu à l'aéroport de Kastrup par l'autobus et j'ai pris un aller simple pour Stockholm. On m'a dit qu'on m'indiquerait mon avion. Naturellement, je n'ai pas donné mon vrai nom.

M.B. : Quelle heure était-il?

B.S. : Pas loin de minuit. J'ai attendu toute la nuit. Enfin, mon vol a été annoncé. Je crois que j'ai décollé à 7 heures 25. A l'aéroport d'Arlanda, j'ai pris le car de Haga et j'ai fait le reste du chemin à pied. Ma femme et mes gosses habitent Norrtullsgatan.

P.M. : Combien de temps êtes-vous resté chez votre femme?

B.S. : Une heure ou deux.

P.M. : Quand êtes-vous revenu à Malmö?

B.S. : Lundi soir.

P.M. : Où avez-vous logé à Stockholm?

B.S. : Dans une espèce de pension de famille d'Odensgatan. Je ne me souviens pas du nom.

M.B. : Qu'avez-vous fait après être rentré à Malmö?

B.S. : Pas grand-chose. Je ne pouvais pas aller au stand, je n'avais plus de revolver.

M.B. : Et votre bicyclette? Elle était toujours là?

B.S. : Oui. Je l'ai récupérée en descendant du train.

P.M. : Il y a une question que je voudrais vous poser. Avant d'avoir aperçu Palmgren derrière la fenêtre du Savoy, aviez-vous déjà songé à le tuer? Ou avez-vous seulement obéi à une impulsion?

B.S. : Oui, je suppose que j'avais déjà dû y penser mais il ne s'est pas agi exactement de préméditation. Seulement, lorsque, soudain, je l'ai vu alors que j'avais mon revolver à ma disposition, j'ai songé en un éclair que rien n'était plus simple que de l'abattre. A partir du moment où j'ai décidé de passer à l'action, je ne me suis pas inquiété de ce qui pourrait arriver ensuite. En apparence, c'était une idée qui avait subitement germé dans ma tête. Mais, au fond de moi-même, il y avait sûrement longtemps que je souhaitais sa mort.

M.B. : Qu'avez-vous éprouvé en lisant le journal? Je présume que vous l'avez lu le lendemain?

B.S. : Bien sûr.

M.B. : Alors, qu'avez-vous ressenti en apprenant qu'il survivrait peut-être à sa blessure?

B.S. : J'étais furieux d'avoir gâché le travail. Je me suis dit que j'aurais peut-être dû tirer cinq balles de plus. Mais je ne voulais toucher personne d'autre et j'ai eu l'impression qu'il était mort sur le coup.

M.B. : Et maintenant, qu'éprouvez-vous?

B.S. : Je suis content qu'il soit mort.

P.M. : Je vous propose de faire une pause. Il faut que vous mangiez quelque chose.

Martin Beck arrêta le magnétophone et se tourna vers Skacke :

– Vous n'aurez qu'à écouter la suite tout seul. Quand je serai reparti.

## XXX

Au soir du samedi 12 juillet, Martin Beck était installé, solitaire, à une table du Savoy.

Il avait fait sa valise qu'il avait déposée à la réception. Pour le moment, il n'était pas particulièrement pressé. Il avait décidé de rentrer à Stockholm par le train de nuit.

Il avait téléphoné à Malm qui avait eu l'air très

satisfait et avait répété à plusieurs reprises : « Autrement dit, il n'y aura pas de complications? Voilà qui est parfait! parfait! »

Voilà qui est parfait, se disait Martin Beck en son for intérieur.

La salle à manger était confortable et intime avec, en même temps, un petit quelque chose de somptueux. La flamme vacillante des chandelles se reflétait dans le flanc des énormes soupières d'argent. Les quelques autres dîneurs parlaient sur un ton contenu. Ils n'étaient pas assez nombreux pour être gênants et il y en avait suffisamment pour que l'on ne se sente pas trop seul. Les garçons en vestes blanches... le petit maître d'hôtel qui se cassait en deux pour saluer et tirait sans arrêt sur ses manchettes...

Martin Beck avait tout d'abord pris un whisky au bar. Il avait commandé une sole Walewska accompagnée de l'akvavit maison. La liqueur, où avait macéré un aromate secret, était délicieuse.

Maintenant, il s'attardait sur son café et son pousse-café.

Tout cela était admirable. Nourriture succulente, breuvage délicat, service attentif. Les fenêtres étaient ouvertes et la soirée était agréablement tiède.

De plus, l'affaire était résolue.

Martin Beck aurait dû se sentir en pleine forme. Mais il n'avait pas l'air tellement joyeux.

En fait, c'était à peine s'il faisait attention à ce qui l'entourait. Et il ne prêtait guère attention non plus à ce qu'il mangeait et à ce qu'il buvait.

Viktor Palmgren était mort.

Effaçé, Viktor Palmgren. Et personne ne le pleurait sinon une poignée d'escrocs internationaux et de représentants de régimes suspects de quelques pays lointains. Ces gens-là devraient se faire une raison : désormais, ce serait à Mats Linder qu'ils auraient affaire. Ainsi, somme toute, rien ne serait changé.

Charlotte Palmgren était à présent très riche et pratiquement indépendante. Et un avenir brillant s'annonçait pour Linder et pour Hoff-Jensen.

Hampus Broberg réussirait probablement à éviter une inculpation et toute une équipe d'avocats grassement rétribués démontrerait par a + b qu'il n'avait commis aucun détournement de fonds, qu'il n'avait jamais cherché à faire passer clandestinement des valeurs à l'étranger, qu'il n'était coupable d'aucun délit. Sa femme et sa fille étaient déjà en Suisse ou au Liechtenstein, nanties de confortables comptes en banque.

Helena Hansson serait vraisemblablement condamnée mais elle n'aurait sûrement qu'une peine légère et pourrait selon toute vraisemblance reprendre ses activités premières dans un prochain avenir.

Restait un gardien de chantier naval qui allait être en temps voulu jugé pour homicide volontaire et qui passerait les meilleures années qui lui restaient à vivre à pourrir dans un cachot.

Non, le commissaire Beck ne se sentait pas joyeux du tout.

Il régla sa note, prit sa valise et se rendit à la gare à pied.

Il se demandait s'il réussirait à dormir dans le train.

LA COMPOSITION, L'IMPRESSION ET LE BROCHAGE DE CE LIVRE
ONT ÉTÉ EFFECTUÉS PAR LA SOCIÉTÉ NOUVELLE FIRMIN-DIDOT
POUR LE COMPTE DES PRESSES DE LA CITÉ
ACHEVÉ D'IMPRIMER LE 22 JANVIER 1986

*Imprimé en France*
Dépôt légal : janvier 1986
N° d'édition : 1634 – N° d'impression : 3351